Jurij Brězan

Der Gymnasiast

NEUES LEBEN

Ausgewählte Werke in Einzelausgaben
Band 1

Jurij Brězan

Der Gymnasiast

Roman

Verlag
Neues Leben
Berlin

ISBN 3-355-00102-3

2. Auflage, 1988
Lizenz Nr. 303 (305/170/88)
LSV 7001
Schutzumschlag und Einband: Werner Hahn
Typografie: Walter Leipold
Schrift: 10 p Garamond
Gesamtherstellung: Offizin Andersen Nexö, Graphischer Großbetrieb, Leipzig III/18/38
Bestell-Nr. 644 048 2
00820

Luši

Prolog

Mitte Mai wurde das aufgefüllte Regiment in die Schlacht um Verdun geworfen. Anfang Juni zog die Division den Regimentsstab aus der Front und setzte die überlebenden Soldaten als Munitionsfahrer ein. Einer dieser Verurteilten war der Soldat Jakob Hanusch, Steinspeller und Feierabend-Bauer aus der Lausitz.

Als sie in der dritten Nacht durch die „Todesschlucht" jagten, sah er, wie eine aufbrechende Feuerwand den vordersten Karren verschlang. Er schnellte vom Bock und fiel vier Meter seitab in einen Trichter.

Der Tod raste durch die Schlucht. Jakob Hanusch, den Kopf an einen zerrissenen Pferdeleib gepreßt, hörte nicht, daß er schrie, er betete um sein Leben.

„Mutter Gottes – mach, daß ich mit dem Leben davonkomme! Ich werde ein Kind haben – ich will schuften und hungern – es soll auf die Schule kommen – wenn es ein Junge wird und wenn er den Kopf dazu hat – Gottesmutter! – er soll Pfarrer werden ..."

Stille brach über die Schlucht herein.

„... wenn er will", murmelte Jakob Hanusch.

Er schob sich zum Trichterrand, lauschte nach vorn, sprang auf und rannte los, dem ersten, kaum ahnbaren Morgenschimmer entgegen.

Daheim erkletterte die Sonne den Steinbruchhügel, beleuchtete das weite, flache Tal, das grüne Getreide auf den Äckern, im Grafenpark die blühenden Ahorne, die Häuser und die Menschen, und auch den Sohn des Jakob Hanusch, der eben geboren wurde.

Der Junge tat seinen ersten Schrei unter der kundig-rauhen Hand der Hebamme, die Wanduhr schlug die Stunde.

Sie möge dir zweihunderttausendmal schlagen, sagte die Hebamme. Mögest du ein guter Mensch werden, dachte die Frau im hochgetürmten Wochenbett und wünschte, es möge ein glückliches Zeichen sein, daß die Sonne, rosa und grünlich durch das Blattwerk des Weines vor den Fenstern, den Jungen in der Stunde seiner Geburt beschien.

Die Frau vermeinte, der eine Sonnenstrahl, der mitten durch den Raum lief, sei von seltsamem Aussehen: wie eine Spirale aus Licht, flirrend und nicht greifbar.

Die Hebamme trug den Neugeborenen durch den Sonnenstrahl, der Junge kniff die Augen fester zusammen.

Erster Teil

1

Der Junge Felix Hanusch wuchs Stück um Stück ins Leben hinein.

Er kletterte die steile Haustreppe hoch, kollerte hinunter, schlug sich viele Beulen in seinen weißblonden Schädel und brach sich den Nasenknochen.

Er beugte sich am Teichufer seinem Spiegelbild zu, fiel hinein, und als man ihn aus der Teichmitte herausholte, war nur noch ein winziges Atemstückchen Leben in ihm.

Er kroch zwischen acht Pferdebeinen herum und kämmte die verfilzten Füße; die Pferde gehörten dem Bauer Michael Batschon und waren jung und feurig; dem Jungen taten sie nichts zuleide.

Er sah die Mutter weinen und verstand nicht, was das war: Vater, Krieg, würgende Angst.

Er lernte den Fremden kennen, der die Uniform ausgezogen und das Gewehr versteckt hatte, der laut war und stark und der der Vater wurde.

Er kam dahinter, daß man die Menschen danach einteilen konnte, wie man sie grüßte. Die Leute im Dorf, die Frauen in der Tracht und die Männer, die aussahen wie Vater, grüßte man sorbisch. Die Leute vom Schloß und Leute, die wochentags fein angezogen waren und nichts taten, die grüßte man mit „Guntack". Dabei war es schwer zu begreifen, warum auch dem Schloßgärtner, der Mamsell und dem Brennmeister Roßmann das Guntack zustand, obwohl sie weder reich noch vornehm waren, noch wochentags spazierengehen konnten.

Stück um Stück erfaßte Felix das Dorf: die drei Teiche; den gräflichen Park; die Häuser um die Mühle, die man „Im

Winkel“ nannte; die Schule, die unten zwei große und oben vier kleinere Zimmer hatte, unten war Schule, und oben wohnte der Oberlehrer; die lange Dorfstraße, am Bäkker vorbei, der die Sonntagssemmel buk, vorbei am Stellmacher, der eine neue Speiche in das Rad des Handwagens einzog, vorbei an Wirtschaften, die alle verschieden aussahen und sich ganz ähnlich waren: aus allen fuhren die Männer in den Steinbruch, und die Frauen versorgten Haus und Feld, die zwei Kühe im Stall, das Schwein im Koben und die Schar Kinder um den Tisch.

Oben fing das Dorf mit dem Rittergut und dem Schloß an, unten hörte es mit dem Hof von Michael Batschon auf, der ein Gutsbesitzer war, einen Buckel und sieben Pferde besaß.

Zwischen diesen sieben und den acht Paar Pferden des Rittergutes lag das Dorf; es spannte die Kuh, den Hund oder sich selbst vor den Wagen.

Unten in der Bachsenke wuchs das Korn hoch und dicht und dunkelgrün. Es gehörte Michael Batschon. Oben, hinter der Parkmauer, hinter der Schule, war der Boden warmer sandiger Lehm, den Regen nahm er auf und hielt ihn fest, Saft und Kraft steckte in dem Boden, er war zuverlässig und gut, in trockenen wie in nassen Jahren. Er gehörte dem Grafen.

Zwischen der dunkelerdigen Bachsenke und dem hellen sandigen Lehm lag das Dorf; sein Roggen wuchs bleichsüchtig auf dem armen Sand jenseits der Äcker an der Schule und hinter der Parkmauer, sein Weizen kümmerte auf dem kalten Ton jenseits der gräflichen Felder am Hundekirchhof, seine Kartoffeln briet die Sonne klein und flekkig in dem glühenden Kies auf dem Hügel zwischen Batschons Bach und dem Steinbruch.

Als Felix fünf Jahre alt war, wuchs sein Leben um ein neues Stück. Er bekam eine Schwester und mußte nun an Mutters Statt fünfmal in der Woche mit Vaters Eßkübel zum Steinbruch laufen.

Im Steinbruch sah der Vater ganz anders aus als auf dem Feld oder im Stall daheim. Fremd sah er aus und auch nicht so gut wie sonst. Aber stark schien er unter all den Männern, die aus dem Bruch heraufstiegen, die Haut voller

Steinstaub, Nase und Mund voller Steinstaub, die Hände zerrissen vom Stein und in der Faust den Meißel, damit ihn der Schmied neu schärfe.

Manchmal kam die Mutter zu spät vom Feld nach Hause, weil sie keine Uhr hatte, und Felix erhielt seinen Kübel erst, nachdem es vom Schloß schon Mittag abgeläutet hatte.

Er rannte den ganzen Weg, lief Raine entlang, wo sie die Straße abkürzten, stöberte keine Hasen auf, versuchte nicht die Rebhühner zu fangen, die vor ihm in die Kartoffelfurchen trippelten, und nahm sich nicht einmal Zeit, schnell ein paar Schoten von Batschons Erbsenfeld abzureißen.

Trotzdem kam ihm der Vater manchmal entgegen, zuweilen sogar bis an den Fuß des bewaldeten Bruchhügels.

Der Vater schimpfte dann, auf Felix oder die Mutter. Es geschah auch, daß er ihm den Kübel wortlos aus der Hand nahm, den Deckel aufriß und hastig, schon wieder zum Hügel hochsteigend, das Essen hinunterzuschlingen begann.

Einmal hatte Felix Milchreis im Kübel. Vater aß das nicht gern, für Felix war Milchreis wie Sonntag.

Als es im Bruch tutete, war Felix noch weit. Er rannte, wie ihr Hund Laudan nach einem Hasen. Auf dem Fahrweg stolperte er, fiel lang hin, der Deckel sprang vom Kübel, und der Reis platschte auf die Straße.

Felix heulte los; das Knie blutete, der Handteller war aufgeschürft, und Vaters Essen lag im Dreck. Und so viel braune Butter hatte Mutter draufgetan!

Am liebsten wäre Felix liegengeblieben. Halb blind vor Tränen kratzte er mit dem Deckel vorsichtig den Reis wieder in den Kübel, ein bißchen Blut vom Knie kam auch mit hinein.

Verschmiert und heulend humpelte er weiter. Am Waldrand traf er den Vater.

„Bist du hingefallen?"

Felix nickte.

„Heul nicht!" sagte der Vater, nahm sein großes rotes Taschentuch aus dem Schürzenlatz und wischte dem Jungen das Gesicht ab.

„Hast wohl verschüttet?"

Heftig schüttelte Felix den Kopf.

Vater schaute sich nach einem Sitzplatz um, öffnete den

Kübel und guckte enttäuscht den Reis an. Aus der Hosentasche holte er seinen Löffel, rührte ein wenig im Essen herum und schob den ersten Löffel voll in den Mund.

„Setz dich!" sagte er, und Felix hockte sich neben sein Knie ins Gras. Er beobachtete aufmerksam Vaters Gesicht. Der verzog keine Miene. Bloß, daß er auf dem Reis herumkaute, als ob er zähes Rindfleisch darin hätte. Beim dritten Löffel spuckte er einen kleinen Kiesel aus. Felix schaute den Vater nicht länger an. Aber der sagte kein Wort.

Auf dem Weg kam die Henselka mit ihrem Wagen vorbei. Felix hatte sie erst überholt. Sie fuhr in den Steinbruch. Auf ihrem Wagen hatte sie ein Faß mit Gurken, Büchsen mit Rollmöpsen und Bratheringen und eine Kiste Semmeln.

„He!" schrie der Vater. „Gib mir 'nen Rollmops, 'ne Gurke und zwei Semmeln!"

Die Henselka hielt an, und ihr großer brauner Hund, der den Wagen zog, legte sich gleich hin. Er jachelte laut.

Die Henselka brachte die Semmeln aufgeschnitten, in der einen den Rollmops, von dem es tropfte. Die andere, mit der sauren Gurke im Maul, schaute aus wie ein Hund, der ein Kalbsbein fressen will.

„Fünfundzwanzig!" sagte die Henselka.

„Du bist aber teuer", sagte der Vater.

Die Henselka antwortete nicht, sie hielt ihre Hand hin. Die Frau war alt, schmutzig und dumm. Bloß mit dem Geld wußte sie Bescheid.

Sie zog weiter. Immer zog sie mit ihrem Wagen durch die Dörfer, im Sommer übernachtete sie auf dem Feld.

„Hat sie kein Haus, Vater?" fragte der Junge.

„In der Stadt!" sagte der Vater. Er riß die eine Semmel entzwei, säbelte ein Stück von der Gurke und ein Stückchen vom Rollmops ab.

„Iß!" befahl er und kaute hastig an seinem Teil. Er war eher fertig als Felix und brannte sich die Pfeife an.

Felix sagte: „Vater ..."

„Hm?" machte der Vater.

„Ich habe verschüttet."

„Wasch dir das Knie richtig ab", sagte der Vater und stand

auf. „Und Reis, der schmeckt mir nicht, auch ohne Sand und Steine schmeckt er mir nicht."

„Lauf!" sagte er und stieg den Bruchhügel hoch.

Felix lief los. Als er am Wirtshaus „Am Bruche" war, tutete es. Jetzt mußte der Vater wieder in das steinerne Loch hinunter.

Dennoch mochte Felix die Mutter lieber als den Vater. Auch sie mußte viel arbeiten. Aber dabei erzählte sie manchmal ein Märchen. Sie saß dann im Stall vor der Kuh und melkte. Felix hockte auf einem Strohballen mit seinem Milchtopf in der Hand. Im Stall war es düster, und es roch warm nach Kühen und Milch. Dann erzählte die Mutter wohl vom Milchdrachen, der bei manchen Leuten wohnt und ihnen viel Milch bringt. Die stiehlt er bei anderen Leuten. Bestimmt ist das ein schlechter Drachen, dachte Felix, aber er möchte trotzdem gern, daß sie einen hätten.

Es hatte geregnet; im Garten, wo der Keller lag, in dem die Sahne aufbewahrt wurde, war es klitschig, und die Mutter fiel mit einem großen Topf Sahne hin.

Wenn man einen Milchdrachen hätte, wäre das gar nicht schlimm. Der würde gleich neue Sahne holen.

Ob der Vater solche Geschichten auch kannte, wußte Felix nicht. Er war ja nie daheim.

Früh steht er auf und fährt mit dem Hund nach Futter. Da ist es noch gar nicht richtig hell.

Am Tage ist er immer im Steinbruch. Dann geht er gleich aufs Feld. Manchmal kommt er erst nach Hause, wenn Felix schon im Bette liegt und es draußen schon finster ist.

Der Vater wird auch schneller böse als die Mutter.

Mutter wollte einen neuen Wagen für das Schwesterchen kaufen. Aber Vater schlug mit der Faust auf den Tisch und schrie: „Ich schufte mir im Steinbruch die Pfoten blutig, bloß für die verfluchten Steuern und für 'n paar Klunter euch auf den Leib! Und du wirfst das Geld zum Fenster hinaus!"

Mutter weinte und sagte, das sei nicht wahr.

Felix war böse auf den Vater: Mutter warf kein Geld zum Fenster hinaus.

Das Schwesterchen erhielt keinen neuen Kinderwagen.

Und Felix bekam von der Mutter eine hinter die Ohren,

weil er ein Loch in der Hose hatte. Außerdem wurde er gleich ins Bett geschickt.

Alles wegen Vater. Felix starrte in die halbe Dunkelheit der Schlafkammer. Er beschloß, einmal ganz viel Geld zu haben. Dann kaufte er für Mutter zehn oder noch viel mehr Tüten mit Bohnenkaffee und mit Würfelzucker. Und für das Schwesterchen einen neuen Wagen. Wie ihn Batschons für ihre Beate haben.

Für Vater wird er gar nichts kaufen. Oder bloß eine Jacke. Weil die alte jeden Tag zerrissen ist, wenn er nach Hause kommt. Und vielleicht ein Fahrrad. Damit er in den Bruch fahren kann. Felix gab sich einen Ruck. Ja – auch Geld wird er dem Vater schenken.

Viel Geld, zehn Mark und noch zehn Mark und noch zehn Mark. Wenn Vater viel Geld hat, kauft er sich eine Zigarre und ist lustig, er kann mit den Augen ganz richtig lachen, und dann macht er Spaß mit Mutter und mit Felix, und manchmal schaukelt er sogar das Schwesterchen.

2

Felix ging das zweite Jahr zur Schule. Sie saßen jetzt mit dem dritten und dem vierten Schuljahr in einer Klasse, und er war der Jüngste und Kleinste.

Er machte sich nicht viel aus der Schule. Meistens war es langweilig.

Schön war eigentlich nur biblische Geschichte.

Der junge Kaplan, der einen linken Fuß aus Holz und Leder hatte, war sehr streng und faßte einen an dem kurzen Haar über dem Ohr und drehte daran, bis man immer größer wurde und zuletzt auf die Bank kletterte. Aber sonst war er gut, er ließ Felix oft erzählen, was das letztemal an der Reihe gewesen war.

Einmal erzählte Felix: „Ein junges Mädchen und ein Jüngling wollten Hochzeit feiern. Sie holten den Braschka*.

* (sorb.) Hochzeitsbitter, Zeremonienmeister

Der zog sich fein an, nahm seinen Stock mit dem bunten Tuch, setzte den Zylinder auf und lief zu allen Onkeln und Tanten der Braut und des Bräutigams, zu allen Paten und zu vielen anderen Leuten. Alle lud er zur Hochzeit ein. Die Jungfrau Maria kam auch auf die Hochzeit. Sie war eine Slonka*."

„Wo steht denn das in der Bibel?" unterbrach der Kaplan streng. Felix schaute ihn erstaunt an. Natürlich stand das nirgends. Aber würde sie sich etwa um den Wein kümmern, wenn sie bloß zu Gast wäre? Bestimmt nicht!

Er fuhr fort: „Wahrscheinlich war sie Slonka. Es gab viel zu essen. Zuerst schwarze Tunke und dann Rindfleisch mit Kren und dann Kaninchenbraten und dann Milchreis. Ein dicker Mann aß von allem zwei Teller voll …"

Wieder unterbrach der Kaplan: „Wer hat dir denn das erzählt?"

Felix achtete gar nicht auf diese sonderbare Frage. Erzählt hatte das niemand. Aber dicke Männer gab es überall. Auch auf der Hochzeit von Kanaan.

„… und der dicke Mann kriegte davon viel Durst. Und dann trank er viel. Immer Wein aus ganz großen Gläsern. Und die anderen hatten Angst, daß der Dicke alles allein austrinkt. Da tranken sie auch viel. Und auf einmal war der Wein alle. Und der Braschka war ganz wild, und da …"

„Genug", sagte der Kaplan, der heute sicher Schnupfen hatte, weil er immer sein großes Taschentuch vor die Nase hielt.

„Kutschank, erzähle du weiter!"

Felix setzte sich. Schade, jetzt erst wäre die Geschichte richtig spannend geworden!

Er achtete nicht auf Marko Horbank, der sich durch das Wein-Wasser-Wunder durchstotterte, sondern starrte zum Fenster hinaus in den Himmel. Eine dicke weiße Wolke segelte dort.

Auf der müßte man sitzen und mit ihr nach Afrika fahren, zu den Schwarzen. Und zu den Indianern, die eine rote Haut haben und sich Federn an den Kopf stecken.

Dann gibt es ein Land, da flechten sich die Männer

* (sorb.) Ehrenmutter der Brautleute

Zöpfe und tragen Röcke. Dort leben auch Drachen. Im Kalender waren Bilder davon.

Er wird das Gewehr, das Vater aus dem Krieg mitgebracht und auf dem Boden unter den Dielen versteckt hat, mitnehmen und alle Drachen totschießen. Dann machen ihn die Zopfleute zum Kaiser …

Da war die Stunde zu Ende und die Schule aus.

Mit Gelärm stürzten sie auf die Straße.

An der Schloßmauer lag ein großer Haufen Steine. Die Leute erzählten, der junge Graf wolle eine Kapelle bauen. Für seine Schwester, die vor einem Jahr gestorben war.

Die Jungen setzten sich auf die sonnenwarmen Steine.

Ernst Roßmann, der drei Jahre älter war und Schmied lernen wollte oder Schornsteinfeger, sagte zu Felix: „Los, erzähle, Borbaß!"

Alle schrien: „Los, erzähle, Borbaß!" Sie suchten sich bequeme Steine in Felix' Nähe aus.

Felix war stolz auf seinen Spitznamen. Borbaß war ein großer Held und erlebte jeden Tag etwas Neues. Und Felix hatte ihn erfunden.

„Borbaß sah eine große Wolke, die ganz langsam fuhr", begann Felix. „Borbaß sprang auf sie hinauf und sagte: ‚Los, schneller!' Und die Wolke fuhr schnell, immer schneller. Aber Borbaß wollte noch schneller fahren. Er schlug die Wolke mit der Peitsche. Die Wolke wieherte und sauste, daß es bloß so rauchte. Auf einmal waren sie über dem Land der Zopfleute. ‚Halt!' sagte Borbaß und sprang hinunter. Dort standen gerade sehr viele von den Zopfleuten, weil Jahrmarkt war. Eine Million Leute waren da."

„Eine Million ist nicht viel!" murrte Marko. „Kriegst nicht mal ein Fahrrad dafür!"

Felix überlegte, wie er Marko, der immer etwas an seinen Geschichten auszusetzen hatte, strafen könne. Drüben nagelte der Kaufmann gerade ein Blechschild an die Tür. „Rumbo-Seife" konnte Felix entziffern.

„Du bist ein richtiger Rumbo!" Er warf es Marko hin und wollte weitererzählen. Aber die Jungen tobten: „Rumbo! Rumbo!"

Rumbo wurde böse, fetzte seinen Ranzen hin und schrie: „Komm her, du Borbaß, wenn du keine Angst hast!"

Felix hatte Angst.

Langsam kletterte er vom Steinhaufen. „Alter Rumbo!" sagte er, schmiß seinen Ranzen neben den anderen, und schon war Rumbo über ihm.

Felix war schwächer, aber gewandt wie eine Schlange und schnell wie ein Fuchs. Nie lag er länger als einen Augenblick unten, und blutete seine Nase, so blutete auch Rumbos Nase.

Die anderen schauten zu und feuerten die Kämpfer an.

Die Schwächeren hielten es mit Rumbo. Er war der anerkannte, gefürchtete Führer der Jungen des Oberdorfes. Rumbo fackelte nicht lange. Soviel Prügel er daheim bekam, soviel teilte er auf dem Anger aus.

Rumbo und Borbaß kugelten umeinander durch den Staub, aber Rumbo gelang es nicht, den Kleineren in den „Schwitzkasten" zu nehmen. Immer wieder befreite Felix seinen weißblonden Schädel aus der Umklammerung.

Plötzlich hatte er Rumbo im Schwitzkasten. Mit aller Gewalt preßte er seine dünnen, sehnigen Arme um dessen Hals. Der machte gewaltige Anstrengungen loszukommen und schlug mit den Fäusten und Füßen nach dem Gegner. Felix drängte sich näher an ihn heran und ließ nicht locker.

„Borbaß, Borbaß!" frohlockten die einen.

Rumbos Anhang blieb still.

Der Junge keuchte. Felix preßte stärker.

„Loslassen!" verlangte Rumbo laut und böse.

„Rumbo!" höhnte Felix und rieb seine blutige Nase an des Gegners Haaren sauber.

„Loslassen!" Noch immer gab Rumbo nicht auf, obwohl er bloß noch japsen konnte.

„Sag: Ich bin ein Rumbo!" forderte Felix.

Rumbo dachte nicht daran! Eher …

Da ließ die Zange los. Bevor Rumbo begriff, sausten die anderen schon davon. Vor ihm stand der Lehrer.

„Ich werde euch lehren, euch gegenseitig blutig zu prügeln!"

Er gab dem Jungen eine geschmalzte Ohrfeige und ging weiter.

Wütend beschloß Rumbo, in der Schule noch schlechter zu lernen.

3

Friedlich zogen Rumbo und Felix dem Steinbruch zu.

Als sie ankamen, saßen alle Männer in der Baracke, obwohl es erst halb zwölf war. Sie redeten laut, schlugen mit den Fäusten auf die ungehobelten Tische, und manche tranken Bier. Die Jungen lehnten sich erstaunt und unschlüssig an die Tür. Ganz hinten stand Rumbos Vater, den sie „Akkordtöter" nannten, und rief: „Wir brechen die Steine, und die bauen sich Paläste! Wir schwitzen und schuften eine Woche lang – und was kriegen wir dafür? 'n Dreck! Papiergeld können wir fressen!"

Am Freitag hatte der Vater Lohn gebracht. Im Rucksack. Felix hatte noch nie soviel Geld gesehen. Aber der Vater hatte bloß gelacht, böse – als ob dich jemand mit der Peitsche schlägt, so hatte er gelacht. Dann war er zum Kaufmann gegangen, mit dem ganzen Geld. Und hatte eine Tüte Zukker mitgebracht, für das ganze Geld. Und die Tüte mitten in der Stube auf den Boden geworfen. Der Zucker war bis unter das Kanapee gespritzt.

Die Mutter hatte geweint, und Vater war auf den Boden gelaufen. Felix war ihm nachgeschlichen. Vater hatte auf den Dielen gekniet und ein Brett hochgerissen. „Mach, daß du runterkommst!" hatte er geschrien.

Und dann am Sonntag war er mit dem Akkordtöter und anderen Männern weggefahren.

In der Baracke war es auf einmal ruhig.

„Streik!" sagte Akkordtöter.

„Streik!" sagte der glatzköpfige Schmied.

„Streik!" sagten die meisten.

Manche sagten gar nichts.

„Wir schaden uns bloß damit", rief einer. Felix schaute den kleinen, dünnen Mann böse an.

Die Männer schrien gegen den Dünnen, manche schrien auch für ihn.

Als es still war, sagte Felix' Vater: „Für zwei Pfund Brot Lohn die Stunde sollen sie uns geben. Dafür – Streik!"

Felix war sehr stolz auf den Vater. Er wußte nicht, was Streik ist. Aber der Vater hatte ausgesehen, als ob er sich mit einem hauen wollte, der stärker, aber nicht im Recht war. Wie er mit Rumbo zum Beispiel.

Jetzt erblickte ihn der Vater. Er kam, nahm die beiden Kübel und sagte: „Geht nach Hause."

Um die linke Hand hatte er sein Taschentuch gebunden. Es war ganz blutig. Felix getraute sich nicht, vor allen Männern wegen der Hand zu fragen.

Vielleicht hatte sich Vater schon gehauen, mit dem anderen, dem Streik.

Als sie in die Schule kamen, beteten sie. Sie beteten immer ein Vaterunser. Heute sagte der Oberlehrer vor dem Beten, der liebe Gott solle das Land vor Unfrieden und dem Streik bewahren. Felix dachte, daß der Streik ganz bestimmt sehr stark sei, wenn der Lehrer gegen ihn beten ließ. Er freute sich, daß der Lehrer jetzt auf Vaters Seite war. Sonst lachte Vater oft über manches, was der Junge in der Schule lernte.

In den nächsten Tagen erfuhr er, was das ist: Streik. Vater und die anderen Männer gingen nicht zur Arbeit. Einige, einmal auch Vater, fuhren früh in den Bruch. Aber sie brachen keine Steine, sondern paßten auf, daß der Dünne und andere, die zu dem Besitzer des Bruches hielten, nicht heimlich arbeiteten. Ob der Besitzer nun böse war, konnte man nicht sehen. Er wohnte in Leipzig und kam bloß manchmal mit seinem Auto her.

Im Dorf war auch Streik. Alle Männer und Frauen vom Rittergut gingen nicht zur Arbeit. Sie erhielten in der Woche so viel Lohn, daß es gerade für ein Achtpfundbrot reichte. Sie wollten Geld für zwei solche Brote.

Und hier konnte man richtig sehen, was Streik ist. Der Inspektor Röber schrie wie ein Wilder und ritt wie ein Teufel durchs Dorf. Aber die Leute gingen trotzdem nicht arbeiten.

Auf den Feldern stand der Hafer in Hocken, und die Sommergerste war so reif, daß die Körner ausfielen. Und die frühen Kartoffeln mußten auch gelesen werden, jede Nacht kamen hungrige Leute aus der Stadt und holten einige Sack vom gräflichen Feld. Aber die Hofegänger und die Kutscher und die Mägde sagten: „Zwei Brote die Woche."

Dann sollten alle an die Treppe vor dem Schloß kommen. Der alte Graf wollte zu ihnen sprechen.

Der Kutscher Kmetsch sagte dem Inspektor, zur Treppe kommen sie nicht. Zwei Brote die Woche, und sie bringen den Hafer ein, schneiden die Gerste und roden die Kartoffeln.

Drei Tage noch, sagten sie zueinander, dann gibt der Graf nach.

Felix wußte nun, wie stark Streik ist. Er erzählte nach der Schule eine Geschichte, wie Borbaß einen Streik machte. Und er wußte jetzt auch, daß der Oberlehrer nicht auf Vaters Seite war.

Am Abend kam der Akkordtöter zu Vater, und der Junge mußte ins Bett. Er schlief jetzt mit der Schwester zusammen, weil in dem Korb neben Mutters Bett das neue Kind lag, das sie vor kurzem bekommen hatten. Es war auch ein Mädel. Felix hätte viel lieber einen Bruder gehabt.

Er wachte auf, als das Kind weinte. In der Kammer brannte Licht. Mutter saß auf ihrem Bett und gab dem Kind zu trinken.

Sie sagte: „Denk doch an die Kinder, Mann! Was soll denn aus ihnen werden, wenn ...“ Sie hatte Tränen in der Stimme.

Der Vater sagte nichts. Er hockte auf seinem Bett, ganz angezogen. Felix konnte nicht erkennen, was er machte. Es klang, als ob er mit Schraubenschlüsseln hantierte.

Vorsichtig erhob sich Felix auf die Ellbogen. Vater hielt das Gewehr in der Hand. Er schob Patronen hinein, dann machte es knack, und Vater sagte: „Es hilft nun nicht mehr, Hana.“ So leise und ruhig sprach er sonst nie.

Die Mutter weinte. Heute taten Felix ihre Tränen nicht weh. Der Vater stand auf.

Da klopfte ganz leise eine Stange ans Fenster. Blitzschnell steckte der Vater das Gewehr in sein Bett.

Er öffnete das Fenster. „Warte!“ sagte er und ging hinunter. Dann kam er mit dem Akkordtöter herauf.

„Kannst ruhig schlafen, Hana!“ sagte der zur Mutter. Seine Stimme war heiser vor Bitterkeit. „Die Reichswehr ist da.“

Vater gab ihm ohne ein Wort das Gewehr und viele Patronen.

Der Akkordtöter wickelte das Gewehr in einen Sack und ging.

Vater kam wieder herauf, zog sich aus und legte sich ins Bett. Die Mutter weinte nicht mehr. Sie fragte: „Was macht er damit?"

„Verstecken", sagte der Vater. Es klang, als ob er einen Bettzipfel im Munde hatte. Wie Felix, wenn er nicht weinen wollte.

Am nächsten Tag humpelte Himpel-Johann, der Gemeindediener, duch das Dorf und läutete aus, daß jeder Streik verboten sei.

Der Hafer vom Grafen wurde eingefahren, seine Gerste gehauen, seine Kartoffeln gerodet.

Der Wochenlohn war ein Achtpfundbrot.

Im Steinbruch wurden wieder Steine gebrochen. Aber nicht alle Männer durften dort weiterarbeiten. Für ein Pfund Brot in der Stunde.

Der Akkordtöter, Felix' Vater und vier andere holten ihre Hämmer und Meißel aus den Spellerhütten nach Hause, und der glatzköpfige Schmied, der nur ein Bein hatte, mußte aus seinem Schmiedeloch hinaus, und der Dünne wurde Tutenmann und durfte eine Kantine in der Eßbaracke aufmachen.

Rund um die Kreisstadt gab es auch Steinbrüche. Dort besaß der Akkordtöter gute Freunde. Die besorgten ihm Arbeit.

Nach einer Woche fand er auch für Felix' Vater Arbeit. Zwölf Kilometer waren es bis zu dem Bruch.

Jakob Hanusch aber hatte kein Fahrrad. Und weil er kein Fahrrad hatte, hatte er auch keine Arbeit.

Inspektor Röber kutschierte eigenhändig mit der Stute Flora und dem Jagdwagen des Grafen zur Stadt. Es war so dunkel, daß er kaum die Ohren der Stute vor sich erkennen konnte.

Auf dem Wagen stand, gut zugedeckt, ein Schweinekasten, darin grunzte, dick im Heu verpolstert, ein mageres Zentnerschweinchen. Das Schweinchen fuhr in die Stadt zum Baumeister, der die Kapelle am Schloß baute.

Die Stute Flora war rossig. Das wußte Inspektor Röber.

Auf der Rittergutsweide bei den „Großen Linden“ weideten Pferde von der Reichswehr. Das wußte Inspektor Röber auch.

Darunter war auch der Hengst Hannibal des Hauptmanns. Das wußte Inspektor Röber nicht.

Auf einmal fetzte ein schwarzer Schatten über den Weidezaun, die Stute gebärdete sich wie eine überjährige Jungfrau, stieg vorne hoch, schlug hinten aus, und der Hengst, der schwarze Satan, drängte sich immer feuriger heran.

Inspektor Röber wollte aus der Not eine Tugend machen. Sollte der Teufel sein Stütchen haben! Er hielt an, kletterte vom Bock – und im gleichen Augenblick rasten Hengst und Stute Seite an Seite los. Zwanzig Schritt rannte Inspektor Röber mit, dann ließ er die Zügel sausen, setzte sich mitten auf den Weg und preßte beide Hände aufs Herz.

An den Großen Linden zerschellte der Wagen, die Stute riß sich los, wieherte laut und schrill, und der Hengst trompetete triumphierend.

Aus dem umgestürzten Kasten entfloh das Schweinchen und jagte mit gestreckten Beinen zum Hundekirchhof hoch.

Am Hundekirchhof lag Hanuschens zweites Feld.

Am nächsten Morgen kamen Felix und der Vater, um Mais zu holen. Viele der mannshohen Stengel waren geknickt und zu Boden getrampelt, und eine ganze Anzahl Pflanzen waren herausgerissen. Der Vater fluchte auf die gräflichen Hirsche, und Laudan bellte hell und böse dazu.

Da erstarrte der Vater. „Halt's Maul!“ zischte er den Hund an. Der erschrak und knurrte nur noch.

Felix flüsterte: „Was ist das?“

„Mach den Strick ab!“ befahl der Vater leise und rührte sich nicht.

Fieberhaft knotete Felix den Strick vom Wagen.

Der Vater nahm den Strick und sagte: „Nimm die Gabel. Und wenn es ausreißt, stich zu! Aber fest!“

Zitternd vor Aufregung umklammerte Felix den Gabelstiel, bereit zu stechen, komme, was da wolle.

Der Vater schob sich vorsichtig in den Mais hinein. Auf einmal grunzte etwas auf, der Vater warf sich nieder, und

Felix stürzte hinzu: Mit Armen und Beinen umklammerte der Vater ein kleines Schwein.

Laudan bellte wie toll, das Schwein quiekte wie verrückt, aber als es an allen vier Füßen gebunden auf dem Boden lag, war es still.

Jetzt schaute der Mais erst schlimm aus! Aber Felix und der Vater strahlten und schnitten den meisten ab, packten ihn auf den Wagen und das Schwein schön mitten in den Mais und fuhren schnurstracks nach Hause.

Als sie ins Dorf kamen, sollte Laudan bellen. Er bellte auch, und das jämmerliche Quieken des Schweins war nicht zu hören.

Am Abend schaffte Vater das Schwein zu Michael Batschon und bekam dafür dessen Wochentagsfahrrad.

Am nächsten Morgen fuhr er mit dem Akkordtöter zum erstenmal wieder zur Arbeit.

Sie fuhren durch fünf Dörfer. Überall standen Reichswehrposten und bewachten Hunderte von scharf geladenen Gewehren, die die Republik zum Schutze der Schlösser hergeschickt hatte.

4

Die Revolution war tot. Der Akkordtöter saß im Wirtshaus am Bruch und vertrank ihr Fell.

Er und alle, die vor drei Jahren den Bruch hatten verlassen müssen, arbeiteten wieder da. Niemand hinderte ihn, seine Kolonne, die rote Kolonne, von neuem aufzubauen. Der Bruchmeister nannte sie „die Russen“ und lachte breit und behäbig dazu. So tot war die Revolution.

Der Akkordtöter versoff das Fell der Revolution.

Der hagere Bruchwirt saß dabei und schlief. Er hatte zehn Stunden Arbeit im Bruch und acht auf dem Erntefeld hinter sich. Der Akkordtöter goß sich selbst ein. Die Flasche stand auf einer Zeitung. Rechts von der Flasche schaute das Heck des Panzerkreuzers „A“ hervor, links weihte der „Stahlhelm“ Fahnen, unten trommelte irgendein

Hitler, oben, über die ganze Breite, lud der tschechische Sokol-Verband fünfhundert sorbische Kinder auf drei Ferienwochen in die Tatra ein.

Die Fäuste in die Taschen gerammt, schauten Roßmanns Zwillinge und Felix dem gelben Postauto nach. Elf Kinder aus ihrem Dorf waren gefahren, fünfundzwanzig hätten fahren können.

Aber es war Erntezeit. Sie brauchte auch Felix' Arme.

Die Zwillinge hatten deutsche Eltern. Nur sorbische Kinder waren eingeladen.

„Das ist alles Mist!" sagte Rudi und zielte mit einem Kiesel nach dem grauen Gänserich, der mitten auf dem Teich laut auf irgend etwas schimpfte. Der Stein fuhr neben dem Gänserich ins Wasser; der erschrak und segelte eilig davon.

„Felder haben ist Mist." Felix schränkte Rudis Behauptung ein und bekräftigte sie gleich, „und überhaupt alles!"

Er erzählte: „Vorgestern mußte ich mit der Mutter nach Kamenz. Die Mutter fuhr mit dem Rad und ich mit unserem alten Kinderwagen. Gänsel waren drin und Butter und Eier. Mehr als zwei Stunden mußte ich laufen. Und dann haben wir dort gestanden auf dem Markt. Immer kamen Leute und guckten, was wir hätten. Und die Butter kosteten sie immer mit dem Messer. Unsere Mutter wollte fünfzig Pfennig für ein Stück Butter haben. Die Leute wollten fünf Pfennig weniger geben. Und die Sonne schien, ich habe geschwitzt, bloß so vom Stehen. Und die Butter wurde immer weicher. Die Gänsel haben wir verkauft. Dann wollten wir die Butter fünf Pfennig billiger weggeben. Aber die Leute haben keine mehr gekauft. Und dann war Mittag, und unsere Butter war ganz weich. Dann sind wir weggefahren, und die Mutter hat geweint. Weil die Butter hin war und sie nun kein Geld hatte.

Aus einer Schule kamen Kinder. Die schrien ‚Wendsche Hanka, dicke Kanka!' hinter uns her. Ich wollte hauen, aber Mutter hielt mich fest. Dann hat ein Junge Mutter am Tuch gezupft, und da bin ich auf ihn drauf, und gleich fünf auf mich."

Er zeigte stolz auf eine Stelle hinter dem rechten Ohr. Dort war die Haut aufgeplatzt.

„Einer hat mich mit einem Stein geschlagen. Mutter wollte mir helfen", er wurde rot, „da kam ein Lehrer und trieb die Kinder weg."

Er zerbrach einen Stock über dem Knie. „Wenn ich groß bin", sagte er, die Zähne fest aufeinander, „will ich keine Wirtschaft haben. Und ich will auch nicht sorbisch sein!"

„Wenn du wieder nach Kamenz mußt", sagte Rudi, „komme ich mit, dann verhauen wir die aber!"

„Ich gehe auch mit", versprach Ernst.

„Ich geh' überhaupt nicht mehr hin", knurrte Felix, „mit Mutter nicht! Da sieht gleich jeder, daß wir sorbisch sind. Ich geh' nicht mehr, und wenn mich Vater haut."

Rudi wuchtete einen Stein vom Ufer los und warf ihn ins Wasser. Eine Wut hatte er, eine richtige rote Wut! Wenn man deutsch war, durfte man nicht umsonst drei Wochen in ein fremdes Land fahren, und wenn man sorbisch war, beschimpften sie einen in der Stadt.

„Wir wandern einfach aus!" sagte er.

Felix schwieg. Und wer soll sich dann für die Mutter hauen, wenn sie wieder in die Stadt muß? Und sie muß ja!

Drüben, jenseits des Teiches, trat die Mutter vor das Hoftor. „Felix!" rief sie. „Heimkommen!"

Felix stand auf.

Ernst fragte: „Was mußt du jetzt machen?"

„Das Butterfaß schaukeln", murrte Felix.

„Wir helfen dir", meinte Ernst. Dann fiel ihm etwas ein. „Was habt ihr dann mit der Butter gemacht?"

„Der Bäcker, wo die Mutter ihr Rad einstellt", erklärte Felix, „hat gesagt, ‚ich nehme sie. Aus Freundlichkeit', hat er gesagt. Und dann hat er uns vierzig Pfennig für ein Stück gegeben. Und das hat nicht gereicht für die Margarine und den Zucker und die Seife und die neue Hose, die Vater für den Steinbruch haben wollte."

„Wir wandern eben aus", wiederholte Ernst seinen Vorschlag.

Ende September, als die Kartoffelferien begannen, wanderten sie wirklich aus.

Am letzten Schultag stellte Rumbo die Lesekolonne zusammen, und am Montagmorgen, als die Sonne durch die herbstbunte Pracht der hohen Parkbäume blinzelte, machten sie sich auf den Weg – achtundzwanzig Jungen und Mädel.

Irgendwo in der Mitte marschierte Felix. Er war der jüngste der Kolonne. Er war sehr stolz und froh, daß er zum ersten Male mitgehen durfte.

Er malte sich aus, wie schön und aufregend alles sein würde, das Schlafen auf Stroh, die Ungebundenheit, das Wandern durch die fremden Dörfer und überhaupt das ganze neue, nicht alltägliche Leben.

Vom Montag bis Sonnabend sind sie unterwegs; Sonnabend abends kommen sie heim, knüpfen das Taschentuch auf und legen das Geld auf den Tisch, wie der Vater, wenn er am Freitag seine Lohntüte bringt. Dann badet man, berichtet am Sonntag den kleineren Schwestern mit ernstem Gesicht von Kartoffelsorten und von Bauern, bei denen es so viele Sorten gibt wie bei den Kartoffeln. Und am Montag wandert man von neuem los, wieder auf eine ganze Woche. Falls es genügend Kartoffeln gibt, hat man auch noch die letzte Ferienwoche zu tun und verdient Geld. Wenn man Glück hat, kann man am Ende einundzwanzig Mark und zwanzig Pfennig zu den sieben Mark, die schon in der Sparbüchse sind, dazulegen.

Der Schmied im Oberdorf verkauft auch Fahrräder. Für dreißig Mark kann man bei ihm ein gebrauchtes „Edelweiß"-Fahrrad kaufen.

Schön wär' es auch, einen Malkasten zu haben, einen richtigen großen, wie sie in Kamenz im Schaufenster liegen. Da gibt es welche, die kosten zwanzig Mark. Mit denen kann man malen! Denn was ist schon ein Malkasten, der bloß sieben Farbschüsselchen hat. Da kann man sich anstrengen, wie man will, den Steinbruch mit den Männern drin und der Sonne und den Wolken darüber kann man mit diesen sieben Farbschüsselchen einfach nicht malen. Oder den Lilienteich, der mitten im Walde liegt, auf dem Seerosen schwimmen, wo gelbe und blaue Lilien blühen, und am Rande stehen Birken, die sind grün wie nichts anderes und weiß wie Wolken, die gegen die Sonne ziehen, hinter dem Teich äsen Rehe, und der Rehbock äugt ganz scharf herüber, und Bleßhühner und Wildenten schwimmen auf dem Wasser, und das Wasser hat viele Farben – kann man das etwa malen mit einem Malkasten, der nur achtzig Pfennig kostet? Das kann man nicht malen! Auch wenn man ein ganz großer Maler ist, kann man es nicht malen.

Aber wenn man den großen Kasten hat – auch Tuben sind da drin –, kann man vielleicht sogar die Luft malen, wie sie flirrt, so viele Muttergottes-Pferdchen schwirren da herum.

Und es ist ganz klar, daß dann alle Leute erkennen würden, daß Felix ein sehr großer Maler ist.

Jetzt schaute die Sonne über den Galgenberg herüber. Oben war die Luft rosa, und unten war sie weiß, mit ein wenig grün dazwischen ...

Schön war das! Und lautlos sang Felix: „Guten Abend, Mütterlein, wo hast du dein Töchterlein ..."

Jeder kannte das Lied, obwohl es nie in der Schule gelehrt wurde. Als sie in das große, reiche Kirchdorf einzogen, stimmten sie ein neues Lied an. Mit aller Kraft der Lungen brüllen sie „Der Mai ist gekommen, die Bäume schlagen aus ..." und kümmerten sich den Kuckuck darum, daß es nicht mehr weit zur Kirmes war.

Wenige Minuten vor sieben Uhr erreichten sie ihr Ziel, einen der großen Höfe in Malkwitz. Ohne Aufenthalt kletterten sie auf die Kastenwagen und fuhren aufs Feld.

Dann ratterte die Kartoffelmaschine die Zeilen entlang, der Boden war trocken, die Sonne wärmte, und ein Wagen nach dem anderen rumpelte vollbeladen vom Acker.

Kaum eine Stunde nach dem Abendbrot lagen die Mädel schon jeweils zu dritt in den vier Betten, die in einer Kammer aufgestellt waren. Die Jungen legten sich in einer anderen, ausgeräumten Kammer auf reichlich Stroh, über das alte graue hausgewebte Laken ausgebreitet waren.

Rumbo hatte seinen Platz neben der Tür, unter dem Lichtschalter. Kaum hatte der letzte sich fest in seine zwei groben Decken eingemummelt, löschte Rumbo das Licht und befahl laut: „Gute Nacht!"

Als sich in einer Ecke zwei flüsternd zankten, weil der eine dem anderen ein Knie in den Bauch gestoßen hatte, knurrte Rumbo sie an: „Schlaft, oder es setzt was!"

Am nächsten Mittag wurden sie bei diesem Bauer fertig. Mitte der zweiten Woche sollten sie noch einmal auf zwei

Tage zu ihm kommen, dann wären die späten blauen Industriekartoffeln an der Reihe. Rumbo sagte im Namen seiner Kolonne zu. Sie waren zufrieden mit diesem Bauer; ehrlich zahlte er jedem eine Mark und dreißig Pfennig für den Tag aus und gab auch Rumbo die fünfzehn Pfennig mehr, die ihm zustanden.

Auch mit der Bäuerin waren sie zufrieden, sie hatte reichlich Schnitten, vormittags mit Schmalz, nachmittags mit Butter und hausgemachter Wurst, aufs Feld geschickt und hatte ihnen gutes Essen zu Mittag und zu Abend auf den Tisch gestellt.

Sie sagten „Auf Wiedersehen!" und zogen zum nächsten Bauer, zwei Höfe weiter.

Von Hof zu Hof zogen sie, lernten gute Bauern kennen und schlechte, bekamen gutes Essen und schlechtes, schliefen auf duftendem Heu und auf muffigem Stroh, die Sonne wärmte sie, und der Regen jagte sie unter die Kastenwagen, immer aber sahen sie, daß es zwei Tische gab in jedem Haus – den Gesindetisch und den Besitzertisch. Sie lernten es beizeiten, daß sie geboren waren, am Gesindetisch zu sitzen.

Am Ende der dritten Woche lasen sie im eigenen Dorf beim Bauer Batschon.

Alfons Batschon, der das zweite Jahr zur Schule ging, stolzierte in Gummistiefelchen über den Acker und half die Kastenwagen vorrücken. Laut und schrill schrie er „Hüjö!" und knallte mit der Peitsche, wie es ihm der Pferdeknecht beigebracht hatte.

Manchmal hob er auch eine liegengebliebene Kartoffel auf, und als der Bauer gerade auf dem anderen Feldende war, schrie Alfons: „Vater, die lesen nicht richtig!"

Michael Batschon schien nicht zu hören. Alfons lief hin. „Vater, die …"

Michael Batschon gab ihm eine Ohrfeige. „Marsch, mit dem nächsten Wagen nach Hause, du dummer Junge!"

Alfons verstand die Welt nicht mehr. Er schlich zu einem Wagen, setzte sich auf die Deichsel und schaute nicht mehr nach den Lesern. Er gab sich seinem liebsten Traum hin: Er hat ein ganz großes Gut in Amerika, wo die Sklaven sind. Er hat tausend Sklaven oder noch mehr. Die müssen ihm alle gehorchen, wie es in dem Buche steht, das er zum Geburtstag bekommen hat. Es heißt „Onkel Toms Hütte". Er wird gut sein zu seinen Sklaven, aber wenn er sagt: „Springt ins Wasser!", so müssen sie springen. Wenn sie gehorchen, wird er gut zu ihnen sein. Bloß freilassen wird er sie nicht, dann hätte er ja keine Sklaven mehr …

Mit dem Frühstück kam Alfons' Schwester Beate, ein Jahr jünger als er, mit aufs Feld. Sie hatte eine rote Mütze auf, und ihre Haare flogen im Wind. Die Haare schauten aus wie Sonne im dichten Wald. Die Augen waren wie reife Brombeeren so dunkel.

Eifrig half sie der Küchenmagd das Frühstück austeilen. Jedes bekam eine Schmalzschnitte und eine Schnitte weißen Stollen, wie er im Dorf zur Kartoffellese gebacken wird. Als sie das letzte Stück aus dem großen Tragkorb holte, wollte sie es selbst essen.

Die Magd sagte: „Das gehört dem Felix."

Beate brachte es Felix, der als letzter auf dem Rain saß. Sie gab ihm die Scheibe Stollen und setzte sich an seiner Seite hin.

Beate hatte Hunger, denn die Küchenmagd hatte vergessen, ihr Frühstück in den Korb zu packen.

„Gibst du mir ein bißchen?" fragte sie ganz leise.

Felix schaute sie unschlüssig an. Beate hatte so schöne Augen. Er brach ein Stück von dem süßen Weizenbrot ab.

Beate biß hinein. Manchmal wehte der Wind ihre Haare an Felix' Wange. Felix mußte lachen, weil das am Hals kitzelte. Beate lachte auch, weil das spaßig war. Sie rückte noch ein wenig näher heran, damit es der Wind leichter hatte.

Sie blieb den ganzen Tag auf dem Feld und half Felix, sie las sehr eifrig, obwohl sie erst das erste Jahr zur Schule ging.

Als die Sonne stieg, zog sie Schuhe und Strümpfe aus und hatte am Ende genauso schmutzige Füße wie alle anderen.

5

Nach den Ferien saß Felix sehr viel zu Haus und malte. Er hatte sich einen Farbkasten kaufen dürfen mit zwölf Farben. Papier hatte er auch genug, er ging jede Woche zweimal zum Postmann und packte alles Papier aus dem Papierkorb in einen Sack und schleppte es heim.

Das meiste war nur zum Feuermachen gut. Aber manchmal fand er große Bogen darunter, die nur auf einer Seite bedruckt oder beschrieben und gar nicht sehr zerknüllt waren.

Er malte immer gleich mit dem Pinsel, das Dorf, den Teich, Kornfelder oder den Wald. Am liebsten malte er den Wald mit dem Hentschel-Teich, wenn die Sonne unterging und wie eine rote Brücke auf dem hellen Wasser lag.

Die Mutter wußte sofort, was er malte, der Vater schaute nicht einmal richtig hin und schimpfte bloß: „Hat denn der Junge nichts anderes zu tun, als immer herumzuklecksen?"

Die Mutter verteidigte Felix: „Er hat ja alle Arbeit gemacht, laß ihn doch malen."

„Malen, malen", der Vater schimpfte böse, „immer hat er irgendwelche Faxen im Kopf! Er ist kein Kind mehr!"

„Ist doch erst zehn Jahre", widersprach die Mutter.

„Mit zehn Jahren mußte ich schon pflügen und im Winter dreschen helfen!" knurrte der Vater.

„Pfarrer Bedrich sagt auch ..."

„Laß mich mit dem Pfarrer zufrieden", fuhr sie der Vater an, „der soll mir dem Jungen nicht immer die Schwarten in die Hand geben!"

Die Mutter las selbst alle Bücher, die Felix vom alten Pfarrer geliehen bekam. Der Pfarrer war ein Bruder der Schweine-Hana vom Rittergut. Er hatte sich zur Ruhe gesetzt und bewohnte beim Oberschmied zwei Zimmer.

„Er liest eben gern", sagte sie versöhnlich, „und der Lehrer sagt auch ..."

Der Vater schlug mit der Faust auf den Tisch, daß das Geschirr klirrte. – „Schluß!" schrie er.

Nun wurde auch die Frau böse. Sie verschloß ihr Gesicht und sprach kein Wort mehr.

Vor dem Schlafengehen rieb Jakob Hanusch die breiten, schmerzenden Sprünge in der hornigen Haut seiner Handflächen mit einer strengriechenden schwarzen Schmiere ein. Um die linke Hand wickelte er sich die Binde selbst herum, mit der rechten kam er damit nicht zu Rande.

„Verbinde mir's mal", brummte er.

Die Frau legte die Flickarbeit beiseite und verband ihm stumm die Rechte.

„Nu sei nur wieder gut", brummelte er und blinzelte sie mit hellen grauen Augen an.

„Mich brauchst du nicht anzuschreien", sagte sie kühl. „Wenn du dein Gelübde nicht halten willst, dann mach's mit dir selber aus."

Die Augen des Mannes wurden dunkel und streng wie seine buschigen Augenbrauen. Er starrte seine verbundenen Hände an. „Ich habe bloß die zwei Hände", sagte er ruhig. „Bin froh, wenn ich euch satt kriege damit. Ich kann keine Schule bezahlen."

Die Frau schwieg. Das Schweigen war nicht mehr feindlich, es war ratlos.

Der Mann sah zu dem Korb in der Stubenecke hin. Dort schlief Lena, ihr viertes Kind.

„Ich kann nicht auch noch der Kirche einen Pfarrer bezahlen", murmelte er.

„Versündige dich nicht, Mann!" tadelte die Frau.

„Da gibt es nichts zu versündigen, Mutter", sagte er und stand schwer auf. „In Jentschwitz hat einer ein Gelübde gemacht, daß er nach Rom fährt, wenn sein Junge wieder gesund wird. Der Junge ist gesund geworden. Der Mann hat seine einzige Kuh verkauft und ist nach Rom gefahren. Sieben Kinder haben sie."

Er beugte sich über den Korb und verjagte die Fliegen vom Gesichtchen seiner Tochter.

„Ich denke", sagte er langsam, „der Mann hat sich versündigt."

Er ging.

Die Frau sagte nichts. Er hatte ja recht. Mehr als sechsunddreißig Mark brachte er am Freitag nicht nach Hause. Und davon kann man wirklich nicht noch der Kirche einen Pfarrer bezahlen.

6

Der bleiche Mond hing über der schmalen kurzen Gasse zwischen dem Dom und den Gebäuden, die zum Domkapitel gehörten.

Gleichgültig trugen mächtige Außenpfeiler das hohe, steile, ein wenig schiefe Kirchendach, leblos und stumm starrte der wuchtige Turm in den kalten Vorfrühlingshimmel, der langsam grau zu werden begann.

Eine Tür knarrte und fiel laut ins Schloß zurück. Barhaupt und ohne Mantel trat ein schmächtiger Junge in die Gasse, riß die müden Augen auf und rannte hinüber zum Domportal. Er war gerade groß genug, um die schwere, glänzende Messingklinke zu erreichen.

Das Portal war noch geschlossen. Der Junge schob die Hände in die Hosentaschen, lehnte sich fröstelnd ans Portal, gähnte herzhaft und wartete.

Heute ist Donnerstag, dachte er. Zu Mittag gibt es ein kleines Schnitzel und junges Gemüse.

Nachmittags haben wir Turnen. Hoffentlich ist der Lehrer immer noch nicht ganz gesund und läßt uns wieder Fußball spielen.

Er hob den rechten Fuß ein wenig in das blasse Mondlicht. Die Schuhspitze war wirklich bald durch. Der Vater wird schimpfen, vielleicht gibt es auch eine Ohrfeige, und die Mutter wird einen endlos ermahnen, die Schuhe zu schonen. Er kann aber nicht barfuß Fußball spielen, überhaupt jetzt, wo es noch friert. Sie hätten ihn ja nicht in die Stadt zu schicken brauchen, wenn sie ihm alles verbieten wollen!

Wieder ging drüben in der Zeile der Domhäuser eine Tür. Der Küster kam und steckte den riesigen Schlüssel in das Schloß des Portals.

„Guten Morgen", grüßte der Junge.

Der Küster hatte besonders schlecht geschlafen, er brummte nicht einmal. Erst in der Sakristei wandte er sich an den Jungen.

„Felix", fragte er drohend, „bist du gestern in meinem Garten gewesen?"

Gesehen hat er mich nicht, beweisen kann er mir nichts. „Nein", antwortete Felix.

Der Küster gab ihm eine Ohrfeige. Aus dem Handgelenk heraus konnte er zuschlagen, daß einem die Nase im Gesicht wackelte.

„Das ist für die Lüge!" brummte er.

„Ich bin aber nicht ..."

Der Küster faßte den Jungen an beiden Ohren und drehte die Ohrläppchen nach außen.

Kein Mensch hält das aus. „Ich bin doch bloß durch ...", murmelte Felix.

Der Küster ließ die Ohren los, griff in die Tasche und hielt Felix ein Taschenmesser vor die Augen. F. H. war darin eingekratzt. Der Küster steckte das Messer wieder ein. „Den Gartenzwerg hast du zerschlagen!"

Felix wurde wütend. Natürlich ist der dämliche Zwerg umgefallen, weil ich im Finstern über ihn gestolpert bin. Höchstens hat er sich die Nase abgeschlagen oder einen Finger, mehr bestimmt nicht. Aber kurz und klein schlage ich ihn, und die beiden Pilze auch.

„Ich habe Ihrem Zwerg überhaupt nichts getan", sagte er trotzig.

Da knallte die zweite Ohrfeige auf seine Backe.

Im gleichen Augenblick betrat der Senior der Domherren, der Prälat Jakubasch, die Sakristei.

Er hüstelte krächzend, daß seine schmalen Schultern zuckten.

Er hüstelte immer so, wenn er sich erregte.

„Brust", sagte er leise zum Küster, „wenn Sie noch einmal einem der Jungen ins Gesicht schlagen, verlieren Sie Ihr Amt. Ich sage es Ihnen zum letztenmal!"

Haßerfüllt starrte Felix des Küsters Gesicht an, das glatt, gut und fromm wurde.

Der Küster wollte etwas erklären, aber der Prälat winkte ungnädig ab. „Verda – – nzig und Zoppot, Brust! Heucheln Sie mir nichts vor! Wenn *mein* Junge Unfug treibt, sagen Sie es mir!"

Sein Junge, das war Felix. Er ministrierte dem Prälaten, putzte am Nachmittag seine Schuhe, trug die Kohlen in seine Wohnung, behandelte die Messingklinken und -beschläge seiner Tür mit Sidol und einem weichen Lappen, klopfte sonnabends seine Teppiche, holte ihm aus der Apotheke Pastillen gegen den Husten und aus dem Zigarrengeschäft auf der Kaiserstraße jede Woche einmal zwei Kisten guter Zigarren, die den Husten erzeugten.

Dafür wohnte er in einer ebenerdigen Kammer in dem Hause, in dessen erstem Stock der Prälat wohnte, aß mit neun anderen Jungen, die den übrigen Domherren gehörten, aus der gleichen Küche wie die Domherren, gut und nahrhaft und reichlich, machte mit den neun unter Aufsicht eines Oberprimaners, der Theologie studieren wollte, seine Schulaufgaben und galt – wie die anderen alle – als „Kapitelräuber“. Die Eltern sahen dieses Dasein als die erste Stufe auf dem Wege zum Pfarrer an. Viele hatten wirklich so angefangen, auch der Prälat war vor einem Menschenalter hier Kapitelräuber gewesen.

Der Prälat stammte aus dem Dorf an der Ostseite des Steinbruchs; dort verbrachte er alljährlich seine Ferien im Hause seines Brudersohnes, der mit dem Akkordtöter in einer Kolonne im Bruch arbeitete.

Der Prälat hatte ein gutes Einkommen, wurde aber trotzdem nicht reicher als sein Brudersohn. Die fünfzehn Mark, die Felix monatlich erhielt, machten es wohl nicht aus, auch nicht die Zigarren, obwohl sie vierzig Pfennig das Stück kosteten.

Teurer waren sicher die Bücher, die drei Wände in dem Wohnzimmer des Prälaten einnahmen. Oft auch wollte irgend jemand Geld von ihm haben. Der Prälat knurrte dann, hüstelte auch manchmal, daß die Schultern zuckten, aber er gab immer Geld. Dann hatte sein Freund, der alte Pfarrer Bedrich, wieder ein kleines sorbisches Buch fertiggeschrieben. Damit man es billig verkaufen konnte, bezahlte der Prälat die Druckerei.

Alle Leute sagten, daß er ein guter Mensch sei.

Trotzdem liebte ihn Felix nicht. Erstens konnte der Prälat schlecht schlafen und hielt täglich, sommers wie winters, seine Messe schon um ein Viertel nach fünf. Die anderen kamen alle erst später.

Zweitens konnte er nicht leiden, wenn irgendwo ein Körnchen Staub an den Schuhen blieb.

Drittens hatte er die unangenehme Gewohnheit, sich wöchentlich mindestens zweimal Felix' Hals anzusehen; er bestand darauf, daß man immer saubere Hände haben müsse, sogar die Fingernägel mußte man putzen.

Viertens petzte der Prälat. Jedesmal, wenn Vater oder Mutter in die Stadt kamen, erzählte er ihnen eine halbe Stunde lang: Felix habe sich mit den Jungen der Schmiedegasse herumgeprügelt, er habe Äpfel im bischöflichen Garten gemaust, er habe mit dem Ball ein Fenster eingeworfen, er sei auf der „Schießbleiche" in fremden Pflaumen erwischt worden, er sei verbotenerweise in einen alten unterirdischen Gang gekrochen, der Lehrer habe wieder gesagt, daß er zwar begabt, aber faul wie ein Stinktier sei, daß er Schulhefte habe, als ob eine Krähe mit Tintenfüßen über die Seiten gelaufen sei, daß er die Kapitelköchin in den Kohlenkeller eingesperrt habe, daß er vom Meßwein getrunken habe, daß er sich den Hals nicht wasche, daß er ...

Dann weinte Mutter einen an, und Vater behauptete böse, daß aus so einem Kerl bestimmt nichts würde.

Nie sagte der Prälat, daß Felix ja – zum Beispiel – nicht allein in den bischöflichen Äpfeln gesessen hatte, sondern immer in der kapitelräuberischen Gemeinschaft.

Und alles das mußte er über sich ergehen lassen, bloß deswegen, weil der Lehrer, der Kaplan und der Pfarrer Bedrich den Eltern weisgemacht hatten, er solle auf die Schule.

Die Eltern hatten gefragt, ob er wolle. Was soll man da schon antworten? Man geht eben, und später wird man ja sehen, ob es einem dort gefällt. Dann kann man immer noch nach Afrika oder nach Amerika, und wenn man dann als großer Mann zurückkommt, weint die Mutter bestimmt nicht mehr, daß man nun doch kein Pfarrer oder Prälat geworden ist.

Brust zupfte dem Prälaten den Ornat zurecht und ging hinaus, zwei Kerzen am Seitenaltar des heiligen Sebastian anzuzünden.

Felix hielt das Meßbuch in der Hand und wartete.

Der Prälat drehte sich um und winkte ihn zu sich. „Daß du mir heute keine Schande machst!"

Felix sah ihn verständnislos an.

„Du hast es wohl gar vergessen?" Der Prälat schüttelte ärgerlich den Kopf. „Möchte bloß wissen, was aus dir mal wird, Junge!“

Felix versuchte reumütig dreinzuschauen.

„Du mußt doch heute zur Aufnahmeprüfung!“

Ach ja, verflixt, das habe ich ganz vergessen, dachte Felix. Prima, brauche ich nicht gleich in die Schule.

„Um zehn Uhr“, sagte er.

„Geh eher hin“, befahl der Prälat. „Und wasch dich noch mal ordentlich!“

Wieder fängt er damit an! Felix ärgerte sich und beschloß, sich gerade nicht noch einmal zu waschen.

Der Prälat suchte unter seinem langen weißen Meßrock die Hosentasche. Aus dem Portemonnaie fischte er ein silbernes Zweimarkstück heraus.

„Kauf dir Papier und ein paar neue Federn! Und daß du mir nicht zu sehr schmierst! Und nachher kommst du gleich zu mir und erzählst, wie es gegangen ist.“

Felix nickte, ohne genau hinzuhören. 'ne große Tüte Erdnüsse kaufe ich mir und zwei Hefte Tom Shark. In die Eisdiele gehe ich auch.

„Und wenn du die Prüfung nicht bestehst“, drohte der Prälat, „schicke ich dich gleich nach Hause! Verstehst du?“

Und wennschon, dachte Felix. „Ja“, sagte er. Wenn der noch lange redet, lege ich das Meßbuch wieder hin, das wird ganz schön schwer.

Aber der Prälat sah ihn nur noch einmal streng an, hüstelte kurz ohne Bedeutung und murmelte das erste Gebet. Vor ihm her trug Felix das Meßbuch zum Altar.

Niemand hatte Felix gesagt, daß er sich für die Aufnahmeprüfung besonders fein anziehen solle. Als er die schwere hohe Tür zum Gymnasium aufdrückte, versperrte ihm der Hausmeister den Weg. Argwöhnisch beäugte er den Jungen, der eine ausgeweitete, gestreifte Strickjacke anhatte und eine alte, mit rosa Leinen bezogene Briefmappe – sie stammte aus dem Papierkorb des Prälaten – unter dem Arm hielt.

„Was willst *du* hier?“ fragte der Zerberus.

„Zur Prüfung“, antwortete Felix. Er blieb bei der untersten Stufe stehen, bereit, gleich wieder kehrtzumachen, wenn der Mann ihn etwa nicht hineinlassen wollte.

„Bist du allein?"

„Ja." Felix nickte.

Der Mann schaute ganz verdutzt drein und wies ihn den Gang hinunter. „Die letzte Tür links."

Überall auf dem Gang standen vornehme Leute, die sich flüsternd unterhielten. Sogar ein Hauptmann von der Reichswehr war da. Um ihn genau zu besehen, ging Felix nahe an ihm vorbei. Der Hauptmann roch ein wenig nach Pferd. Seine Frau, die einen Matrosenjungen an der Hand hielt, hatte einen lila Hut, groß wie ein halber Regenschirm, auf dem Kopf und duftete wie der Blumenladen in der Theatergasse.

Unter den Kindern, die die Leute zur Prüfung gebracht hatten, waren auch Mädchen. Sie steckten in Kleidern wie aus einem Schaufenster und trugen große blaue oder weiße oder bunte Seidenschleifen im Haar.

Ein junger Mann rief leise: „Die Prüflinge bitte eintreten."

Der Mann hatte einen kleinen Schnurrbart, unter dem er lächelte. Es sah aus, als ob ihm jemand befohlen hätte zu lächeln. Die Leute schoben ihre Kinder in das Klassenzimmer.

Bevor der Schnurrbärtige die Tür schloß, schlüpfte Felix schnell hinein. Er setzte sich neben ein dickes Mädchen, dem zwei lange Zöpfe den Rücken herunterhingen.

Die Prüfung begann.

Felix fand alles kinderleicht. Das dicke Mädchen neben ihm fing während des Diktates an zu heulen, und während sie heulte, schrieb sie immer weiter. Felix linste zu ihr hinüber; sie hatte einfach ganze Worte weggelassen.

Drei Stunden später verlas der Schnurrbärtige die Namen derer, die die Prüfung bestanden hatten. Unter ihnen waren Felix und das dicke Mädchen, eine Tochter des Staatsanwaltes, und auch der Junge des Hauptmanns.

Ein Junge war durchgefallen; er heulte, und seine Mutter weinte einem alten, graubärtigen Mann etwas vor. Der Graubärtige war der Rektor.

Später, eine Woche nach Ostern, am ersten Schultag der

neuen Sextaner, stellte es sich heraus, daß die Mutter erfolgreich geweint hatte. Der heulende Junge saß in der Klasse, heulte nicht, hatte die eine Nachprüfung bestanden, hieß Winfried und war der Sohn des Landrats von Grauheim. Die Väter der anderen waren Pastoren und Ärzte, Studienräte, Fabrikbesitzer, Offiziere der Reichswehr; einer war Staatsanwalt, einer Rechtsanwalt, einer Direktor von irgend etwas, einer Postsekretär, zwei besaßen Rittergüter, und einer nannte sich Gutsbesitzer. Felix schämte sich des Steinbrucharbeiters und ließ seinen Vater als Landwirt eintragen; er versuchte das, was dem Vater an Stand, Geltung und Geld abging, dadurch wettzumachen, daß er der kühnste Turner der Klasse und waghalsigste Anführer bei allen Streichen wurde.

Er schloß sich eng an seinen Banknachbarn Winfried v. Grauheim an, der stets Geld für Erdnüsse und bunte Abenteuerhefte hatte.

Der Landrat v. Grauheim war ein Demokrat. Er gestattete seinem Sohn ausdrücklich den Umgang mit Felix Hanusch. Grundsätzlich, sagte er zu seinem Sohn, sei es keine Schande, niederer oder sorbischer Herkunft zu sein. Auch sei es die Pflicht jedes anständigen Menschen, solchen Leuten hinaufzuhelfen, wenn sie sich dessen würdig erwiesen.

Felix war der älteste in der Klasse und der einzige, der schon fünf Volksschuljahre hinter sich hatte. Außer in Geschichte brachte er dem Unterricht kein besonderes Interesse entgegen; seine Hausaufgaben erledigte er schnell, flüchtig und unaufmerksam.

Am Ende des ersten Schuljahres wurde er in die Quinta versetzt, saß als elfter unter dreiundzwanzig und trug im Betragen eine 2a nach Hause. Primus wurde der schmächtige rothaarige Arztsohn Bodo Schmidt.

Zum ersten Male fuhr Felix nicht gern nach Hause. Die Zensuren bedrückten ihn wenig. Aber irgendwo tief drinnen in seinem Bauch saß ein Gefühl der Unlust. In der Stadt war er manchmal ein Junge wie die anderen; wenn er einen der besten deutschen Aufsätze geschrieben hatte, wenn er, nur mit der Turnhose bekleidet, neben den anderen stand und den Schlagball am weitesten warf, wenn er mit Winfrieds Modelleisenbahn spielte und vergaß, daß es nicht die seine war, wenn er über einer mathematischen Klassenarbeit schwitzte wie die anderen, wenn er Winfrieds Schwester Grit beim Hausaufsatz helfen durfte – dann geschah es zuweilen, daß er sich als einer vorkam, dem das Guntack zustand.

Je weiter sich der Bus von der Stadt entfernte, um so klarer sah Felix, daß er diesseits der Guntack-Grenze stand, daß er diesseits zu bleiben verurteilt war.

Als er nach Hause kam, spannten die Eltern auf dem Hof die Kühe vor den Wagen. Und Felix sah, daß Mutters Schürze schmutzig, Vaters Jacke grob geflickt war; die Kühe waren klein und unansehnlich, der Mist stank.

Er sah, daß der Putz am Wohnhaus abblätterte; die Fenster schienen niedrig, schmal und nackt.

Der Vater reichte ihm die Hand. Felix begrüßte ihn und wischte sich, ohne es gewahr zu werden, die Hand an der Hose ab.

7

Jeden Mittwochnachmittag von drei bis sechs Uhr gab Pastor Krauschwitz sorbischen Sprachunterricht für die Mittelstufe.

Die Teilnahme war für die Schüler aller höheren Schulen der Stadt freiwillig; obwohl es – die Höhere Handelsschule mitgerechnet – acht solcher Schulen in der Stadt gab und obwohl zur Mittelstufe die drei Klassen von der Untertertia bis zur Untersekunda zählten, kamen selten mehr als ein Dutzend Schüler zum Unterricht.

Pastor Krauschwitz sprach langsam und feierlich über die Aoristformen des sorbischen Zeitwortes und verglich sie mit dem Aorist des Altgriechischen.

Zwei oder drei Schüler hörten mit Interesse zu, machten sich Notizen oder stellten Fragen; einige andere heuchelten Aufmerksamkeit, während sie in Wirklichkeit sanft vor sich hin dösten; der Rest schließlich saß offenkundig unfreiwillig hier und befaßte sich mit anderen Dingen; zwei

Untersekundaner spielten unter der Bank Siebzehn und Vier, wobei sie Streichhölzer statt der Pfennige benutzten; ein Mädchen, blaß und rot, las mit hungrigen Augen „Die Verdammten“ von Frank Thieß; Felix Hanusch, Untertertianer seit Ostern, schrieb eifrig, schnell und so flüchtig, daß er ganze Worte wegließ, an seinem Roman.

„Der Heideförster“ hieß der Roman, der schon fast elf Oktavhefte füllte; noch wehrte sich der alte Heideförster mit Hilfe seiner großen Lebenserfahrung, seines traurigen, aber edlen Herzens und mit Hilfe des uralten Eichenwaldes, der rund um das Försterhaus rauschte und raunte, gegen die Liebe, die seine Tochter Anka zu einem wildfremden großstädtischen Ingenieur, der nicht einmal einen Hirsch von einem Rehbock unterscheiden konnte, überfallen hatte. Noch wehrte er sich, aber schon war es klar zu sehen, daß er sein Kind vergebens bestürmte: Die Liebe stak wie ein Pfeil mit Widerhaken im Herzen der siebzehnjährigen Anka. Sie würde lieben und an der Liebe zugrunde gehen.

Felix rechnete mit noch etwa sieben oder acht Heften bis zu ihrem Untergang. Wenn Pastor Krauschwitz ihn weiterhin in Ruhe ließe, könnte er sein Werk wahrscheinlich bis zu den Michaelisferien beenden. Auf diese Art hätte er wenigstens einen Nutzen aus den Mittwochnachmittagen.

Der Pastor war zwar traurig, wenn man sich für seinen Unterricht nicht interessierte, aber er war auch gutmütig genug, einem halbjährlich eine Zwei auf den Zensurenzettel schreiben zu lassen. Diese Zensur brauchte man, um eine Schulgeldermäßigung aus dem Fonds zu bekommen, den ein sorbischer Rechtsanwalt vor mehr als hundert Jahren gestiftet hatte.

Das Stipendium machte nur zehn Mark im Monat aus, aber zehn Mark war viel Geld, war sehr viel Geld, seit der Vater vor einem Jahr arbeitslos geworden war.

Als ob der Bischof bloß auf das Beispiel des Bruchbesitzers gewartet hätte, ließ er, zwei Wochen nachdem der Steinbruch stillgelegt worden war, die drei Kammern, in denen die Kapitelräuber bisher gehaust hatten, sauber ausfegen, scheuern und frisch weißen. In die Räume zog ein Archiv ein, und das Geld wurde für die Heidenmission in Afrika gebraucht. Die Kapitelräuber zerstreuten sich; drei verließen die Schule, und aus künftigen Dienern des Herrn wurden Bauernknechte; einer, dessen Mutter allwöchentlich am Sonnabend zum Bauernmarkt gekommen war und die Gelegenheit benutzt hatte, ihren Laban von einem Sohn für den Eintritt in das Kloster weichzuprügeln, gab endlich nach und ließ sich nach Kaufbeuren bringen. Die übrigen suchten in der Stadt ein neues Unterkommen.

Felix zog in eine nicht heizbare Kammer bei der Fleischerwitwe Kral ein; die Frau, die vor rund fünfundzwanzig Jahren mit Jakob Hanusch zusammen bei einem Bauer gedient hatte, verlangte nur dreißig Mark für Kammer und Beköstigung. Allerdings mußte sich Felix Brot, Butter, Fleisch und Kartoffeln selber halten. Arbeitsam und anspruchslos lebte die Frau eigentlich nur den vielfältigen Wünschen ihres einzigen Sohnes Erich, der in der Sekunda der Oberrealschule saß.

Erich war ein phlegmatischer, dicker und vornehmer Junge, der den Jüngeren meistens nicht beachtete; manchmal brauchte er ihn für kleine Besorgungen, wofür er sich mit einem gelegentlichen Spaß bedankte; so hatte er Felix einmal mittags zum Wettessen von Pflaumenknödeln aufgefordert, und er hatte nicht schlecht gestaunt, als der scheinbar gar nicht vorhandene Bauch von Felix die Hälfte der insgesamt achtundzwanzig Knödel aufnahm. –

Pastor Krauschwitz sprach immer noch über den Aorist.

Felix überlegte, was er mit Anka und dem Ingenieur machen sollte, die sich das erstemal allein im Walde trafen. Plötzlich wurde er glühendrot. Er mußte an Grit denken, an die Schwester seines Freundes Winfried.

Grit v. Grauheim war einen knappen Monat jünger als Felix; sie ging in die Obertertia der Höheren Mädchenschule.

Eines Tages, als Felix wieder zu Winfried wollte, hatte Grit im ersten Stock der landrätlichen Villa auf einem Fensterbrett gesessen und ihm zugewinkt.

„Komm rauf!“ rief sie.

Es war ihr Zimmer. Sie blieb auf dem Fensterbrett sitzen, mit dem Rücken an die Mauer gelehnt, die Hände um die angezogenen Knie verschränkt.

Neben dem Fenster stand ihr Bett.

„Setz dich", sagte sie und wies auf das niedrige Bett. Felix setzte sich. Ihm war gar nicht wohl zumute. Die Grit war heute so komisch. Wahrscheinlich war die Sache mit der Feuerwehr, die Winfried und er vergangene Woche zum Spaß in die südliche Vorstadt alarmiert hatten, doch herausgekommen, und Grit wollte ihn vorbereiten.

Grit schwieg und starrte zum Fenster hinaus. Ihre geschwungenen dünnen Nasenflügel vibrierten. Sie lehnte sich weiter zurück und zog die Knie mehr an. Straff spannten ihre kleinen runden Brüste das rote Seidenkleid. Von den Knien rutschte der glatte Stoff unbeachtet zurück.

Das Mädchen rührte sich nicht.

Dem Jungen war es, als ob er im Frühjahr zum erstenmal in das eiskalte Bachwasser gesprungen wäre. Er mußte etwas tun: Er griff nach dem Kopfkissen im weißen Bett. Darunter lag das Nachthemd, gelb wie die Rapsblüte und glatt wie Grits Haut im Ellbogengelenk.

Grit hatte ganz schmale Augen. „Es paßt mir sehr gut", sagte sie, wie Glas war ihre Stimme, „willst du es sehen?"

Sie blieb bewegungslos sitzen; nur ihre Nasenflügel bebten stärker, ihre Schultern hoben sich schneller, und ihre zigeunerschwarzen kurzgeschnittenen Haare schienen zu knistern.

Felix saß starr wie sie.

Da schrie Winfried im Garten: „He, Kröte – ist Felix da?"

Felix war aufgesprungen und hinuntergerannt. –

Pastor Krauschwitz hatte endlich die Aoriste satt und ließ Übungsstücke aus dem Deutschen ins Sorbische übersetzen. Jeder kam an die Reihe. Felix meldete sich sofort. Danach störte ihn keiner mehr in seinen Gedanken.

Heute hatte er sich schon um vier Uhr von Frau Kral wecken lassen; sie hätten Wandertag.

Im Dauerlauf war er nach den Spittelwiesen gelaufen, an der vorher ausgekundschafteten Stelle durch den Zaun in die Gärtnerei Rosenbohm gekrochen und hatte vierzehn der schönsten roten Rosen gestohlen. Ungeschoren war er wieder aus dem Garten und durch die halbe Stadt in den Dom gelangt; dort glaubte er sich mit seinen Rosen am sichersten vor irgendwelchen Fragen irgendeines Polizisten.

Heute war Grits Geburtstag. Die Gelegenheit des Kirchenbesuchs hatte Felix gleich noch dazu benutzt, den lieben Gott zu bitten, er möchte doch recht nett zu Grit sein: daß sie zum Beispiel in Mathematik nicht wieder so hineinraßle wie die letzten dreimal – und daß sie ihm, Felix, treu bleibe das ganze Leben lang und noch darüber hinaus, darum hatte er den lieben Gott auch gebeten, obwohl das an sich gar nicht schiefgehen konnte, weil sie sich ewige Treue geschworen hatten.

Um sechs Uhr hatten sie sich in Grauheims Garten getroffen. Grit trug nur einen Mantel über dem Nachthemd. Felix gab ihr die Rosen und stotterte einen Glückwunsch. Grit war ganz glücklich. „Für jedes Jahr eine!" rief sie gedämpft und fügte gleich hinzu: „Du bist verrückt, soviel Geld!"

„Och ...", machte Felix, und dann bekam er den ersten Kuß. Der Kuß schmeckte nach gar nichts, höchstens ein bißchen nach Schlaf. Wieder so ein Dichterschwindel, dachte er enttäuscht und wartete, daß Grit ihm vom Fenster aus noch einmal zuwinkte.

Sie winkte und rief: „Du mußt auf jeden Fall kommen!" „Aber erst nach dem Unterricht", hatte er gesagt und war gegangen. –

Ewig dauerten heute die drei Stunden. Jetzt redete Pastor Krauschwitz wieder, diesmal an Hand des Übungsstükkes, über Unterschiede zwischen der sorbischen und der deutschen Syntax.

Felix zischelte einem der Realschüler zu: „Wie spät?"

Der verdrehte den Hals nach der Turmuhr der Marienkirche.

„Zwanzig Minuten noch."

Felix seufzte.

Er überlegte, was er anziehen sollte. Wenn er überhaupt hingeht! Grits ganze Gänseschar aus der Hö-Mä wird da sein, alles blöde Gören. Überhaupt ist Grit das einzige vernünftige Mädel, das es in der Stadt gibt.

Lederhosen müßte man haben wie Winfried und die meisten in der Klasse. So eine Hose wird erst richtig, wenn sie vor Speck glänzt. Die Eltern aber um eine Lederhose zu bitten ist zwecklos.

Zu Ostern war er gefirmt worden und hatte einen neuen Anzug gebraucht. Zu viert – der Vater, die Mutter, Felix und der Onkel, der sich besonders gut aufs Handeln verstand – waren sie den ganzen Sonnabendnachmittag durch die Stadt gezogen, von Geschäft zu Geschäft, um den billigsten Anzug zu finden. In einem Laden auf der Scharfenstraße waren sie dreimal. Beim zweitenmal gelang es dem Onkel, drei Mark herunterzuhandeln; neunzehn Mark kostete der Anzug nun.

Sie kauften ihn trotzdem nicht; Felix hätte ihn genommen, obwohl er ihm nicht gefiel, bloß damit der Spießrutenlauf durch die Geschäfte ende. Die Mutter in Tracht, Vater und Onkel mit ihren breiten, von schwarzen Rillen durchzogenen Steinarbeitertatzen, und das weiche, fremde Deutsch! Ein Geschäftsinhaber sagte, als sie zum zweitenmal bei ihm auftauchten: „'s hat keinen Zweck! Ich bin kein wendscher Schweinehändler."

Der Onkel und der Vater nahmen das hin, ohne dem Mann den nächstbesten Anzug um die Ohren zu schlagen.

In der dunklen Kurzen Gasse bekam Felix vom Vater eine Ohrfeige, weil er sich weigerte, zum drittenmal in jenes Geschäft zu gehen, wo der häßliche blaugraue Anzug zu nun neunzehn Mark auf ihn wartete.

„Na", der Verkäufer begrüßte ihn grinsend, „wendsche Mühlen mahlen langsam, was? Aber mal kommen Sie doch dahinter, daß hier der beste Anzug für den Preis hängt!" Er lachte freundlich. Er war vielleicht zwanzig Jahre alt.

Der Onkel und der Vater wollten achtzehn Mark für den Anzug geben.

„Nee", sagte der Verkäufer, „weiter darf ich nicht runter. Aus Prinzip nicht! Aber wissen Sie was", er wandte sich an die Mutter, „ich hab's satt, Frau, ich schenk' Euch die eine Mark."

Er zog eine Münze aus der Tasche und hielt sie der Mutter hin. Felix sagte laut auf sorbisch: „Ich verdiene mir irgendwie die Mark, Vater; aber nimm sie von dem Manne nicht an!"

„Was quatscht er da?" fragte der Verkäufer.

„Dummer Junge", hatte der Vater gescholten und gesagt: „Wir nehmen den Anzug für neunzehn Mark." –

Draußen schrillte die Klingel. Pastor Krauschwitz schloß sein Lehrbuch und legte die Hände ineinander, besann sich aber noch rechtzeitig, daß er noch keine Konfirmanden vor sich hatte und daß hier kein Bibelspruch zum Abschluß nötig war.

8

Felix lief gleich nach dem Sorbischunterricht zu Bodo Schmidt, der immer noch und ohne Konkurrenz Primus war.

Bodo hockte in seinem engen Zimmer, das voller Bücher steckte. Sogar unter dem Bett und auf dem Schrank lagen welche. Der Primus hatte seine Lederhose an. Ohne zu fragen, wofür Felix am Abend ausgerechnet eine Lederhose brauche, zog er sie aus und holte sich eine Tuchhose aus dem Schrank.

Weil er nicht gleich weglaufen wollte, fragte Felix: „Was liest du denn?" Er deutete auf das aufgeschlagene Buch auf dem Tisch. „Dominik?"

„Nein!" Der Primus wurde verlegen. „Nietzsche. Ist ja Mist, aber es liest sich gut."

„Nietzsche? Was ist denn das?"

„Och, nichts weiter, Philosophie …"

„Mensch!" sagte Felix gedehnt. Philosophie. Und es war noch nicht mal dran in der Schule!

Er ging. Ein Spinner war der Bodo schon. Eine Mark und fünfzig bekam er täglich Taschengeld. Davon trug er vierzig Mark jeden Monat in den Buchladen am Löwengraben. Wenn ich einen Monat lang Bodo wäre, überlegte Felix, höchstens ein oder zwei Hefte Tom Shark kaufte ich mir. Für das übrige …

Er kam am Feinkostgeschäft Sachse vorüber. Eine Frau trug ein Körbchen Erdbeeren heraus. Erdbeeren habe ich noch nie andere als gemauste gegessen. Und der Bodo kauft irgend so einen Nietzsche! Dabei hat er noch im Turnen eine Eins.

Es war sieben Uhr durch, als Felix bei Grauheims an der

Tür klingelte, in rot-blau gewürfeltem Hemd und in Lederhosen. Aus dem Gartenzimmer hörte man Musik und Mädchenkreischen. Natürlich, die Gänse waren noch da. Als ob ihnen der Nachmittag nicht genügen konnte!

Die Anneliese von Stadtbaurat machte ihm auf. Sie sah Felix an mit ihren frechen bernsteingelben Augen, die rothaarige Hexe, und prustete los.

„Grit", schrie sie an der Tür zum Gartenzimmer, „dein Freund kommt zum Kostümball!"

Grit erschien; sie stak in irgend etwas Weißem, ganz Zartem, Duftigen.

„Ich hab dir extra nicht gesagt, daß ich einen Hausball kriege", sagte Grit leise, „sonst wärst du sicher nicht gekommen." Sie entdeckte die genagelten Bundschuhe an seinen Füßen. „Mama wird verrückt, wenn sie dich damit auf dem Parkett sieht! Sind das überhaupt deine?"

„Nö!" Felix sprach trotzig und laut. „Alles gepumpt. Die Turnhose, die ich drunter anhab', und die Strümpfe sind meine. Ich geh auch gleich wieder."

„Quatsch!" sagte Grit. „Komm!" Sie führte ihn durch die Küche in den Garten.

Überall standen Tische, Sessel und Bänke, und überall saßen, standen und liefen Mädchen und Jungen herum. Die Mädchen in hellen, weiten Kleidern, die Jungen in dunklen Anzügen. Nicht einmal Winfried, der einzige, der noch nicht konfirmiert war, hatte kurze Hosen an.

Grit ließ Felix bei Winfrieds Gruppe stehen. „Ich muß mich um meine Gäste kümmern", meinte sie entschuldigend.

Winfried begrüßte ihn: „Tag, Alter! Willst du in die Abgottfelsen klettern?"

Die Mädel kreischten dazu, und die Jungen, von denen Felix nicht einen kannte, lachten mit. Felix spürte, wie sie bereit waren, mit Spott, Hänseleien und Gelächter über ihn herzufallen. Nicht aus Bosheit, einfach aus Spaß, wie man den Lehrer, den einzigen Fremden in der Klasse, bis aufs Blut peinigen kann, ohne ihn im geringsten zu hassen.

„Fatzken", sagte Felix ruhig und bohrte die Hände in die Hosentaschen, „fallen schon vom Prutschenberg runter."

„Wer ist hier Fatzke?" fragte einer drohend und trat nahe

an Felix heran. Felix setzte ihm wie unabsichtlich den Nagelschuh auf die Zehen.

„Bauer!“ zischte der Junge.

In böser Lust kniff Felix die Augen zusammen und sagte: „Fatzke!“

Die Muskeln gespannt, die Fäuste in den Taschen geballt, wartete er auf den ersten Schlag.

Winfried trat dazwischen. „Felix ist mein Freund“, sagte er, laut genug, daß es jeder hören konnte, und schlenderte mit ihm zur Terrasse, wo auch Grit saß.

Anneliese starrte Felix entgegen. „Ich weiß was“, rief sie, sie hatte eine Stimme wie eine Kreissäge, „der Hanusch soll uns wendsche Bauerntänze vortanzen!“

Grit sah Felix bittend an; der schluckte und setzte sich auf einen leeren Stuhl, der im Schatten außerhalb des Kreises stand.

Das Küchenmädchen reichte auf einem Tablett selbstgemachte Erdbeerlimonade herum; ganze Erdbeeren schwammen in den Gläsern. Das Mädchen trug Tracht.

Anneliese fragte: „Was heißt den wendisch ‚Affe‘?“

„Wopica“, antwortete das Küchenmädchen.

„Komisch“, Anneliese wunderte sich, „ich habe gedacht, es heißt Affewatsch. Unser Heizer sagt immer ‚heizwatsch, holwatsch‘ …“

Die Mädel um Grit redeten über irgend etwas aus ihrer Schule, laut und alle gleichzeitig. Keiner merkte, daß Felix aufstand.

Das Gartentor war verschlossen. Er kletterte auf die Mauer und sprang auf die Straße. Ohne Ziel schritt er los, hart traten die genagelten Schuhe das Pflaster, weich, wie wehrlos, fielen die Schultern ab, fest und böse staken die Fäuste in den Taschen der geliehenen Lederhose, eckig spreizten sich die Ellbogen, bitter und traurig fielen die Mundwinkel ab, entschlossen schob sich das Kinn vor, und steil stand die Falte über der Nasenwurzel.

Über die hohe Brücke trugen ihn die Füße. Tief unten rauschte der Fluß über das Wehr und warf silberne Lichtscherben umher. Vor dem Wehr schien das Wasser zu stehen, dunkel, schwarz, ohne Schatten und ohne Licht. Tot.

Darüber erhob sich die Stadt; Mauern und Türme. Stark, kalt, drohend.

Felix dachte: Der Heizer vom Stadtbaurat ist Sorbe, ebenso das Küchenmädchen von Grauheims. Die meisten Küchenmädchen sind es, viele Heizer.

Gestern ging ich durch die Kaiserstraße. Die städtischen Grubenräumer legten die Schläuche in das Haus neben Kaisers Kaffeegeschäft. Da kamen zwei Ascheweiber vorbei, grau, dreckig, grob. Sie hatten krumme Rücken, als ob die leeren Aschekörbe sie drückten. Sie gingen an den Grubenmännern vorbei und grüßten „Pomhaj Boh"*, ernst, müde, eilig.

Die Grubenmänner antworteten gleicherweise. Sie kannten sich nicht, die Grubenmänner und die Aschefrauen.

Sie grüßten sich so und wären sehr verwundert, verstünde der andere den Gruß nicht.

Kohlenmänner, Holzweiber, Markthelfer, Waschfrauen, Kutscher, Hausdiener, Straßenkehrer. Und ich, Felix Hanusch.

Sicher, auch der Arzt, zu dem ich gehe, wenn mir der Katarrh wieder die Bronchien zu zerreißen droht.

„Na, Hanuscho?" sagt der Arzt immer, und es klingt so sehr freundlich, zu freundlich. Genauso spricht Grits Vater mit seinem Küchenmädchen; so demokratisch.

Und mit seiner Frau redet der Arzt deutsch.

Da ist noch der Pastor Krauschwitz. Er kennt die sorbische Syntax gut, kann den sorbischen Aorist mit dem altgriechischen vergleichen, am Sonntag predigt er den Kohlenmännern und den Ascheweibern, den Kutschern und den Dienstmädchen und denen, die dazu gehören, und den Bauern, die rund um die Stadt wohnen, denen predigt er allsonntäglich Gottes Wort in ihrer Sprache.

Einmal habe ich ihm seine Lehrbücher heimgetragen. Er hat eine Frau und drei Mädel. Sie alle wissen nichts vom sorbischen Aorist und auch nicht, daß „Vater" „nan" heißt.

Doch für sie ist die Stadt stark, warm, schützend.

Wie für Grit.

Wir haben sie gebaut, die Stadt; wir halten sie sauber,

* (sorb.) Gott hilf

wir, die Straßenfeger, die Grubenräumer, die Ascheweiber.

Wir erhalten sie am Leben, wir, die Bauern und Knechte ringsum, die Kohlenmänner, die Holzweiber.

Aber Grit gehört sie, die Stadt; die gehaßte, die geliebte. Grit, die Stadt. Ich will, daß sie mir gehört, auch mir.

Die Jungenfäuste krochen aus den Taschen, öffneten sich und schoben sich auf den kalten Granit der dicken Brückenmauer. Die dünnen Finger preßten sich an den Stein, den der Vater gebrochen hatte oder der Großvater.

Die Augen, tief unter den Jochbögen gelegen, weiteten sich und starrten über den Abgrund hinunter zur Stadt.

Ein Schutzmann schlenderte auf der anderen Brückenseite seine Abendstreife ab. Er sah den Jungen an der Selbstmörderstelle stehen und beobachtete ihn eine Weile. Der Junge rührte sich nicht. Der Schutzmann räusperte sich, nahm die Hände vom Rücken und marschierte über die Fahrbahn.

„He!“ sagte er, laut genug, aber ohne besondere dienstliche Anstrengung. „Verschwinde hier!“

Der Junge sah den Bauch vor sich; der Bauch gehörte dem Oberwachtmeister Wamtzer.

„Ich kann hier stehen“, murrte Felix.

„Verschwinde!“ sagte Wamtzer, und schob seinen Bauch näher heran. Der Junge trat drei Schritt zurück. „Alte Stinkwanze!“

Bevor der Zorn über die – allerdings schon längst gewohnte – Beleidigung das nicht sehr ausgebildete oberwachtmeisterliche Gehirn erfaßt hatte, verschwand Felix schon beim Weißwarengeschäft Strauß um die Ecke.

Mit knallenden Nagelschuhen marschierte er die Bärenstraße hoch und die Scharfenstraße zum schiefen Scharfenturm vor. Es war beschlossen: Er wird ein Bürger sein wie alle Bürger, durch nichts abgesondert von ihnen. Ihnen gleich wird er sein in der Sprache und in der Kleidung, er wird wohnen wie sie, wird handeln und denken wie sie. Er wird die Guntack-Grenze überspringen. Auch dann, wenn das schwieriger sein sollte, als den eigenen Schatten zu überspringen.

Die Stadt wird ihm gehören. Und Grit.

Grit. Die Stadt. Die eigene Lederhose. Die genagelten Bundschuhe. Auch Nietzsche. Und Erdbeeren.

Und ein ganzes großes Volk, das Millionen Bücher besitzt, Schulen, Universitäten, Museen, Riesenstädte, das sein Land „das Herz Europas" nennt und das in der ganzen Welt bekannt ist, geachtet, gefürchtet, geliebt.

Die tausendkerzige Lampe, die den schiefen Scharfenturm anstrahlte, warf den Schatten des Jungen lang und schwarz aufs Pflaster.

Der Junge sprang. Er übersprang die Absperrkette am Kornmarkt.

Die Stadt pachtete für ihre Schulen in der Nähe von Aue für jährlich zwei Monate ein Schullandheim. Das Heim, geräumig und gut eingerichtet, konnte vier normal starke Klassen zu gleicher Zeit aufnehmen. In den letzten Jahren hatte sich der Brauch herausgebildet, möglichst zueinander passende Klassen aus verschiedenen Schulen zu einer Belegung zu schicken.

Für die letzten beiden Wochen vor Beginn der Sommerferien sollten die Untertertia und die Untersekunda des Gymnasiums, die Untertertia der Realschule und die Untersekunda der Landständischen Oberschule das Schullandheim beziehen.

Es war erwünscht, daß die Klassen möglichst geschlossen hingingen; deswegen gab es auch einen geringen Fonds, aus dem „in Fällen wirklicher Bedürftigkeit" einem Schüler ganz oder teilweise die Kosten für den Aufenthalt im Heim bewilligt werden konnten.

Felix Hanusch wurde schamrot, als ihn Studienrat Meister, ihr Klassenlehrer, der ihn ohne gestempelten Nachweis den „Fällen wirklicher Bedürftigkeit" zugerechnet hatte, ehrlich erfreut in einer Pause zu sich rief: „Es hat geklappt, du bekommst zweiundvierzig Mark!"

Am Tage vor der Abfahrt winkte der Lehrer Felix noch einmal zu sich. „Hast du Taschengeld?"

„Ja", knurrte Felix kurz und trotzig. Was ging das den Lehrer an? Acht Tage lang hatte er Abend für Abend auf dem Bahnhof gestanden und sich an die ankommenden Fremden gedrängt. „Darf ich Ihren Koffer tragen?"

hatte er geflüstert, damit es die Dienstmänner nicht hörten.

Die meisten Fremden hatten gar nicht darauf geachtet, manche rannten einem einfach den Koffer gegen den Bauch; manche besaßen zwar einen großen Koffer, einen anständigen Anzug, aber im Koffer lag der Staubsauger, von dem sie heute nicht ein Stück verkauft hatten, und in der Tasche steckten höchstens ein paar Groschen für ein armseliges Abendbrot.

Von den wenigen, die einen abschätzenden Blick auf den schmächtigen Jungen warfen und sagten: „Für meinen Koffer bist du viel zu schwach", ließen sich nur einige bewegen, es doch auf einen Versuch ankommen zu lassen.

Vorgestern war da ein Mann und ein Koffer zur Weststraße gewesen. Hinter der Brücke an der Brauerei sackte der Junge unter dem Koffer zusammen.

„Na", der Mann murrte, „ich hab's dir doch gleich gesagt."

Er nahm den Koffer auf und ging weiter.

„Die Hälfte des Wegs habe ich ihn getragen", flüsterte Felix, neben dem Mann herlaufend.

Der Mann setzte den Koffer ab. „Du bist ein frecher Hund!" Er war ganz empört. „Erst reißt du einem den Koffer aus der Hand, daß man denkt, du willst ihn mausen – und dann verlangst du auch noch Geld!" Er zog eine Zigarette aus der Tasche und warf sie dem Jungen zu. „Hau ab, bevor ich einen Polizisten rufe!"

Die Zigarette war eine „Marine" gewesen – vier Stück für einen Groschen.

Es gab welche – vor allem vornehme Frauen –, die ließen einen die Taschen oder den Koffer durch die ganze Stadt tragen und fischten am Ende mit spitzen Fingern einen Groschen aus dem Portemonnaie. Man mußte den Groschen nehmen und obendrein noch Dankeschön sagen.

Nur einmal vielleicht in einer Woche erwischte man jemanden, der einen nicht zu schweren Koffer besaß, nicht allzuweit wollte und trotzdem einen Fünfziger oder sogar eine Mark herausrückte.

Felix hatte keinen solchen erwischt. Für acht Abende „Kofferachseln" hatte er, die Zigarette eingerechnet, zwei Mark und siebeneinhalb Pfennig bekommen.

„Ja", wiederholte Felix jetzt und fügte hinzu: „Ich habe Geld."

Der Lehrer sagte streng: „Red nicht dumm!" und gab ihm zwei schwere Fünfmarkstücke. „Taschengeld braucht man immer."

Für eine der beiden Münzen kaufte Felix am Tage vor der Abfahrt einen silbernen Ring mit den Schulfarben.

Durch einen Zufall konnten die Realschüler nicht mit ins Landheim, an ihrer Stelle fuhr Grits Klasse. Felix beschloß, sich während dieser vierzehn Tage heimlich mit ihr zu verloben.

Schon während der Fahrt schwärmten die Sekundaner immer zwischen den Mädchen herum, im Heim wurde es noch schlimmer. Am dritten Abend war Grit verschwunden; Felix, in der Hoffnung, sie endlich allein zu finden und ihr seinen Ring an den Finger stecken zu können, ging sie suchen.

Er fand sie im dunklen Kohlenkeller. Ein Sekundaner saß auf einem Hackklotz und Grit auf des Sekundaners Schoß.

„Raus!" zischte der Sekundaner. Grit blieb ruhig auf seinem Schoß sitzen.

Felix zögerte, er suchte nach einem vernichtenden Wort für das treulose Weib.

Der Sekundaner nahm die Rechte von Grits Hüfte und griff nach einem Brikett. Er hob es drohend. „Raus!"

„Hure", sagte Felix. Es sollte verachtungsvoll klingen, es klang nur traurig.

Der Sekundaner warf das Brikett, Felix schlug die Tür zu, das Brikett donnerte dagegen, und dann lachten die beiden. Auch Grit lachte ...

Felix nahm sein Tagebuch und schloß sich in einem der Klassenzimmer ein. Er schrieb die letzten Zeilen zum Kapitel „Grit". Das Kapitel endete: „... Und unter ihrem schnöden Gelächter starb meine Liebe. Nie wieder werde ich lieben."

9

Am Tage nach Beginn der Sommerferien traf Michael Batschon Jakob Hanusch.

„Wenn sich dein Junge ein paar Groschen verdienen will, kann er während der Ernte bei mir arbeiten", sagte der Bauer mit freundlicher Beiläufigkeit; „außerdem kannst du dann gelegentlich ein Gespann haben."

So wurde Felix, der immer noch aussah, als sei er zwölf Jahre, für die Dauer der Ferien als Magd zu Batschon verdingt. Mit den Mägden trat er frühmorgens hinter seinem Schnitter an den Schwaden und raffte das Getreide ab; zwischen der Kuhmagd und der Drittmagd stand er beim Einfahren im Bansen und schleuderte die Garben weiter; mit den Mägden zog er zwischendurch für einen Tag in die Frühkartoffeln.

Des Morgens erschien er um halb sieben Uhr auf Batschons Hof, abends schloß er die kleine Tür in der Hofeinfahrt kurz nach acht. Dazwischen lag der heiße Tag, lagen zwei Vesperpausen von je fünfzehn Minuten, die Mittagspause von einer Stunde und das Abendbrot, das die Küchenmagd um halb acht auf den großen Gesindetisch stellte.

Das Essen war gut und reichlich. „Anständig füttern", pflegte der Bauer zu sagen, „bringt immer etwas ein."

Alfons, der inzwischen hoch aufgeschossene Sohn der Bauersleute, ließ sich höchstens beim Einfahren auf dem Feld blicken; stets hatte er Schuhe und Kniestrümpfe an und eine kardinalrote Mütze auf dem Kopf. Er ging in die Quarta eines Prager Gymnasiums und wollte Bischof oder Professor werden. Er sprach ein sehr sauberes Sorbisch und bemühte sich unentwegt, auch seine Eltern und das Gesinde zu erziehen, weniger nachlässig zu sprechen. Er hielt sogar eines Abends den Knechten einen richtigen kleinen Vortrag darüber, wie es gekommen sei, daß die Sorben mit den Pferden und Hunden deutsch sprächen – es seien das nämlich Tiere des Junkers gewesen.

Der Kleinknecht schlief während des Vortrags ein, der Mittelknecht streichelte verstohlen unter dem Tisch das

Knie der Hausmagd, und der Pferdeknecht flüsterte der vollbusigen Drittmagd eindeutige Zweideutigkeiten zu.

Felix und der Haussohn kümmerten sich nicht umeinander. Das Gesinde wunderte sich darüber, und einmal fragte der Pferdeknecht Felix, warum er mit ihnen und nicht mit Alfons zusammensitze. Felix antwortete, ohne zu zögern: „Wir riechen uns nicht gut."

Beate, obwohl noch nicht zwölf Jahre, mußte mehr arbeiten helfen als ihr Bruder. Jeden Tag brachte sie mit dem Handwagen das Vesperbrot aufs Feld; sie mußte der Küchenmagd aufwaschen helfen und dafür sorgen, daß die Kälber und das Jungvieh auf der Weide stets genug zu saufen hatten.

Eines Mittags traf Felix auf dem Wege vom Feld das Mädchen, wie es seine nackten Füße fest gegen den harten, verkrusteten Lehm des Feldweges stemmte, um den Handwagen mit den zwei vollen Wasserkannen die leichte Steigung hoch zur Kälberweide zu ziehen.

Beate heftete ihre dunklen Augen auf den Jungen und blickte ihm stumm entgegen.

Felix war schon fast vorbei, als er sich umdrehte und sagte:

„Ich helfe dir schnell."

Beate blieb stehen und wandte sich nach ihm um. „Ich habe ganz fest gedacht, daß du mir helfen mußt", sagte sie ernsthaft und gewichtig. „Und du hast einfach müssen, nicht wahr?"

Felix nickte ihr zu Gefallen. Sie lächelte, pustete sich die Locken aus der verschwitzten Stirn und legte sich wieder in die Deichsel. Er schob von hinten.

Von diesem Tage an wartete Beate mit ihrem Wagen gleich an der Hofpumpe, bis Felix kam. Dafür stibitzte sie des öfteren einen Kohlrabi aus dem Gemüsegarten und schmuggelte ihn Felix während der Vesper zu.

Als die sechs Wochen Ferien um waren, hatte er Arme, Beine und Brust zerkratzt von Disteln, Stroh und Grannen. Am letzten Ferientag rief ihn der Bauer nach dem Mittagessen in die Stube, wo er mit seiner Familie aß.

„Du hast fleißig gearbeitet, Felix", sagte er, „hast dich auch anständig und bescheiden aufgeführt. Da, nimm das mit ..." Felix hielt die Hand hin, und der Bauer ließ silberne Dreimarkstücke hineinfallen: eins, zwei, drei. „... als Hilfe für deine Schule", schloß der Bauer.

Felix starrte ihn ungläubig an: Für sechs Wochen Arbeit nur neun Mark?

Der Bauer klopfte ihm auf die Schulter. „Doch, doch – das darfst du schon annehmen."

Felix schluckte und murmelte undeutliche Worte des Dankes.

„Schon gut, schon gut", der Bauer winkte ab. „Du wirst eben dann auch mal für mich beten, wenn du erst Geistlicher bist." Er trieb seine Großmut auf die Spitze. „Du brauchst heute nicht mehr aufs Feld zu gehen. Die paar Stunden werden dir geschenkt!" Er lachte dazu und nahm die Flasche aus dem Schrank, um sich seinen Mittagskorn einzugießen.

Den halben Ferientag, den Felix auf diese Weise unerwartet bekam, verbrachte er oben am Rande des Steinbruches.

Im vorderen Bruch stand das Wasser wohl schon zwanzig Meter hoch. Langsam ersoff der Bruch. Der Himmel spiegelte sich in dem unbewegten Wasser. Grün sah er darin aus, kalt, gefühllos.

Der Junge wußte nicht, was er in den verlassenen Brüchen wollte, über denen der hohe Mittag schlief.

Eine Lore ohne Fahrgestell lag da. Er schob, drückte und stemmte sich gegen das rostende Stahlblech, bis sie über den Rand des Bruches in die Tiefe polterte. Das Wasser platschte auseinander, und die Lore, ein dunkler Schatten, schaukelte hinunter auf den grünen Grund.

10

Bald nach den Ferien nahm Winfried Felix zu einem Gruppenabend der Pfadfinder mit. Etwa zwanzig Jungen, zogen sie nach der Sandgrube, die am Ostrand der Stadt lag; dort hatten kürzlich einige Soldaten beim Strafexerzieren hinauf- und hinabhetzen müssen. Ein Soldat war tot umgefallen. Es gab eine große Aufregung in der Stadt und eine Gerichtsverhandlung. Das Gericht sprach den Leutnant frei und bestätigte, daß der Tote die Schuld an dem bedauerlichen Unfall trüge.

In dieser Sandgrube brachten die Pfadfinder trockenes Astholz und einige armdicke Knüppel aus dem nahen Wäldchen zusammen und zündeten ein Lagerfeuer an.

Als das Feuer schwarze Schatten gegen die rotgelben Sandwände warf, sprach ein Junge den Spruch: „Deutsch sein, heißt hochgemut leben und mutig sterben." Sie sangen Lieder; unbekannte grobe und traurige Landsknechtslieder, englische Jägerlieder, ein fremdartiges dumpfes Indianerlied. Dazwischen sprach ein Primaner vom Leben und Sterben großer Deutscher; von Siegfried, vom Kaiser Heinrich, vom Markgrafen Gero von Meißen, von Frundsberg, von Friedrich dem Großen, von Bismarck …

Jemand las ein Kapitel aus einem Buch von Walter Flex.

Darüber wölbte sich ein spätsommerlicher Nachthimmel, warm, gut und fern.

Wo die Sandgrube den Himmel fraß, hockten einige Burschen, die so viel Zeit hatten, daß es ihnen nichts ausmachte, ins Lagerfeuer der Pfadfinder zu starren und den Liedfetzen, die bis an den oberen Rand der Sandgrube drangen, entgegenzuhören.

Fern wie die Sterne der Erde waren Feuer und Lieder der Pfadfinder den Burschen, die nicht Lehrlinge waren noch Schüler, nicht Arbeiter noch Arbeitslose. Sie waren Fünfzehn- und Siebzehnjährige, die es nicht einmal bis zum Arbeitslosen gebracht hatten. Es gab nirgends eine Stelle für sie, auch nicht in der Erwerbslosenkartei des Städtischen Arbeitsamtes, das heute den siebentausendsten Arbeitslosen registriert hatte. Von sechs Einwohnern der Stadt einer.

Felix hob den Blick zu den Sternen und sah die dunklen Gestalten am Rande der Grube. Sicher waren die Gesichter da oben hohlwangig und die Leiber dünn, aber sie waren breit genug und fest genug, um sich zwischen Felix und die Lieder und die Sterne der Pfadfinder zu drängen.

Er bat nicht darum, ein zweites Mal Gast bei den Pfadfindern sein zu dürfen, auch forderte ihn niemand auf, wieder mitzukommen. Einmal traf er Winfried, wie er in Kluft und mit zusammengeschnallter Decke auf dem Weg zu seiner Gruppe war, die eine „Fahrt“ über das Wochenende vorhatte. Winfried redete verlegen ein wenig darüber, daß es eben doch einiges Geld koste, ein richtiger Pfadfinder zu sein.

Felix hörte sich das an und sagte dann: „Außerdem ist das sowieso Quatsch, was ihr da macht.“

Winfried stutzte. Dann glaubte er begriffen zu haben. „Nimm's nicht so tragisch, Alter! Ohne Pfadfinder kann man auch leben.“

Felix verzichtete auf den Versuch, Winfried zu erklären, warum die Pfadfinder nichts für ihn seien. Wahrscheinlich hätte es Winfried sowieso nicht verstanden, auch wenn Felix hätte genau sagen können, was die Jungen über der Sandgrube damit zu tun hatten.

Der Novembersturm gurgelte von den steilen Dächern in die engen Schluchten der Gassen zwischen Dom und Burg.

Felix trat aus dem düsteren Haus, in dem die Stadtbücherei untergebracht war. Während er das dicke Buch fest unter den Arm klemmte, blätterte er neugierig in dem schmaleren, das den Titel trug: „Liebe und Zeugung im Walde.“ Dabei rutschte die Ausleihkarte zwischen den Seiten heraus, und der Sturm wirbelte sie an der grüngrau getünchten Hausmauer hoch.

Der Sturm trieb seinen Spaß mit dem Kärtchen; immer wieder sprang er jählings aus einer anderen Ecke hervor und jagte das Kärtchen immer weiter in die alten Gassen hinein, in denen Felix als Kapitelräuber gespielt und sich herumgeprügelt hatte.

Eine Schar Kinder mit großen Bäuchen und tiefen Augen johlte hinter dem Papier her. Sie erwischten es in der Messergasse. Aus einer einst hellblau gestrichenen Tür trat ein Mädchen auf das Pflaster, das alt und uneben war wie die Steinmauer. Das Mädchen trug einen graublauen Rock aus festem Stoff und eine Windbluse in der gleichen Farbe.

„'n Tag, Felix“, sagte das Mädchen.

Er erkannte sie, Agnes Nowak, die Tochter einer Aschefrau.

Eine Stunde später wußte Felix, daß Agnes Mitglied des Kommunistischen Jugendverbandes war und daß er sie am Sonnabend treffen werde, um mit ihr zu ihren Freunden zu gehen.

Er sprach mit niemandem darüber, aber zweimal lief er in die Innere Bärenstraße zu den Schaukästen der „Neuesten Nachrichten".

In drei Kästen hingen, dicht an dicht, Bilder, Fotos, groß wie eine Buchseite. „Die Fratze des Bolschewismus" stand über den Bildern, auf denen finstere Männer Priester schlugen, Kirchen schändeten, Denkmäler und Museen zerstörten, Bücher verbrannten.

Klopfenden Herzens strich er am Sonnabend gegen acht Uhr durch das Burgviertel, und als es erst vom Rathaus, dann von der entfernten Marienkirche, schließlich dröhnend und langsam vom Dom die volle Stunde schlug, schlüpfte er – witternd wie ein Dachs – durch die riesige alte Tür in die „Mönchsschenke".

Die Tür führte nicht in die Gaststube, sondern in den Flur. Die Granitplatten, schief und abgetreten, schienen feucht und klitschig; die Luft, festgestaut zwischen den unregelmäßig gemauerten Deckengewölben, roch modrig und dumpf, wie nach ungelüfteten Mönchskutten; hinten stieg eine holprige Treppe hoch, daneben führte, schmal wie ein Lichtschacht, ein Gang in den Hof.

„HIER", in großen, groben Buchstaben an die Flurwand gemalt, wies den Besucher darauf hin, daß er keine Wasserspülung zu erwarten habe. Zwischen dem HIER und der eichenen Eingangstür, die schon ganze Geschlechter von Holzwürmern ernährt hatte, befand sich der Eingang zur Gaststube.

Zögernd drückte Felix die Tür auf, die sich nach innen öffnete. Der Gastraum, gewölbt wie der Flur, war nur spärlich erleuchtet. Hinter der Theke betrachtete ein kleiner grauer Mann durch eine runde Nickelbrille melancholisch den langsam tropfenden Bierhahn. Der dünne Oberkörper des Mannes stak in einem grauen Rollkragenpullover, über dem Mund hing ein trauriger Schnauz herab, das Haar, farblos und schütter, ließ am Scheitel die Kopfhaut durchschimmern.

Gegenüber der Tür, an einem der fünf ungedeckten schweren Holztische, saß ein Pärchen; ein kleines Dunkles stand vor ihnen, aus dem nippten sie abwechselnd. Der Mann hatte seine Hand auf die Brust des Mädchens gelegt, so das einzige, was jung und warm an ihnen war, mit der hölzernen Hoffnungslosigkeit bedeckend, aus der sie, Mann und Mädchen, geschnitzt zu sein schienen.

Der Wirt hinter der Theke spürte den Luftzug vom Eingang. Er sah die Schülermütze und die Hand auf der Klinke, weiß und weich. Ablehnend schaute er dem Jungen entgegen.

„Ich soll hier nach Agnes Nowak fragen“, sagte Felix schüchtern.

„Im Vereinszimmer“, brummte der Wirt mit einer solch tiefen Stimme, daß man verwundert umherschaute, wer da wohl sprach. Das Pärchen rührte sich nicht. Felix sah, daß das Mädchen guter Hoffnung war.

Zwischen dem Pärchen und der Tür zum Vereinszimmer saß ein dritter Mann, über seinem Tisch hing die Lampe. Er hatte Papier vor sich liegen, Listen und Geld. Geld und Listen schienen nicht übereinzustimmen: Immer wieder zählte der Mann die wenigen Scheine und die vielen Münzen aus dem Zigarrenkistchen durch, rechnete in den Listen nach und schüttelte zornig den Kopf. Der Kopf, mächtig, voller dichter, gewellter brauner Haare, mit einer kühnen gewölbten Stirn, saß auf breiten, starken Schultern, deren rechte ein wenig tiefer sein mochte – eine Transportarbeiterschulter.

Der Mann hob den schönen Kopf und schaute dem Jungen entgegen. Auch er sah die Schülermütze, die der Junge in der rechten Hand zerknautschte. Aber er sah auch das Wollvorhemdchen um den dünnen Hals. Vorhemdchen knöpfte man über kragenlose Hemden …

„Franz“, sagte der Mann, „kannst du gut rechnen?“

Felix begriff, daß er gemeint war. „Nicht sehr gut“, antwortete er leise. „Ich heiße Felix.“

„Gut“, sagte der Mann, „Felix also. Aber besser als ich kannst du doch rechnen. Mir fehlen sechs Groschen.“

Er zog Felix am Ärmel zu sich heran und schob ihm die Liste vor. Er legte ein Zeitungsblatt über die Namen und sagte: „Zähl mal zusammen."

Felix addierte. Die Zahlen standen schief und grob und fest.

„Das ist doch eine Eins, nicht?" fragte er.

Der Mann blickte neben den Bleistift auf die Liste.

„Ja", der Mann freute sich. „Ich dachte, es wäre 'ne Sieben, und hab's doch selbst geschrieben!" Jetzt lachte er richtig. „Hast du gehört, daß ich gerade gedichtet hab'? Hej? ... wär 'ne Sieben ... selbst geschrieben. Was, Felix? Ich rechne mir Schwielen ins Gehirn – und du siehst gleich, daß es 'ne Eins ist und keine Sieben!"

„Mein Vater", sagte Felix, „schreibt genauso." Er wurde rot wie ein Mädchen, ärgerte sich darüber und wurde noch roter.

„So, dein Vater", sagte der Mann. „Was macht er denn, dein Vater?"

„Arbeitslos", flüsterte Felix.

Der Mann sah Felix scharf an und schüttelte dann ärgerlich den Kopf. „Du brauchst dich gar nicht zu schämen, daß dein Vater arbeitslos ist. Viele sind arbeitslos, ich auch. Wenn du einen Vater hättest, der andere arbeitslos macht, dann müßtest du dich schämen! Verstehst du?"

Felix schwieg; er sagte nicht, daß er sich nichts brennender wünschte, als einen Vater zu haben, der nicht arbeitslos werden konnte. Er drehte sich langsam von dem Mann weg zum Vereinszimmer hin.

Als er die Tür aufklinkte, wandten sich ihm vierzehn Gesichter zu; dreizehn davon mochten Mädchen und Burschen gehören, wie sie oben am Rande der Sandgrube gesessen und auf die Pfadfinder heruntergeschaut hatten. Das vierzehnte Gesicht ähnelte dem des Wirtes hinter der Theke, nur daß es einem Mädchen gehörte und jung war, zwanzig Jahre vielleicht.

Das Mädchen sprach den Satz zu Ende, Felix dabei vorwurfsvoll ansehend.

In die Pause hinein sagte Agnes Nowak: „Genossen, das ist Felix Hanusch, von dem ich euch erzählt und den ich zu uns eingeladen habe. – Komm, setz dich, Felix!"

Vor lauter Schüchternheit blieb Felix der Gruß in der Kehle stecken, er ging zu Agnes' Platz, setzte sich neben sie und legte seine Mütze auf den Tisch.

Das vortragende Mädchen starrte die Mütze mit solchem Widerwillen an, daß Felix, rot bis tief in den Nacken, sie in die Hände nahm und unentwegt unter dem Tisch drehte.

Das Mädchen begann wieder zu sprechen. Vor sich hatte sie einige Bücher und Hefte liegen, aus denen sie von Zeit zu Zeit einige Sätze vorlas.

Felix versuchte vergeblich dahinterzukommen, worum es dem Mädchen ging. Sie gebrauchte mit großer Geläufigkeit viele Wörter, die Felix zum ersten Male begegneten. Manche vermochte er sich zu deuten, indem er nach ihrer lateinischen Wurzel suchte.

Bald wurde er müde, auf etwas zu hören, was er nicht verstand, schloß seine Ohren und schickte seine Augen in dem Vereinszimmer umher.

Die Rednerin trug, wie die anderen, eine Windjacke, aus der der Hals dünn hervorwuchs. Auf dem Hals brannte eine lange rote Operationsnarbe.

Neben dem Mädchen saßen links und rechts zwei Burschen, hohlwangig, Gesicht und Hände voller Pickel und Pusteln. Dann folgte ein Junge, nachtdunkel war das Haar; die Augen, groß und braun, träumten sich wohl irgend etwas vor, das nicht in diesem Zimmer war. Neben ihm hing ein Junge im Stuhl, dem die Tuberkulose aus den Augen sah. Dann ein Mädchen, schmal und blond wie Lilian Harvey; ihre Hände lagen gefaltet auf dem Tisch, die Fingerkuppen waren schwarz besät mit Nadelstichen. An der Schmalseite ein dunkelhaariges Mädchen, das Gesicht nur Augen und Mund, hungrig nach dem Leben und entschlossen, nicht zu hungern.

Die anderen konnte Felix nicht sehen, Agnes' strenger brauner Kopf verdeckte sie. Felix erinnerte sich wieder, daß Agnes' Vater im Schamottewerk wenige Kilometer nördlich der Stadt gearbeitet hatte. Dort hatte ihn die Reichswehr in einer abgebauten Tongrube wie eine Katze ersäuft. In einem Sack. 1923, als der große Streik war.

Agnes hing mit den Augen an den Lippen der Sprecherin. Sie schien alles zu verstehen. Sie ging manchmal an Stelle der Mutter als Aschefrau.

Felix gähnte. Das Mädchen mit der Narbe sprach immer noch von Arbeitern, vom Lohn, von Kapitalisten, von Ausbeutung, vom Klassenkampf. Die meisten am Tisch hatten Zettel vor sich liegen und schrieben manchmal ein paar Worte mit.

Agnes hatte gesagt, es würde interessant sein. Es war langweilig. Nicht einmal etwas von der „Fratze des Bolschewismus" war zu entdecken.

Plötzlich entstand draußen Lärm, und gleich darauf wurde die Tür zum Vereinszimmer aufgerissen. Im Türrahmen erschienen zwei Polizisten, ein dritter stritt sich in der Gaststube mit dem Wirt und dem Transportarbeiter.

Der Hauptwachtmeister Thienerschk, ein langer, knochiger Mensch mit einem Pferdegesicht, schnauzte: „Ausweise! Los!"

Das Mädchen mit der Narbe am Hals protestierte erregt. Thienerschk erklärte: „Im Dom ist eingebrochen worden. Nach Zeugenaussagen ist der Täter hier ins Haus gerannt."

Es war nichts zu machen. „Es kann auch eine Frau gewesen sein", fügte der Hauptwachtmeister mit offenem Hohn hinzu, während er den Ausweis des Mädchens, das wie Lilian Harvey aussah, an sich nahm und vorlas: „Ruth Seibt, geboren 17. August 1916."

Der zweite Polizist schrieb die Namen in sein Dienstbuch. Felix drängte sich vor; wenn die Polizei die Schule verständigte, bekäme er Karzer oder sogar das Consilium abeundi, in jedem Fall also kein Stipendium mehr.

„Herr Hauptwachtmeister", flüsterte er, vor dem Langen stehend, „ich bin bloß zufällig hier ..."

„Ausweis!" sagte Thienerschk.

Felix kramte seinen Schülerausweis aus der Tasche.

„So", sagte Thienerschk freundlich, „so! Dein Direktor wird sich ja freuen über dich Knaben! Wird sich ja freuen!"

Er las Felix' Namen und Geburtstag laut vor und fügte hinzu: „Schüler des hiesigen Gymnasiums."

Er ließ den Ausweis einfach fallen, und während sich Felix danach bückte, murmelte Thienerschk noch einmal mitleidig-freundlich: „Wird sich ja freuen, dein Direktor."

„Kann ich gehn?“ Felix war heiser vor Scham und Angst.

„Hau ab!“ brummte der Hauptwachtmeister, machte aber keine Anstalten, den Weg freizugeben. Felix ging um den ganzen Tisch herum. Er fühlte die Blicke der anderen auf seinem Gesicht, auf seinem Rücken brennen.

Der zweite Polizist rief dem dritten in der Gaststube zu: „Kann gehen! Gehört nicht dazu.“

Felix duckte, wie unter einem Schlag, den Kopf und schlich an dem Transportarbeiter vorbei.

Der Mann und das Mädchen saßen hölzern und hoffnungslos wie vorher, der Wirt krampfte seine Hände um den tropfenden Bierhahn und lauschte mit bösen Augen zum Vereinszimmer hin.

Felix trat aus dem Haus. Es war still und kalt, und ein feuchter Nebel kroch aus allen Ecken in die Gasse hinein.

Die Laternen brannten nicht, und kaum ein Fenster in der ungleichen Front der bröckelnden Fassaden war erleuchtet. Die Leute, die in diesen Gassen wohnten, schliefen schon. Sie verschliefen die Dunkelheit, die zu bannen Geld kostete, den Hunger, den zu stillen Geld kostete.

Über der Gasse hing kahl, trostlos und trist ein schmales Stückchen Himmel.

Ausgestoßen, ausgeschlossen fühlte sich Felix; es würgte ihm in der Kehle, und er spürte einen Geschmack auf der Zunge, als hätte er Bitterkraut gekaut.

Er lief kreuz und quer durch die hellen Hauptstraßen, die Kaiserstraße, die Scharfenstraße, den Löwengraben.

Wenig Leute waren unterwegs, aber alle kamen zu zweit, zu dritt, in kleinen Grüppchen. Nur der alte Laternenanzünder Heblak torkelte allein nach Hause. Aber er hatte wenigstens seinen Rausch und unterhielt sich mit seinen Füßen, die seltsam eigenwillig waren.

An der Ecke beim Goldschmied Mohr wollte der Alte nach links abbiegen.

„Hüste! Hüst!“ kommandierte er, der frühere städtische Müllkutscher, seine Beine.

Die Beine wollten nach rechts, zum „Kirchenkeller“. Schließlich gab der Alte nach und ließ die Beine in die Schenke laufen.

Ein paar Leute sahen und hörten der Auseinandersetzung des Alten mit seinen Beinen zu und lachten. Felix schämte sich; Heblak wohnte Tür an Tür mit der Witwe Kral; Heblak war ein armer Hund, wie Felix ein armer Hund war; Heblak streute zwischen seine deutschen Kommandos, freundlich und harmlos, sorbische Flüche an die Adresse seiner Beine ein.

Felix rannte nach Hause und warf sich ins Bett. Er lag auf dem Rücken, die Hände zu Fäusten geballt, rechts und links des Körpers; über der Nasenwurzel trotzte die Kerbe auf, und die Augen starrten zur Decke. Von morgen an, beschloß er, werde ich wie ein Wilder in der Schule lernen, werde täglich nach der Schule mindestens vier Stunden über meinen Aufgaben sitzen. Keine Romane mehr, keine Abenteuergeschichten mehr. Schluß mit dem Herumstreunen im Bahnhof und in der städtischen Wärmehalle, Schluß mit dem Stieren und Starren in fremde Gesichter, auf fremde Hände, wie sie sich bewegen; Schluß mit dem Herumhören auf Satzfetzen, Seufzer und Flüche fremder Menschen, Schluß mit der ganzen verdammten Neugier.

Statt dessen Fleiß, eiserner Fleiß! Den Platz hinter Bodo muß ich haben! Viel, möglichst viel Plätze zwischen mich und den alten Heblak! Zwischen mich und Agnes! Zwischen mich und alle, von denen Thienerschk den Ausweis verlangen kann, grob und im absoluten Bewußtsein seiner Macht.

Pauken will ich, je eine halbe Stunde täglich griechische, lateinische, englische Vokabeln. Aus dem Mathematikbuch die Aufgaben vornehmen, die wir überschlagen haben.

Schluß auch mit dem Unfug bei Pe-hoch-drei in der Physikstunde! Sonst bleibe ich dort ewig auf der Drei sitzen, und es ist Essig mit der Aussicht auf ein staatliches Vollstipendium für die Universität. Und auf die Universität will ich. Tausend Plätze zwischen mich und Agnes!

11

In dem schmalen, langen Zimmer des Primus spann die Dämmerung am Nachttuch.

Bodo Schmidt lag auf seinem Bett, die Arme unter dem Kopf verschränkt, und sprach leise und zögernd.

„Ich werde nie heiraten“, sprach er. „Das Weib schwächt einen, ich will Arzt werden und den Krebserreger finden.“

Felix Hanusch hockte mit angezogenen Knien auf einem Stuhl am Schreibtisch. Auf der Tischplatte vor ihm lagen das Mathematiklehrbuch und seine und des Primus Eintragungen vom Physikunterricht. Eine Woche war vergangen seit jenem Sonnabend in der „Mönchsschenke“, und täglich hatte er stundenlang in Bodos Stube gesessen und gebüffelt.

Er schwieg zu den Worten des Primus. Er beneidete ihn wie so oft: Bodo wußte genau, was er wollte. Arzt – den Krebserreger finden. Finden, sagte Bodo, nicht suchen. Felix zweifelte nicht daran, daß er den Erreger auch tatsächlich finden würde.

Einen Augenblick lang dachte er auch daran, Arzt zu werden. Aber er hatte kein besonderes Ziel, und es rührte ihn auch nicht an, wenn er sich in Gedanken sagte, ich werde den Menschen helfen.

Bodo hatte nicht die Absicht zu helfen. Er wollte nur suchen und finden. Daß er damit half, ergab sich nebenbei.

„Das Weib“, sagte Felix und errötete, weil er „Weib“ sagte und „Mädchen“ meinte, „zieht uns hinab. Mädchen sind kindisch und dumm ...“ Er verstummte, weil er anders sprach, als er empfand.

„Wollen wir einen Bund gründen“, sagte er nach einer Weile, „gegen das Weib?“

Der Primus überlegte lange. „Ja“, entgegnete er schließlich.

Bis Mitternacht arbeiteten sie an einem Statut für den Bund, den sie nach langen Diskussionen „Antifeministischer Bund“ zu nennen beschlossen.

Jedes Mitglied des Bundes, so hieß es in den Statuten, mußte sich verpflichten, keine Freundin zu haben, bestimmte Bücher, die Bodo vorschlagen würde, zu lesen und monatlich einen Beitrag für das Bundesorgan „Der Antifeminist“ zu liefern.

Den Vorsitz des Bundes übernahm Bodo, die Redaktion und technische Herstellung der Zeitung Felix. Noch in der Nacht schrieben sie die erste Nummer und zogen die handgeschriebenen Blätter auf Bodos kleiner Kopiereinrichtung ab. Die beiden Artikel, die außer dem Statut die Zeitung füllten, trugen die Überschriften: „Warum und zu welchem Ziele gründen wir einen Bund der Antifeministen“ und „Einsamkeit ist das Schicksal großer Männer“.

Den ersten Aufsatz hatte Bodo, den zweiten Felix geschrieben. Die Zeitung, die für Felix wichtiger wurde als der Bund selbst und seine Ziele, drängte die guten Vorsätze, eisernen Fleiß zu entwickeln, bald ganz beiseite. Schon von der zweiten Nummer wurden dem Redakteur die dreißig Exemplare förmlich aus der Hand gerissen, obwohl die Zeitung zwei Groschen kostete.

Der Schlager dieser Nummer war Bodos von Felix redaktionell bearbeiteter Artikel „Die moderne Delila“. Darin deckte der Verfasser auf Grund eingehender Studien in der väterlichen Bibliothek alle Gefahren, die dem Manne durch das Weib drohen, klar und anschaulich auf.

Obwohl Felix weniger denn je Zeit für die Schularbeiten hatte, gelang es ihm zu Ostern doch, sich um drei Plätze in der Rangliste der Klasse nach oben zu schieben. Es blieben noch sieben Plätze zwischen ihm und dem Primus.

Dieser Erfolg, den er der immer festeren Freundschaft mit Bodo verdankte – Bodo schob ihm während mathematischer Klassenarbeiten die fertigen Lösungen unter den Augen des Studienrates „Motte“ glatt auf die Bank –, brachte dennoch nicht das erhoffte höhere Stipendium ein, weil Felix kurz vor Ostern gemeinsam mit Winfried in den Karzer marschierte.

Schuld daran hatte Pe-hoch-drei – der „Professor Pythagoras Persönlich“, wie sie den nervösen, hilflos durch dicke Brillengläser in die Klasse blinzelnden jungen Assessor nannten.

Sie hatten Physik bei Pe-hoch-drei, zwei Stunden hintereinander. Bodo hatte Geburtstag gehabt und einen Reisewecker geschenkt bekommen. Den Wecker brachte er auf Felix' Bitte in die Schule mit. Felix stellte das durchdringende Läutewerk der Uhr auf halb elf und hängte sie in der Luftklappe des Physikzimmers auf.

Die ganze Klasse war informiert, und der eintretende Pe-hoch-drei spürte sofort die Spannung; er versuchte zur Vorbeugung und Abschreckung ein kurzes Gebrülle, blieb aber mitten im Satz stecken, dem Gelächter der Klasse preisgegeben, als Winfried v. Grauheim aufstand und nachlässig-frech sagte: „Könnten Sie bitte etwas weniger laut brüllen, Herr Assessor? Ich habe nämlich Trommelfellentzündung."

Während sich Pe-hoch-drei noch vergeblich um Fassung bemühte, hob Alma – so von der Klasse, Amalaswintha von ihrem staatsanwältlichen Vater benannt – die Hand und kreischte auch gleich los: „Und ich, bitte, habe eine ärztliche Bescheinigung, daß ich Brüllen nicht vertragen kann; ich bin so nervös."

Sie setzte sich, schrie auf und fuhr wieder hoch.

„Wa-was ist los?" stotterte der Assessor entsetzt.

„Ich krieg schon einen Schreikrampf", erklärte Alma laut und zischte wütend nach hinten: „Zieh sie raus, du Idiot!"

Ihr Hintermann pickte grinsend die Reißzwecke von Almas umfänglichem Hinterteil.

Langsam wurde es ruhig; die Klasse sah mit stillem Vergnügen zu, wie ungeschickt Pe-hoch-drei seine Versuche aufbaute. Ohne weitere Vorfälle endete die erste und begann die zweite Stunde. Die Klasse verhielt sich so friedlich, daß Pe-hoch-drei sogar zwei Versuche hintereinander gelangen. Darüber freute er sich dermaßen, daß er alle Vorsicht vergaß und der Klasse den Rücken zukehrte, um die Formeln selbst an die Tafel zu schreiben. Gewöhnlich hagelten in einem solchen Falle die Knallerbsen rechts und links von ihm an die Tafel.

Heute blieb es ruhig. Pe-hoch-drei schrieb seine Formel fertig und drehte sich um: Er sah in lauter freundlich gespannte Gesichter. Er lächelte der Klasse zu, da schrillte die Klingel, und die Klasse prustete los.

Pe-hoch-drei begriff ihre Freude nicht, aber er teilte sie

doch. Gut und ohne Zwischenfälle war die Stunde abgelaufen.

Gewohnheitsgemäß sah er auf seine Uhr. Sie zeigte genau 10 Uhr 30.

„Wie spät ist es?“ fragte er den Primus.

Bodo stand höflich auf und zeigte auf seine Armbanduhr. „Genau 10 Uhr 51“, sagte er. „Und meine Uhr ist eine Junghans!“

Pe-hoch-drei errötete, steckte schnell seine Taschenuhr für vier Mark achtzig in die Tasche und schloß die Stunde.

Die Klasse tobte hinaus. Der Professor Pythagoras Persönlich wischte die Tafel sauber und stellte Geräte und Hilfsmittel wieder ordentlich an ihren Platz. Dann trat er auf den Korridor. Die dumpfe, stets ein wenig nach Fußbodenöl und Prüfungsangst riechende Stille der Schule umfing ihn.

Alle Türen waren zu.

Deutlich hörte er Meister, den Alldeutschen, vor der Unterprima sein Lieblingsthema explizieren: Warum braucht Deutschland mehr Lebensraum und weswegen muß es sich ihn im Osten verschaffen?

Hinter der Tür der Sekunda skandierte eine brummige Stimme den Anfang der Odyssee: „ándra moi énepe músa polýtropon hós maal póla ...“

Aus der Sexta quäkten helle Stimmen im Chor: „Iller, Lech, Isar, Inn fließen nach der Donau hin.“

Pe-hoch-drei trat ins Lehrerzimmer. Der Konrektor, den die Schüler wegen seines spitz nach oben zulaufenden Schädels „Birne“ nannten, hob erstaunt den Kopf und warf einen Blick auf die elektrische Uhr über der Tür.

„Es ist erst 10 Uhr 37, Herr Kollega“, näselte Birne vorwurfsvoll. Pe-hoch-drei stotterte „Verzeihung“ und holte seine Uhr aus der Tasche; es war genau 10 Uhr 37.

Nun liefen beide zum Physikzimmer. In der Stille deutlich vernehmbar tickte in der Luftklappe eine Uhr. Birne holte sie hervor und sagte: „Bande!“ Er sprach das Wort aus, als wäre es französisch.

Die Klasse lauerte auf dem Hof hinter der Turnhalle, wann Pe-hoch-drei auftauchen würde. Als sie ihn in Birnes Begleitung sahen, schwante ihnen Unheil. Sie rissen nach rechts aus, um die Turnhalle herum.

Pe-hoch-drei rannte auf Birnes Befehl hinter ihnen drein, Birne wartete hinter der Ecke an der Sprunggrube, daß ihm die Missetäter in die Arme liefen. Sie kamen um die Ecke gerannt, vorneweg Winfried und Felix, und rannten Birne um. Der fiel in die Sprunggrube und ließ die Uhr fallen. Blitzschnell grabschte Alma nach ihr und steckte sie sich oben ins Kleid, wo zwischen ihren großen Brüsten ein kleiner Reisewecker genügend Platz hatte.

Obwohl Birne die ganze Klasse in die Turnhalle trieb und alle Taschen untersuchte und obwohl der Sand aus der Sprunggrube unter seiner Aufsicht sofort durchgesiebt wurde, blieb das Corpus delicti verschwunden. Auf den Gedanken, es zwischen den Brüsten der dicken Staatsanwaltstochter zu suchen, kam nicht einmal der Konrektor, erfahren in allen Schlichen und Ränken im Kampf zwischen Lehrer und Schüler.

Die Klasse blieb stur dabei, nie auch nur ein Rädchen von einem Reisewecker gesehen zu haben. Birne nahm die beiden, die ihn umgerannt hatten, einzeln vor, drohte ihnen mit Karzer, wenn sie nicht verrieten, wo die Uhr geblieben sei. Er machte Felix darauf aufmerksam, daß er dann sein Stipendium sicher verlieren würde. Umgekehrt könnte er, der Konrektor, immerhin einiges tun, damit das Stipendium vielleicht um fünf auf fünfzehn Mark monatlich erhöht werde.

Felix schwor, von einer Uhr nichts zu wissen. Er war überzeugt, der Konrektor würde seine Drohung, schon aus Rücksicht auf Winfrieds Vater, nicht wahrmachen.

Als aber Winfried die Frechheit so weit trieb, daß er dem Konrektor einzureden versuchte, er habe sich die Uhr bloß eingebildet, ergrimmte Birne und schickte die beiden „wegen tätlicher Mißachtung des Lehrkörpers“ auf je zwei Stunden in den Karzer.

Das Gymnasium besaß zwei Karzerstübchen ganz oben unter dem Dach. Winfried und Felix meldeten sich am Sonnabendnachmittag um drei Uhr beim Hausmeister, erhielten von ihm jeder ein Heft mit Ovids Metamorphosen und genügend Papier, um die hundert Gedichtzeilen zu übersetzen, die Birne als Aufgabe ausgesucht hatte.

Winfrieds Nachrichtendienst hatte gut gearbeitet; seit Mittag war ihm die Aufgabe bekannt, und er hatte genügend Zeit gehabt, zwei „Klatschen" für sich und Felix zu besorgen.

Der Hausmeister ließ sich ordnungsgemäß, bei Felix etwas strenger, den Tascheninhalt der beiden Sünder auf dem Karzertischchen vorlegen und schloß jeden in seine Klause ein.

Als es gewiß schien, daß der Hausmeister nicht mehr auf dem Gang lauerte, holten die beiden Verbrecher ihre Klatschen aus dem Schuh und machten sich an die Arbeit, die glatte Übersetzung der Klatsche holpriger zu machen und hier und da einen Fehler einzustreuen.

In einer knappen Stunde hatten sie ihre hundert Zeilen „übersetzt" und widmeten sich dem Studium der Hunderte von Inschriften, die alle Flächen des Karzers zierten, und fügten diesen, einem alten Brauch folgend, ihren Spruch hinzu.

Felix begnügte sich damit, seine Initialen und das Datum in eine freie Ecke der Tischplatte zu schnitzen. Der Hausmeister hatte das Messer in der Tasche des Sporthemdes nicht entdeckt.

Winfried grub, seine Feder als Stichel benutzend, in die grobe Tünche der Wand ein: „Unschuldig sitz' ich hier – dem Birnenkopp spuck' ich ins Bier!" Seinen Namen kratzte er zur Vorsicht in die gegenüberliegende Wand ein.

Nachdem Felix die Metamorphosen des Ovid von vorn bis hinten in der Übersetzung der Klatsche durchgelesen hatte und sie nicht weiter interessant fand, öffnete er vorsichtig – es war streng verboten – das Fenster. Im gleichen Augenblick öffnete sich drüben jenseits der Straße im vierten Stock der Apotheke ebenfalls ein Fenster, und ein Mädchen, weißblond wie Felix, schaute hinaus.

Felix machte ihr eine türkische Verbeugung, das Mädchen lachte. Es hatte feste, weiße Zähne, einen vollen, kleinen Mund; das ganze Gesicht bestand aus Hübschheit.

Es war schwierig, sich über die Straße hinüber zu verständigen. Das Mädchen brauchte lange, bevor es die einfachsten Zeichen begriff.

Als sie schließlich verstanden hatte, daß Felix bis fünf Uhr im Karzer zu sitzen habe und wünsche, sie anschließend unten zu treffen, nickte sie eifrig und lachte ihm wieder alle Zähne vor.

Sie hieß Eva Hübschmann, saß als jüngstes Nähmädchen in der Schneiderei des Stadttheaters, wo ihr Vater als Beleuchter angestellt war.

Sie gingen zusammen in die eben eröffnete Spanische Eisdiele, wo ein echter Spanier Sächsisch radebrechte, zwei Palmen rauschten und ein grellbunter Papagei die Gäste höchst unspanisch mit Hamburger Grobheiten erfreute.

Eva schleckte, unschuldig und ohne Unterbrechung lächelnd, fünf von den sechs Groschen, die Felix für den Kauf eines Winkelmessers und zweier Hefte bestimmt hatte, und war sofort bereit, ihn morgen nachmittag wieder zu treffen.

Am nächsten Tag, dem dritten Maisonntag des Jahres 1931, kam Eva pünktlich zur Schiller-Eiche.

„Ich dachte, Sie würden nicht kommen", sagte Felix.

„Warum sollte ich nicht kommen?" Eva wunderte sich und sah hübsch aus.

Sie schlenderten den Stadtwall hinunter zur Spree. Der Tag verhielt sich, wie es im Kalender vorgesehen war; er ließ ein paar persilweiße Wölkchen über einen blitzsauberen Himmel segeln; er fächelte mit einem winzigen Windchen in dem jungen Laubwerk der Bäume und Sträucher herum; er blühte aus allen Gärten und über alle Zäune gelb und weiß und blau und rot und duftete nach Flieder, Tulpen und Maiglöckchen; er bestreute die Spazierwege, die aus der Stadt hinausführten, mit bunten Tupfen von Frauen und Mädchen, mit dunklen Männerflecken und grellem Kinderlärm.

Sie schlenderten an der Spree entlang bis zu der Stelle, wo am linken Ufer die granitnen Wände steil und kalt hinaufstiegen, gerade noch Platz für den Uferpfad lassend, und wo rechts, jenseits des Wassers, ein buntes Gestrüpp vom

Flußbett hochkletternd in ein weißgrünes Birkengehölz überging.

Der Fluß, hier breit und flach, hatte an dieser Stelle eine Masse von großen und kleinen Steinblöcken abgelagert und in Jahrhunderten glattgeschliffen.

Felix führte Eva an der Hand über diese natürliche Brücke an das andere Ufer. Durch das Gestrüpp wand sich ein kaum sichtbarer Pfad zu einem schmalen strauchlosen Streifen am Rande des Birkenhügels. Der Streifen war gepolstert mit dichtem, weichem Waldgras und war von keiner Seite her einzusehen. Eva Hübschmann lachte und drehte sich ein paarmal ganz schnell im Kreis; ihr blau bedruckter Leinenrock flog hoch über die festen Knie, die Grübchen hatten wie ihre Wangen.

„Unsere Soubrette", erklärte Eva, „macht es immer so, wenn sie ein neues Kleid bekommen hat."

„Wollen wir uns setzen?" fragte Felix.

Eva sah ihn mit zweiunddreißig blendendweißen Zähnen an und setzte sich; dabei stützte sie die Arme hinten auf, so daß sie wie in einem Liegestuhl lag. Ihr Mund war wie von einem Lippenstiftplakat, ihr Haar wie Engelshaar, das man auf den Weihnachtsbaum hängt, ihre Nase war niedlich zwischen den zwei Wangengrübchen eingeordnet, ihre Augen schauten blau und leer – Eva Hübschmann wartete, was weiter geschehen würde.

Felix, der einen halben Meter neben ihr im Grase lag, empfand ebenfalls, daß nun irgend etwas geschehen müsse.

Er wußte nicht, was; und das Nichtwissen nahm ihm den Gleichmut, machte seine Stimme spröde und gläsern, seine Worte tölpisch und seine Bewegungen täppisch. Und er saß, wie so oft, neben sich und beobachtete sich, sah, wie dumm, ungeschickt und blöd er sich benahm – und wurde vor Verlegenheit starr und stumm.

Eva Hübschmann lächelte indes und erzählte von den Liebschaften der Soubrette und wer der Soubrette welches Kleid geschenkt habe, daß die Soubrette sonst sehr nett und freundlich sei und ein Hündchen besitze, das „Pissy" heiße.

Eva lachte wieder ein Weilchen und sah unentwegt hübsch aus. Dann rutschte sie auf ihrem Blaudruckrock ein wenig quer und legte Schulter und Kopf auf Felix' Bauch und Brust.

„Sie gestatten doch?" fragte sie und silberte einen kleinen Lacher in die blaue Luft.

Felix brachte ein dumpfes „Gerne!" hervor und blieb liegen. Eva erzählte jetzt, wie es mit dem Beleuchten im Theater sei und daß Vati da verdammt aufpassen müsse, damit er nicht der Corali, der jugendlichen Heldin, zuviel Weiß ins Gesicht gäbe, „sonst sieht ein Blinder mit Krückstock", sagte Eva und lachte, „daß sie eine alte Hexe ist. Mindestens dreißig oder fünfunddreißig Jahre!"

Felix vergaß langsam sich und seine Verlegenheit und schickte schüchtern die Finger der rechten Hand in das Engelshaar auf seiner Brust.

„Nicht", sagte Eva, „Sie bringen mir meine ganzen Locken durcheinander!"

Felix nahm die Finger aus den Locken und schob beide Hände unter den Kopf.

Später sagte Eva, sie habe Durst und Kuchenhunger. Nicht weiter als zehn Minuten spreeaufwärts lag der beliebte Kaffeegarten „Spreeschloß". Man konnte fast den Kaffeeduft schnuppern.

Felix hatte nicht einmal einen Pfennig in der Tasche.

„Schade", sagte er, „daß Sie schon heim müssen."

Eva lachte. „Ich muß nicht heim." Als er nichts darauf antwortete, erklärte sie: „Bloß was essen muß ich und eine Tasse Kaffee trinken."

Felix führte sie an der Hand über die Steine in der Spree zurück auf den Uferpfad und lief neben ihr her in die Stadt. Sie schwiegen beinah den ganzen Weg, und Eva lächelte nur noch mühsam.

An der Schiller-Eiche verabschiedeten sie sich. „Morgen um sechs auf der Kai?" fragte Felix.

Eva riß sich noch einmal zusammen und zeigte ihre Chlorodont-Zähne. „Vielleicht", sagte sie und gab ihm die Hand.

Er sah ihr nach. Der blaubedruckte Rock wippte im ihre Knie – nach rechts, nach links. Die Beine, schlank und gerade, federten in den schmalen Knöchelgelenken, vielleicht ein wenig zu sehr; aus der Taille, fast mit zwei Händen zu umklammern, bauchte sich die kunstseidene weiße Bluse, die Schultern hingen etwas nach vorn, und die rechte schien um ein winziges höher zu sein.

Felix wußte, daß sie morgen nicht auf die Kaiserstraße, auf den Bummel, kommen würde. Und wenn, sie würde sich nicht unten an der Sparkasse kichernd und schnell von ihren Freundinnen verabschieden, um hinüber zur Post zu laufen und auf Felix zu warten.

Er sah ihr nach – und ging nach Hause, um einen neuen Artikel für den Antifeministischen Bund zu schreiben.

12

Draußen in der Südvorstadt lag die Schuhfabrik Mannl & Co. Als das letzte Eckchen Lagerraum mit Schuhen aller Formen, Größen und Farben vollgestopft war, entließ die Firma die letzten dreiundfünfzig der vor zwei Jahren noch über vierhundert Mann starken Belegschaft, schloß die Tore des Betriebes und kaufte zwei scharfe Wachhunde für das Lager. Die Hunde mußte der Diener-Chauffeur des Chefs versorgen.

Von der Schuhfabrik bis hinüber zum Bahndamm zogen sich mehrere Reihen Häuser hin, gleichförmig, grau verputzt und mit geteerter Dachpappe gedeckt. Die Häuserzeilen trugen klangvolle Malernamen, es gab die Dürer-, die Rubens-, die Cranach-, die Richter-, die Menzelstraße. Der Volksmund nannte die traurigen engen Häuser die Karnickelsiedlung.

Viele Einwohner der Karnickelsiedlung hatten in der Schuhfabrik gearbeitet. Jetzt hatten sie keine Arbeit und keine heilen Schuhe mehr.

Auf halbem Wege zwischen der Schuhfabrik und der Siedlung stand ein wie versehentlich hingesetztes schmalbrüstiges Haus.

Hier wohnte im ersten Stock der Oberpostsekretär Oskar Lamm mit seiner Frau und seinem Sohn Rüdiger.

Felix, der plötzlich die Zeitung und den Bund über

hatte, sich auf einmal mit der ganzen Klasse zerstritt, mit Bodo, aus einem Boxgeplänkel heraus, ohne jeden Anlaß in eine wütende und blutige Schlägerei geraten war, schloß sich eng an Rüdiger Lamm an.

Lamm, der Längste und Stärkste der Klasse, trug sein hartes, struppiges Haar zu einer Igelfrisur geschnitten und hieß deswegen „Stach".

Er war stachlig in jeder Beziehung; er schloß sich immer aus der Gemeinschaft aus, blieb fast alle Wandertage daheim, beteiligte sich nicht am Kampf gegen die Lehrer, trug allerdings, ohne sich aufzulehnen, die kollektive Strafe mit, machte keinen Spaß und verstand keinen Spaß, ja, nicht einmal die frechsten Witze, die Winfried erzählte, erreichten sein Hirn.

Von der gleichen Sturheit zeigte er sich auch gegenüber den Lehrern. Er war klug, aber als er entdeckte, daß Ovid für ihn keine Bedeutung hatte, schaltete sein Verstand bei den Metamorphosen einfach ab, und Rüdiger ließ sich stoisch vom Lateinlehrer beschimpfen und mit schlechten Vornoten für mündliches Latein bedenken.

„Es geht kein Lamm durch mein Nadelöhr", verkündete der Lehrer.

Als Felix zum erstenmal mit Stach in die Wohnung kam, sah er, daß Stach zu seinen Eltern ein fast schlechteres Verhältnis hatte als zu den Lehrern. Er murrte und knurrte sie an, sprach kaum einmal einen ganzen Satz zu ihnen und brachte es fertig, die Mutter durch strömenden Regen eine Viertelstunde weit bis zum Stadtrand nach einem Schreibheft zu schicken.

Felix vermerkte mit Erstaunen, daß die kleine Frau, die grau und unscheinbar wie eine Maus war, wirklich zum Schreibwarenhändler lief. Er lernte Stachs Vater kennen und wußte, daß auch der nach dem Heft liefe, wenn es Stach wünschte.

Oskar Lamm war noch kleiner und zierlicher als seine Frau, sobald er die Uniform ausgezogen und die Dienstmütze abgesetzt hatte. Er trug einen dichten Schnurrbart und eine Igelbürste wie Stach und sprach geschraubt und hölzern, wobei er sich oft des Zeigefingers bediente und seine traurigen Hungeraugen weit aufriß. Sein Lieblingsthema war der deutsche Beamte, seine Geschichte, seine Bedeutung, seine Zukunft, sein „Ehrenkodex"; sein einziger Traum: der Sohn in der gehobenen Beamtenlaufbahn.

Viermal im Jahr gaben sie eine „Gesellschaft". Dafür sparten sie jedesmal drei Monate lang am Essen, am Strom, am Gas, an der Heizung. An der Kleidung konnten sie nichts mehr sparen.

Die Gesellschaft, erklärte Oskar Lamm eines Tages Felix, den er Herr Hanusch nannte, gehöre zum Ehrenkodex des Beamten.

Zum 1. Mai 1931 wurde Oskar Lamm zum zweitenmal innerhalb eines halben Jahres das Gehalt gekürzt. Es war kurz vor der zweiten Gesellschaft des Jahres. Oskar Lamm griff in seine Schalterkasse, um die fünf Flaschen Moselwein, die laut Ehrenkodex unbedingt zur Gesellschaft gehörten, kaufen zu können; er wurde dabei beobachtet und beim Amtsvorsteher angezeigt.

Am Vorabend der geplanten Gesellschaft nahm er sich das Leben. Er sprang von der Brücke in die Spree, nachdem er seinen guten Dienstrock ausgezogen und Taschentuch, Schlüsselbund und Nickeluhr aus den Hosentaschen gezogen und in die Rocktasche gesteckt hatte.

„Bloß wegen dreizehn Mark und achtzig", schluchzte Stachs Mutter. „Wegen seines dämlichen Kodex", knurrte Stach ungerührt und fragte Felix, ob er mitgehen wolle, nach Rußland.

Felix wußte nicht, was er in Rußland solle. „Zu den Kommunisten?" fragte er.

„Dort gibt es keine Kodexe und nichts", erklärte Stach finster. „Und die Weiber sind Gemeineigentum. Ich nehm' sie mir, jeden Tag eine andere."

Felix fühlte sein Blut zu Kopf steigen.

Stach holte ein lateinisches Lehrbuch für die Quinta von seinem Bücherregal. „Willst du sehen?" flüsterte er, er war plötzlich ganz heiser.

In den Umschlag des Lehrbuches waren zwei Hefte „Licht und Leben" eingeklebt, nackte Frauen, ganze Seiten groß.

Felix schämte sich hinzusehen, gemeinsam mit Stach hinzusehen.

„Hast du schon mal eine gehabt?" fragte Stach; seine Finger blätterten zitternd in den Heftseiten.

Felix schüttelte den Kopf; seine Zunge lag dick und unbeweglich im Mund. Er wollte weg, aber er konnte sich nicht rühren.

„Ich geh' nach Rußland, da kann ich alle haben", krächzte Stach. „Wenn mein Alter begraben ist, hau' ich ab."

Oskar Lamm wurde begraben, und Stach erschien nicht mehr in der Schule. Nach einer Woche klingelte Felix an Lamms Wohnungstür, er gestand sich nicht ein, daß es ihn trieb, die Hefte, die sich hinter dem „ludus latinus" verbargen, wiederzusehen.

Eine fremde Frau öffnete; Frau Lamm wohne in der Karnickelsiedlung, und der Sohn sei verschwunden, sagte die Frau.

Er ist auf dem Wege nach Rußland, dachte Felix.

Für ihn war Rußland nichts als ein ungeheures Stück Erde auf der Landkarte, fern wie Amerika, Australien, Afrika. Oder auch: fern wie Prag und wie Berlin.

Er träumte sich weder nach Prag, das zweihundert Kilometer südlich, noch nach Berlin, das zweihundert Kilometer nördlich lag. Er hatte keine Sehnsucht mehr, fremde Länder zu sehen, das Meerwasser zu kosten, die Berge des Himalaja zu erklettern.

Nichts trieb ihn hinaus aus diesem Leben, er begehrte nicht zu wissen, was hinter den Sternen sei und was nach dem Tode komme, es drängte ihn nicht zu erforschen, woher der Mensch seinen Anfang genommen habe, aus dem Entwicklungssprung eines Affen oder aus dem Schöpferwort eines Gottes.

Gleichgültig war die Schule nach dem Unterricht. Gleichgültig allein blieben nicht die Geschichtsstunden, er fraß sich hinein in die Punischen Kriege. Er war nicht Römer, einer der Siegreichen, er war Karthager.

Er war nicht Hannibal, er war *die* Karthager; ein kämpfendes Volk, das begraben wurde unter den Trümmern seiner Stadt.

Er kannte Griechenland und seine Geschichte ausführlicher und genauer, als das Geschichtsbuch es wußte. Er liebte nicht die Spartaner, die Krieger waren, streng und hart und dumm.

Er war Athener, *die* Athener: ein Volk, das kämpfte mit dem Heer des Feindes vor der Stadt, mit der Flotte des Feindes vor dem Hafen, mit dem Hunger und der Uneinigkeit innerhalb seiner Mauern. Er war das Volk, das den groben Spartanern unterlag und das die noch gröberen Mazedonier Alexanders von den Tafeln künftiger Geschichte löschten.

Er las ein Buch am Tage; er las die Schulbücherei aus, die Bücherregale der Klassenkameraden und von der Stadtbücherei so viel, wie er bezahlen konnte.

Er focht mit dem letzten Ostgoten Felix Dahns am Vesuv, er starb mit dem letzten westgotischen Heer am Tajo und ging immer wieder unter mit den Nibelungen in Etzels Saal. Er war nicht Hagen und nicht Siegfried, er war Dietrich von Bern, der Amelunge: nicht der Dietrich, der Hagen überwand, sondern der Dietrich, der ohne Volk war.

Er saß in der Kirche; er sang Choräle mit den Hunderten, er betete laut mit den Hunderten. Leer und frierend verließ er die Kirche. Nicht enttäuscht von Gott; Gott war weit oben, irgendwo, einsam, allmächtig, allübermenschlich.

Leer und frierend verließ er die Kirche, wo er die Gemeinschaft, die Gemeinschaft für sich, gesucht hatte. Er sah den Kaufmann in der Kirchenbank, daneben den Steinspeller, seit Jahren rostete sein Meißel, daneben die Frau des Bauern Batschon, daneben die Kuhmagd.

Seine Ohren hörten die vier *ein* Lied singen, in *einer* Tonart beten.

Seine Augen, denen er nicht befehlen konnte, ihn zu belügen, sahen, daß der Kaufmann rechnete, der Steinspeller hungerte, nach Brot und nach Freude, daß die Bäuerin betete um höhere Preise für Milch und Brot und Fleisch und Wolle, daß die Magd inbrünstig träumte, *eine* der Kühe, die sie täglich molk, gehöre ihr, und *ein* Stück des Ackers, den ihr Liebster, der Zweitknecht, ackerte, gehöre ihm.

Es gab Jugendbünde, daß man sie kaum aufzählen konnte. Jeder in der Klasse gehörte irgendwohin.

Felix versuchte vier verschiedene Jugendgruppen, suchte fast gierig seine Gemeinschaft.

Da war der „Quickborn“, da war „Neudeutschland“. Sie hatten ein Abzeichen, hatten einen Wimpel, ein Statut; sie gingen auf Fahrt, sie sangen Lieder, sie schlugen die Klampfen, sie saßen am Lagerfeuer, sie beteten gemeinsam in der Kirche, laut und bekennend. Aber es war nur das Taufregister, das ihnen gemeinsam war, und die Klampfe, die sie band.

Die Taufe aber machte eine Gemeinschaft jenseits des Lebens aus und die Klampfe kaum eine am Rande des Lebens.

Studienrat Meister, der ein fanatischer Alldeutscher war, schickte Felix zum „Jungstahlhelm“. Felix sah, wie sie eine Gemeinschaft des Gehorchens waren, um befehlen zu können. Er wollte niemandem gehorchen und niemandem befehlen. Sie zogen aus der Stadt hinaus und spielten Krieg. Mutig, siegreich und lustig, so wie der alldeutsche Lehrer den Krieg in der letzten Stunde vor den Ferien zu schildern pflegte.

Felix wußte, wie der Vater, der Akkordtöter, der glatzköpfige Schmied im Krieg um ihr Leben gerannt waren und geflucht, gebetet, geschrien und getötet hatten …

Eines Sonntags wanderte er mit den „Falken“. Sie machten Rast in einem großen sorbischen Kirchdorf; aus der Pumpe an der Friedhofsmauer tranken sie sich satt und füllten ihre Feldflaschen auf.

Der Gottesdienst endete, und die Leute verließen die Kirche. Zur oberen Tür, in der Nähe der Friedhofspumpe, kamen fast nur Frauen heraus. Die Falken spotteten über die Frauen, ihren Gott und ihre dunkle schwarze Tracht. Ein großer lustiger blonder Junge machte Witze, daß alle laut lachten.

Felix schämte sich der Spötter und der Verspotteten, und der Junge, der die alten Frauen ihres Glaubens wegen höhnte, wurde ihm wieder fremd, seine Witze schienen ihm grob und sein Lachen böse.

Später zogen sie, um den Weg zu kürzen, quer durch ein blühendes Roggenfeld. Felix blieb am Rande stehen und sah ihnen nach. Der lustige Bursche rief ihm noch etwas zu, worüber sie alle lachten.

Vor der Roggenmauer warf sich Felix auf den Rain.

Groß und freundlich wölbte sich über ihm die blaßblaue Himmelsglocke; sanft und bunt stieg und fiel das Land ringsum; ein schläfriger Wind trieb silbrige Schleierfahnen über die Roggenfelder; in einer dunklen Wiesensenke lag eine weißbunte Rinderherde im Schatten einer mächtigen Linde, abseits davon stelzte ein Kälbchen allein über die Wiese; ab und zu blieb es stehen, streckte den Kopf vor und blökte.

Hoch oben segelten zwei Bussarde und streuten klagende Katzenrufe über das friedliche Sommerbild.

Felix hörte nur die Schreie der Bussarde und das traurige Blöken des Kälbchens, das sich allein fühlte. Er starrte in den Himmel, Gedankenfetzen, lose Perlen, die auf keine Schnur gereiht sind, zuckten auf und verschwanden. Schoben sich, wie Wolkentürme, langsam zusammen und zerschwammen.

Ich, Felix Hanusch, fünfzehn Jahre und zwei Tage alt, kenne lateinische, englische, griechische Vokabeln, kann in zwei Sprachen denken und sprechen, weiß die längsten Flüsse, die größten Städte, die höchsten Berge der Welt auswendig, habe chemische und mathematische Formeln und hundert Geschichtszahlen im Kopf. Ich habe einen Roman geschrieben und nicht beendet, ich habe Gedichte gemacht und meiner Klasse manches Fußballspiel gewinnen helfen, ich weiß vieles – und weiß nichts für mich.

Um etwas für mich zu wissen, muß ich mich entscheiden. Ich entscheide mich nicht, weil ich dann tun müßte.

Ich will nicht tun, weil Tat Hier bedeutet oder Dort. Ich bin feige, hier oder dort zu sein.

Weich wie eine Raupe bin ich.

Und dumm wie das Kalb, das nicht zu den Kühen hingeht und nicht allein in der Sonne stehen will.

Er stand auf und lief nach Hause; das Heimatdorf erreichte er in zwei Stunden.

Als er es vor sich in der breiten Mulde liegen sah – er kam vom Steinbruchhügel her –, wußte er nicht mehr, was er hier sollte. Er sah die eigenen Felder am Kieshang und haßte sie plötzlich, wild und böse: weil sie arm waren, obwohl sie soviel Schweiß gesoffen hatten. Mit der Handkarre hatte der Großvater gute Erde aus dem verschlammten Bachbett hergefahren, dreihundert Karren, zwei Kilometer weit. Auf dem breiten Rain, wo harte braune Gräser dürsteten, lag ein Haufen Feldsteine, vom Kinderkopf bis zum Taubenei. Zwei oder drei Pferdefuhren Steine waren es, aufgelesen auf diesem Acker, der nichts anderes konnte als immer neue Steine gebären.

Hafer stand auf dem Acker. Man konnte die Steine zwischen den Halmen zählen, die so niedrig waren, daß man den Hasen durch den Hafer hoppeln sah.

Weiter unten breiteten sich Batschons Felder. Er haßte auch sie. Er haßte sie, weil sie hohes, schweres Korn trugen. Er wird sich schinden müssen mit den schweren Garben.

Der Bauer Michael Batschon trug gemächlich seinen weißen Sonntagsstrohhut durch die Ernte, die ihm hier in die Säcke blühte. Selbst der Buckel des Bauern schien sich zufrieden und breit zu runden.

Als Felix in die Stube trat, sah ihm der Vater finster entgegen.

„Was treibst du dich denn hier herum?"

Felix sprang der Trotz an. „Wandern", entgegnete er mürrisch.

„Mach du lieber deine Schularbeiten!" murrte der Vater.

Er sah den Jungen an, von oben bis unten. Sein Blick blieb auf den staubigen Schuhen haften und wurde noch strenger.

„Zieh mal den Schuh aus!" befahl er.

Felix wußte, daß er den rechten meinte. Er zog den linken vom Fuß.

„Den anderen!"

Er reichte den rechten Schuh hin. Die Sohle war durch, die Brandsohle auch.

Wütend sprang der Vater auf, knallte dem Jungen den Schuh vor die Füße und hob die Hand zum Schlag.

„Wenn du mich haust ..."

Felix trug plötzlich dasselbe harte grüne Licht in den Augen wie der Vater.

Sie starrten sich an und haßten sich.

Für so etwas kratze ich mir die Nägel von den Fingern,

dachte der Vater. Für so etwas Fremdes, Feindliches, Verächtliches! – Kann ich etwas für das Loch im Schuh? dachte Felix. Er selber ist schuld; wäre er doch etwas anderes geworden als Arbeitsloser! Dann brauchte er sich wegen so eines Loches nicht aufzuregen.

„Du – – Pinkel!“ sagte der Vater.

Felix wußte, daß es das Verächtlichste war, was er gefunden hatte. Seine Augen schlossen sich bis auf einen Spalt, aus dem das harte grüne Licht nach dem Vater stach.

„Ist doch nicht meine Schuld, daß du kein Geld hast“, sagte er böse und bückte sich nach dem Schuh.

Auf der rechten Schläfe des Vaters schwoll dick und blau eine Ader an, der Jähzorn wummerte in seinen schweren Fäusten, er schluckte, und seine Zunge rollte schwerfällig: „Raus!“

Felix schlug die Tür hinter sich zu. Vom Schloß her sah er die Mutter mit den Schwestern kommen. Die Schwestern hatten häßliche Kleider aus billigem Kattun an.

Sie hatten ihn noch nicht entdeckt. Er machte kehrt und lief durch den Hof und den Obstgarten hinaus. –

Vor dem Gasthaus lärmte Rumbo mit dem Fleischergesellen. Sie stemmten abwechselnd Rumbos neues Fahrrad. Rumbo war der stärkere. Seine Unterarme waren breit und muskelhart, auf den Oberarmen sprang der Bizeps rund wie ein Tennisball hervor.

Rumbo war nach einem halben Jahr Lehre bei einem Töpfermeister in Kamenz ausgerissen und dann in die nahe Tongrube gegangen, wo er immer noch Arbeit hatte.

„Na, Papstlehrling?“ Er grinste dazu freundlich und reichte Felix die Hand. Er roch nach Schnaps.

„Selber Papst!“ knurrte ihn Felix an und ging weiter.

Rumbo war Kommunist. Er brüllte es bei jeder Gelegenheit laut durchs Dorf, drohte allen mit der Sozialisierung und krähte den Wirtschaftern, die ihn in ihrem Obstgarten erwischten, wütend über den Gartenzaun zu, Eigentum sei Diebstahl; Kirchgängern schrie er nach, daß Religion Opium für das Volk sei, und jeden Sonntag stänkerte er in der Gaststube oder auf dem Tanzboden herum, bis es zur Schlägerei kam.

Sein Vater, der Akkordtöter, hatte ihn hinausgeworfen.

Rumbo klärte alle im Dorf darüber auf, daß die Kommunisten auf solche Popanze, wie die Familie einer sei, pfiffen.

Er war Kommunist seit einigen Monaten. An einem Zahltag hatte er in der Schenke „Zum Tonkrug“ gesessen, einen Hering mit Kartoffeln gegessen und Schnaps dazu getrunken.

Nach dem Essen begann er sich zu langweilen. Die Schenke war leer bis auf ein Pärchen in der Ofenecke. Der Mann war eng an dem Mädchen; er flößte ihr Likör ein und versuchte immer wieder seine Hand unter ihr Kleid zu schieben.

Der Mann war ein Nazi. Er trug sein Abzeichen frech auf dem Rockaufschlag.

Rumbo pflanzte sich vor dem Tisch des Pärchens auf. „Schmeiß dein Bonbon weg!“ verlangte er.

Der Nazi hatte keine Zeit, sich zu streiten. „Sei friedlich und trink zwei Schnäpse auf meine Rechnung“, sagte er und steckte sein Abzeichen unter den Aufschlag.

Rumbo knurrte: „Nazischwein! Nimm die Pfote aus ihrer Hose!“ Hier dachte der Nazi nicht daran, nachzugeben. Er sprang auf, und die Schlägerei begann im gleichen Augenblick, als der Oberwachtmeister, zu dessen Revier diese Vorstadtkneipe gehörte, im Türrahmen der Gaststube erschien.

Der Oberwachtmeister, breit wie ein Schrank, beendete den Streit durch seine bloße Gegenwart. Er sah, daß dem Nazi, den er kannte, das linke Auge zuschwoll, und er stellte schnell fest, daß Rumbo die Schlägerei provoziert hatte.

Immer wieder mal, dachte der Polizist. Eigentlich müßte ich dem Kerl nun doch mal eine Anzeige verpassen. Statt dessen befahl er Rumbo, die Kneipe zu verlassen und heimzugehen.

Draußen stänkerte Rumbo den Oberwachtmeister an.

Der gab ihm eine solche Ohrfeige, daß er erschrak und nach Hause trottete.

Erst in genügender Entfernung drehte er sich um und schimpfte: „Veilchenhengst! Veilchenhengst!“

Der Oberwachtmeister war Sozialdemokrat, und er war ein Diener des Staates. Rumbo wußte plötzlich, daß er gegen diesen Staat war und auch gegen die SPD, die der dicke Wendler vertrat. Mit den Nazis wollte er gleich gar nichts zu tun haben. Er wußte nicht, weswegen er sie haßte. Es schien, als balle sich in seinem Haß gegen die Nazis alles zusammen, was ihn zornig, böse und wild machte in dieser Welt.

Seine Mißachtung aller Maßstäbe und Sitten, unter denen er aufgewachsen war, seine Sucht, Händel und Schlägereien zu suchen, und seine sinnlose Wut, die ihn manchmal dazu trieb, Zäune zu zerstören und Maschinen, die über Nacht auf den Feldern stehengeblieben waren, unbrauchbar zu machen, war letzten Endes nichts anderes als ein blinder Ausdruck eines Gefühls, daß diese Welt zusammengerissen werden müsse.

Und da er gemeint hatte, die Kommunisten seien darin seiner Meinung, war er Mitglied ihrer Partei geworden.

Was sie ihm vom Aufbau einer neuen Welt erzählten, interessierte ihn nicht.

Plötzlich hatte Rumbo sein Muskelspiel mit dem Fleischer satt. Er blickte sich um und sah Felix, schon weit vom Dorf entfernt, auf der Straße zwischen den zwei Reihen Apfelbäumen. Er sprang aufs Rad und jagte hinterher.

Felix hatte die Schülermütze, die er bisher zerknautscht in der Tasche getragen hatte, wieder aufgesetzt. Rumbo fegte heran und schlug ihm die Mütze vom Kopf: die Mütze, die ein Symbol der gehaßten Welt war, vom Kopf, den er ebenfalls haßte, weil er fühlte, daß darin Gedanken nisten könnten, die stärker waren als seine Muskeln.

Der Schlag fuhr, wie ein Blitz ins Pulverfaß, in den bis zum Bersten gespannten und von widersprüchlichen Gefühlen aufgeladenen Felix. Im Bruchteil einer Sekunde riß er beide Hände vor und erfaßte den Gepäckträger. Rumbo stürzte, und bevor er an Abwehr denken konnte, lag Felix, weiß vor Wut und doppelt stark aus jähem Zorn, über ihm; die kleinen harten Fäuste zerhämmerten Rumbos Gesicht, der sich nicht vom Rade befreien konnte.

Fast plötzlich kam Felix zu sich; er erkannte das Gesicht, das unter seinen Schlägen blutete. Es gehörte Rumbo, von dem man erzählte, er trüge immer einen Schlagring in der Hosentasche. Furcht fiel Felix an; noch einmal schlug er zu, gezielt und hart. Als ob er sich abstemmte mit diesem Schlag, sprang er auf die Füße, riß seine Mütze an sich und rannte los, einen schmalen holprigen Rain entlang.

Als der Rain eine Biegung machte, warf er den Kopf herum. Rumbo folgte ihm nicht, er stand auf der Straße und starrte ihm nach. Sein Rad lag zu seinen Füßen. Er schrie dem Davonlaufenden auch keine Drohungen nach.

Erst jetzt hämmerte Felix' Herz unter einem Ansturm von atemversetzender Angst los, schnell und hart. Rumbo vergißt keinen Schlag, irgendwann wird er den Schlagring aus der Tasche holen. Aber wehrlos wird sich Felix nicht zuschanden schlagen lassen. Auch er wird zuschlagen, um den Bruchteil schneller als der andere. Wie heute. Und haargenau gezielt.

Sein Herz verlor alle Furcht. Gleichmäßig und ruhig pumpte es im Takt des Trabes, den er anschlug. Während eine kribbelnde Freude an der eigenen Kraft in seine Fäuste floß, lief er mit langen, weitausgreifenden Schritten über Feldwege und Raine nach Südosten.

Langsam vergaß er alles, was hinter ihm lag, die Falken, den Vater, Rumbo, und seine Gedanken liefen den Füßen voraus, der Stadt zu, die er – von nun ab bis in alle Ewigkeit – nicht mehr fürchtete und in die er sich nicht mehr hineinschmeicheln wollte.

Es wollte ihn niemand aufnehmen, auch nicht die Stadt. Nun gut: er wird sie zwingen, ihn aufzunehmen. Der Rükken wird nicht länger gekrümmt, die Mütze nicht mehr gezogen. Die Fäuste hart – wie gegen Rumbo.

Wer ihm die Mütze vom Kopf schlägt, dem schlägt er die Faust ins Gesicht.

Rhythmisch stießen die angewinkelten Ellbogen am Körper vorbei, vor und zurück, gleichmäßig eilend griffen die Füße den Raum und schoben ihn hinter sich; weit voraus den eilenden Füßen eilten seine Gedanken, um Jahre voraus und um viele Stufen voraus, die von dem einen Raum führen in einen anderen, höheren Raum.

13

Das Jahr riß sich die Kalenderblätter vom Leib, sieben in der Woche, dreißig oder einunddreißig im Monat.

Die Schaufenster der Geschäfte barsten vor Waren, die Wechsel der Geschäftsleute gingen zu Protest – das Jahr rief, als der Montag vierundzwanzig Stunden alt war, den Dienstag herauf und verweilte nicht eine Sekunde.

Die Menschen rieben die Schaufenster blank mit gierigen Nasen und hungrigen Augen, das Arbeitsamt brauchte größere Räume für die Kartei der Arbeitslosen – das Jahr schickte die Hundstage, als es an der Zeit war, ohne sich darum zu kümmern, daß die zwei großen und die zwei kleinen Leiber der Familie des ausgesteuerten Wetzel schon wenige Stunden nach ihrem freiwilligen Abgang von der Welt zu verwesen begannen.

Das Mädchen Agnes Nowak, das ins sechzehnte Jahr ging, begrub die Mutter und nahm ihren Aschekorb auf den Rücken – das Jahr hielt sein glühendes Tagauge nicht eine Sekunde länger offen, um zu sehen, ob man Agnes nicht doch noch so viel Asche tragen ließe, wie sie brauchte, um Brot zu haben. Daß sie einmal einen Korb voll Brote trüge, für sich trüge, davon träumte sie nicht einmal.

Der Junge Felix wuchs und wuchs, täglich um ein winziges Stück in die Höhe, täglich um ein winziges Stück in die Breite, gar nicht schnell genug vermochte das Herz mitzuwachsen – das Jahr gilbte das Getreide zum Jakobstag und nahm Batschons Garben nicht ein Gramm ihrer Schwere, damit das langsamer wachsende Herz des Jungen nicht Schaden litte in den sechs Wochen, die er, Knecht nun, auf dem Hofe des Bauern arbeitete, für dreimal drei Silbermark.

Als es auf dem Kalender vermerkt war, daß die Kälte zu kommen habe, rief das Jahr die Kälte herbei, ungerührt von den Demonstrationen der Arbeitslosen, die vom stillgelegten Kupferhammer hochzogen zur Stadt und ihr Frieren, ihren Hunger, ihr Fluchen, ihr Verzweifeln durch die Bürgerstraßen trugen.

Das Jahr riß sich die Wahltage vom Leib und die Weihnachtstage, an denen der Unternehmerverband der Stadt je dreihundert Liter Arbeitslosensuppe verteilen ließ, und das Jahr stürzte selbst der letzten Sekunde des Silvesters nach in das Nichtsein der Vergangenheit – es überließ den Kanzler der Notverordnungen dem neuen Jahr, das ihn nach einhundertfünfzig Tagen samt einem Kalenderblatt gleichgültig in den Papierkorb der Geschichte fegte.

Das Jahr hob den „Herrenklub“ in den Sattel und gab ihm Peitsche, Sporen und Zügel in die Hand, nachdem es das bitterste Fastnachtsstück für Deutschland geschrieben hatte. Darin machte es den kaiserlichen Feldmarschall, dem der Krieg wie eine Badekur bekommen war, mit den Stimmen der Söhne der Toten zum Totengräber des Vermächtnisses der Toten – es wählte im Namen Bebels Hindenburg.

Der Arzt Dr. Schmidt besaß am Stadtwall einen Garten, wo mehr als zweihundert Rosenstöcke der verschiedensten Arten standen. Die Papiertüten auf den Hochstammrosen saßen fest und sturmsicher; den Rosen konnte nichts passieren, wenn sich die Eisheiligen an die Wettervorhersage des meteorologischen Dienstes hielten und nicht mehr als leichten Bodenfrost schickten.

Felix, der Bodo geholfen hatte, die Tüten aufzubinden, verabschiedete sich am Gartentor. Während Bodo nach rechts den Wall entlang nach Hause ging, wandte sich Felix nach links.

Er war hochgewachsen und füllte, auch in den Schultern, den alten Militärmantel, den der Vater als Beutestück aus dem Krieg nach Hause gebracht hatte, gut aus.

Als er im Winter angefangen hatte, diesen Mantel zu tragen, hatte die Klasse bald einen neuen Namen für ihn gefunden. „Soldatenrat“ nannten sie ihn, und während er sich zunächst darüber geärgert hatte, trug er den Namen jetzt mit Gleichmut und den Mantel oft aufgeknöpft, damit ja keiner auf den Gedanken käme, ihm vielleicht einen „Leutnant“ anzuhängen.

Wenn schon einen militärischen Spitznamen, empfand er, dann ist „Soldatenrat“ immer noch besser als „Leutnant“.

Auch jetzt trug er den Mantel offen; die Schülermütze

hatte endlich den richtigen Kniff bekommen und saß ziemlich frech auf dem linken Ohr. Er schlenderte über den frisch gekiesten Parkweg, summte einen Schlager aus dem Tonfilm „Der Kongreß tanzt" und beobachtete ein mickriges Männchen in einem abgeschabten braunen Mantel; das Männlein marschierte straff, warf energisch den Spazierstock vor und federte auf den Ballen.

Am Ende des Walls bog Felix nach links ab, die holprige schmale Gasse hinunter, wo während der Jahrmarkts- und Schützenfesttage die Bettler zu sitzen pflegten, einer neben dem anderen, blind oder beinlos oder ohne Arme. Einer hockte stets da, der mit den Zehen seine Mütze den Vorübergehenden hinhielt.

An der Schenke am Ende der Gasse wollte Felix geradeaus zum Dom, vielleicht war die Stadtbücherei noch auf. Da sah er eine große Anzahl Reichsbannerleute vor dem Gewerkschaftshaus stehen. Als er näher kam, hörte er grölenden Gesang aus dem Gasthaus „Deutsche Eiche", das schrägüber dem Gewerkschaftshaus lag. Zur „Deutschen Eiche" führten drei Stufen hoch; auf den Stufen standen einige SA-Männer mit den Sturmriemen unter dem Kinn.

Ein Reichsbannerhäuptling redete auf seine Leute ein. „Keinen Unsinn! Nicht provozieren lassen! Auch nicht provozieren. Reingehen! Los, geht rein!" Der Häuptling trug eine Brille, sah friedlich aus und besaß, wie Felix wußte, einen Stuhl auf dem Arbeitsamt.

Drüben die Nazis lachten und brüllten etwas herüber.

Da kam es von unten, von der Schlossergasse her, wie ein Windstoß zunächst nur: Querpfeifen, hell, hart, aufreizend.

Der Reichsbannerhäuptling wurde noch aufgeregter, hastig lief er hin und her und verschwand schließlich mit der Mehrzahl der Männer im Gewerkschaftshaus.

Drüben auf der Treppe zur „Eiche" pfiff ein SA-Mann, klein und untersetzt, einmal grell auf zwei Fingern. Dann sagte er irgend etwas zu den anderen, die neben ihm standen, lächelte einem zu, holte eine Zigarette aus der Brusttasche und brach sie entzwei; die eine Hälfte rauchte er selbst, die andere reichte er einem langen Lulatsch.

Jetzt wirbelten Trommeln aus der Schlossergasse.

Felix stellte sich auf die Treppe vor der Alten Kaserne. Von da war es gleich weit „Zur Eiche" wie zum Gewerkschaftshaus.

Liedfetzen flatterten herauf. „... erkämpft das Menschenrecht!"

Aus dem Gewerkschaftshaus hingen zu allen Fenstern Männerköpfe heraus. Drüben, an der Treppe vor der „Eiche", drängten sich immer mehr SA-Männer zusammen.

Wieder die Querpfeifen, nahe, laut. „... Kein Gott, kein Kaiser noch Tribun ..." Das Lied schwenkte um die Biegung, die Trommeln, die Querpfeifen, die Fahnen; Menschen, Frauen, Männer, kräftige, ausgemergelte, alte, junge; verzweifelte Gesichter, entschlossene Gesichter; harte Gesichter, die ein weicher Glanz überzog, wenn sie vom Morgen träumten; weiche Gesichter, die Hoffnungslosigkeit zu kämpfen trieb.

„Völker, hört die Signale! Auf zum letzten Gefecht ..."

Das Lied erreichte das Gewerkschaftshaus. Einzelne Pfiffe aus den Fenstern, viele unschlüssige Gesichter.

Das Lied umspülte die Treppe zur „Eiche".

„Kommune verrecke!" – „Deutschland – erwache!" – „Kommune verrecke!" brüllte es von der Treppe.

„... erkämpft das Menschenrecht!" hallte es von unten. Eine Trillerpfeife gellte, eine braune Lawine warf sich auf das rote Lied.

Mit Knüppel, Stuhlbeinen, Schlagringen, Schulterriemen schlug die SA. Auch unten gab es harte Fäuste, gab es Schulterriemen, gab es Fahnenstangen, Transparente.

Vom Gewerkschaftshaus verschwanden die Köpfe, die Fenster schlossen sich, die Eingänge wurden verrammelt.

Vor der Freitreppe der Alten Kaserne drosch der untersetzte SA-Mann; er freute sich, daß er so gut zuschlagen konnte.

Felix sah beide ganz nahe, den Schläger und den Geschlagenen. Der Geschlagene hatte nur einen Arm. Das Gesicht erinnerte an den Vater, die Augen tief, bereit, sich zu freuen, aber es gibt nichts, um sich zu freuen ...

Plötzlich war Felix mittendrin; sein Knie fuhr dem Schläger in den Unterleib, und als der zusammensackte, knallte ihm die Faust an die Schläfe; er wand sich und ließ seinen Schulterriemen fahren.

Mit dem SA-Schulterriemen drosch Felix in SA-Gesichter, andere Schulterriemen trafen sein Gesicht. Ein Schlag riß ihm die Schülermütze vom Kopf. Er ließ sie liegen.

Auf einmal sah er Agnes. Sie schlug mit einem aufgelesenen Stuhlbein um sich. Die SA begann zu weichen; da heulten Polizeiflitzer heran.

Das Gewerkschaftshaus schaute zu, wie die Kommunisten zusammengedroschen wurden. Es nahm nicht einmal die Verwundeten auf.

Die Polizei verhaftete so viele Kommunisten, wie sie erwischen konnte.

Felix rannte mit einem Trüppchen die Südstraße hinunter. Da erblickte er Agnes wieder. Er nahm sie an der Hand und zog sie mit sich auf den Wall und half ihr über das niedrige Tor in den Garten mit den Hochstammrosen.

Agnes starrte ihn an, den Mantel, den Schulterriemen, den er immer noch in der Hand hielt. Ihr Gesicht war ekkig, sie wollte gehen.

„Du bist verrückt", sagte Felix, „die schnappen dich doch gleich."

Agnes hatte die graublaue Windbluse an.

„Egal", sagte Agnes. „Besser als mit *dir* ..."

Auf einmal begriff Felix.

Er lächelte. „Das", sagte er und warf den Schulterriemen auf den Komposthaufen, „habe ich einem weggenommen. Und das", er knöpfte den Mantel langsam zu, „ist mein Soldatenratsmantel."

Plötzlich lachte er, laut und froh.

Agnes schaute ihn an. „Du bist dumm!" sagte sie und lächelte. „Soldatenrat!"

Dann lachte auch sie, leise, es klang, als ob sie sänge.

Die Glocken der Marienkirche läuteten den Abend herbei. In den Fluren der alten Häuser in der Messergasse hockte schon die Nacht, die nichts gemein hatte mit dem friedlichen Singsang, den die Glocken über die Stadt streuten.

Agnes nahm Felix an der Hand, führte ihn eine schiefe,

geländerlose Bodentreppe hinauf und schloß vor ihm eine ungestrichene Brettertür auf.

Durch eine breite, verglaste Luke, die so niedrig war, daß man den Kopf hätte hindurchstecken können, floß zartviolettes Abendlicht in die Kammer.

Gleich links an der Tür stand auf hohen Eisenbeinen eine Waschschüssel, deren Emaille an einigen Stellen abgesprungen war, und daneben ein voller rotbrauner Wassereimer; an einem Nagel hing ein grobleinenes graues Handtuch.

An der rechten Wand war ein Schränkchen, es mochte ein Schuhschrank gewesen sein, in die Ecke gerückt. Auf dem Schränkchen hatte ein altmodischer Spirituskocher gerade Platz.

Danach kam ein Tisch, der die ganze Breite der Kammer einnahm; zu dem Tisch gehörte ein Stuhl. Dahinter, mit der Luke über dem Kopfende, stand ein schweres hohes Holzbett.

Auf einem Bügel an der anderen Hauptwand hing Agnes' einziges Kleid, das sie außer dem graublauen Rock besaß. Das Kleid war rundum, von oben bis unten, dicht mit Zeitungsbogen besteckt, damit es nicht verstaubte und verblich.

Unter dem Bett schauten zwei Persilkartons hervor.

Der Hausbesitzer war Agnes' Vormund. Da ihm ohnehin kein Ziegel mehr gehörte – soviel Schulden hockten auf dem Haus –, ließ er das Mädchen umsonst in der Kammer hausen. Im übrigen kümmerte er sich um sein Mündel überhaupt nicht.

Agnes kroch unter dem Tisch hindurch, rückte den Stuhl zurecht, sagte „Setz dich" zu Felix und setzte sich selbst auf die Bettkante.

„Willst du einen Tee trinken?" fragte sie. „Ich habe Linden-, Kamillen-, Flieder- und …", sie überlegte, „und Fencheltee."

Sie sah den Jungen in dem Soldatenmantel an und lächelte. „Und ich habe gedacht, du bist ein Nazi geworden", sagte sie. „Richtig dumm war ich!" Sie schüttelte wie ärgerlich den Kopf. Eine schwere braune Haarsträhne fiel ihr in die Stirn.

„Aber Kommunist auch nicht!“ sagte Felix. „Ihr seid ja gegen Kultur!“

„Hachherrje!“ Agnes blitzte ihn streitlustig an; aber dann wurde ihr Gesicht sanft. „Willst du einen Fencheltee, vielleicht?“

Felix hatte keine Lust auf Tee, aber viel Lust, sich zu streiten.

„Ich lese jeden Tag eure Zeitung im Kasten“, erzählte er. „Da hat jetzt etwas über ‚Faust‘ dringestanden, ganz was Blödes!“

„Worüber?“

„Faust. Und …“

„Was ist denn das?“

Das letzte Tageslicht fiel in Agnes’ Augen. Sie schienen ganz hell, fast durchsichtig.

„Das ist ein Theaterstück“, erklärte er eifrig. „Das hat Goethe geschrieben.“

„Erzählst du’s mir?“ bat sie und rückte auf der Bettkante ein wenig näher.

Er sagte:

„Ich habe das Stück bloß gelesen …“

„Erzähl nur“, wiederholte Agnes, streifte die Schuhe ab, zog die Füße an und lehnte den Kopf an die Bretterwand.

Felix rutschte unschlüssig hin und her, der Stuhl kippelte ein wenig.

„Kannst dich hersetzen“, sagte sie. „Aber Schuhe ausziehn!“

Er hockte sich neben sie. Über die Dächer kroch die Nacht heran.

Der Junge, den sie Soldatenrat nannten, erzählte der Tochter der Aschefrau den ersten Teil des Gedichtes vom Menschen Faust, wie es Goethe aufgeschrieben hatte.

Der Junge redete sich Kopf und Herz heiß, das Mädchen hörte mit heißem Kopf und heißem Herzen zu.

Die Nacht fraß Stück um Stück in der Kammer, nur auf den beiden blassen jungen Gesichtern ließ sie einen winzigen Lichtschimmer liegen.

Als Felix geendet hatte, schwiegen sie lange.

Dann fragte Agnes: „Was hat unsere Zeitung darüber geschrieben?“

„Faust hätte ein Proletariermädel verführt und dann verlassen“, berichtete er, „er sei ein Lump.“

„Ist er auch“, flüsterte Agnes.

Felix hörte, daß sie nicht streiten wollte. „Ich bringe dir einmal das Heft“, sagte er, „da kannst du es selber lesen. Vielleicht habe ich schlecht erzählt.“

Er rutschte vom Bett und fuhr in die Schuhe.

„Ich muß jetzt gehen.“

An der Tür, zwischen dem Waschständer und dem Schuhschränkchen, das Agnes als Geschirrschrank und Speisekammer diente, nahm sie ihn wieder bei der Hand.

„Ich führe dich“, sagte sie, „allein findest du dich nicht zurecht.“

Während er durch die Straßen seiner Kammer zulief, den Mantel weit offen, seltsam zufrieden und angefüllt mit einer glücklichen Ausgewogenheit, legte sich Agnes zum Schlaf hin.

Plötzlich spürte sie Hunger und zog den Stuhl heran, über dessen Lehne die graublaue Windjacke hing; aus der Jackentasche holte sie einen Ranft Brot hervor. Das Brot hatte ihr der Einarmige während der Demonstration zugesteckt.

Felix überflog täglich auf dem Weg von der Schule zum Mittagstisch der Witwe Kral vier Zeitungen: den „Freiheitskampf“ der Nazis am Postplatz, die Stahlhelm- und die SPD-Zeitungen in der Inneren Bärenstraße und die „Rote Fahne“ im Kasten an der Mauer der Mönchsschenke.

Die sorbische Zeitung, die in den Fenstern ihrer Redaktion am Bärengraben aushing, hätte er ebenfalls auf dem Schulweg lesen können. Nach einigen Versuchen aber hatte er es aufgegeben, er war zwar dahintergekommen, daß die Zeitung gegen alle war – Kommunisten und Nazis, Sozialdemokraten und Deutschnationale; aber *wofür* die Zeitung war, fand er nicht heraus. Möglicherweise war sie für Masaryk, der ein tschechoslowakischer Präsident, oder für Pilsudski, der ein polnischer Präsident, oder für Paul, der ein jugoslawischer König war. Für wen sie aber in Deutschland war, das wußte die Zeitung selbst nicht. Felix brauchte jemanden, der genau wußte, wofür er war.

Seit jenem Überfall der SA auf die Kommunisten las er die Nazizeitung nur noch, um etwas darin zu finden, was häßlich, böse oder dumm war, damit Agnes in ihrer Windjacke vor ihm gerechtfertigter sei …

Die „Rote Fahne" las er nun, um etwas Gutes, Kluges, Schönes darin zu finden, damit Agnes klüger, besser, schöner sei vor ihm und er es leichter ertrüge, daß sie Kommunistin war.

Sie trafen sich oft, fast täglich. Und sie stritten sich jedesmal. Alles wollte Felix besser wissen. Es sei unmöglich, behauptete er, daß die Arbeiter einen ganzen Staat und alle Fabriken und Universitäten allein regieren könnten.

Oft stampfte Agnes zornig mit dem Fuß auf und nannte ihn einen „eingebildeten Bourgeois".

Felix gebrauchte alles, was er in fünf Jahren auf dem Gymnasium gelernt und sich aus Büchern zusammengelesen hatte, gegen sie.

Sie war eine Aschefrau, seinen Worten konnte sie wenig Worte entgegensetzen; doch stets wenn Felix glaubte, sie mit seinen Argumenten überzeugt zu haben, sagte sie: „Du hast nicht recht."

Sie verschloß ihre Ohren und ließ seine Worte an sich ablaufen.

Einmal tobte Felix los, er faßte sie an den Schultern und schüttelte sie wild hin und her. Agnes spannte den Rücken und machte den Nacken steif, wie eine Holzpuppe wurde sie unter seinem rohen Griff.

„Verdammte Kommunistenhexe!" schrie er, sinnlos vor Wut, weil er ihren Glauben an die Möglichkeit, eine gerechtere Welt zu bauen, nicht erschüttern konnte.

Mit einem Ruck riß sich Agnes los; er gab ihr einen Stoß, daß sie auf das Bett fiel, und lief weg.

Agnes blieb über dem Bett liegen; sie weinte, bis die Tränen von selbst versiegten.

Am nächsten Tag trat Felix in die Kammer, als Agnes eben von der Arbeit nach Hause gekommen war. Sie stand, ein zärtlicher Schattenriß, nackt vor dem vollen Licht der späten Sonne und versuchte sich hinter dem Handtuch zu verbergen. Felix mußte vor der Brettertür warten, bis Agnes ihn rief.

Er holte wortlos-verlegen ein Reclam-Heft aus der Tasche und schob es ihr über den Tisch hin.

„Für dich", murmelte er, als sie keine Anstalten machte, das Heft an sich zu nehmen.

„Kleider machen Leute", las Agnes. „Weil ich gerade nicht angezogen war ..." Ihr Gesicht, dunkel im Gegenlicht, verbarg das Lächeln.

Felix errötete, sogar den Nacken hinunter fühlte er die Röte rieseln.

Er dachte: Wie sie erst so stand, da war kein Unterschied zwischen ihr und Grit.

Er räusperte sich und versuchte ein wenig frech zu sein. „Keine Kleider machen auch Leute", sagte er. Schnell, damit Agnes ja keine Zeit hätte, sich darüber vielleicht zu erzürnen, fügte er hinzu: „Ich wollte fragen, ob du ein bißchen mitgehst, an die Spree?"

Felix kannte das felsige Ufergelände im Spreebogen gut. Das winzige Plateau, hoch über dem rauschenden Fluß gelegen, einzusehen nur drüben vom Schloß her, fanden sie frei; vor ihnen lagen die Türme und Mauern der alten Stadt, die Sonne brannte rot in den Fenstern des Schlosses.

Unter seinem bunten Sporthemd zog Felix zwei Plinsen, richtig in Butterbrotpapier eingewickelt, und vier Weizenäpfel hervor. Die Plinsen waren die Hälfte seines Mittagessens, und die noch nicht reifen Weizenäpfel stammten aus dem bischöflichen Garten, dessen sich Felix wieder einmal erinnert hatte.

Agnes zwang ihn, einen halben Plinsen zu essen, und bestand darauf, daß jeder einen großen und einen kleinen Apfel bekam.

Sie lehnten sich an die sonnenwarme Felswand und erzählten sich kleine Dinge. Lange sahen sie einem Laufkäfer zu, der sich hierher verirrt hatte und nun den Weg nicht zurück fand. Hin und her lief er am Rande der Felsplatte und schauderte, so schien es, immer wieder vor der Tiefe zurück.

Sie schwiegen und sahen zu, wie die Sonnenbrände in den Schloßfenstern langsam von unten nach oben verlöschten. Tiefer und tiefer kippte die Sonne unter die Abendlinie, bis ihr letzter Strahl von der Spitze des hohen Domturmes nach oben glitt.

Es wurde kühler. Wie es sei mit der Sonne, ihrem Licht, ihrer Wärme und dem allen, wollte Agnes wissen.

Alles, was er wußte, erzählte ihr Felix: von Galilei, von Kopernikus, vom Sonnenglauben der Inkas, von Sonnenenergie und von Sonnensystemen.

Zögernd besteckte sich der Himmel über ihnen mit Sternen. Felix zeigte dem Mädchen die Sternbilder, die er kannte, die Milchstraße …

Lange saßen sie stumm und regungslos, bis der Mond vom Horizont zum Scharfenturm gewandert war.

Einmal flüsterte Agnes: „Ich will ja bloß, daß du kein Nazi wirst."

„Ich werde es nicht", entgegnete er leise.

Er hatte, wie sie, beide Hände um die Knie geschlungen. Seine Rechte glitt vom Knie und kroch langsam über den Stein. In der Mitte traf sie die Mädchenhand, die unterwegs war zu ihm.

Der Mond schien ihnen ins Gesicht; sie sahen zu, wie er langsam über den First des Domdaches schwamm.

Einige hundert Schritt flußabwärts rauschte die Spree über das Hammerwehr. Eben sprang ein Tropfen hoch hinaus in das silbrige Licht; er trieb vorbei am gespenstisch toten Kupferhammer, zwängte sich durch die Felsen des Abgottes und erreichte das offene Land.

Langsam wanderte er weiter. Die Sonne stieg und fiel.

Gerade als der Tropfen in Berlin zwischen Museum und Charité dahintrieb, erschien im Amtszimmer des preußischen Ministerpräsidenten ein Leutnant mit drei Mann und setzte auf Befehl der kommenden Herren des Reiches den Ministerpräsidenten ab.

Als der Tropfen in der Havel ankam, lachte Michael Batschon beim Mittagessen schallend auf.

Felix, der nebenan in der Gesindestube am Tische saß, fragte die eintretende Küchenmagd: „Was lacht denn der so?"

„Ich weiß nicht", antwortete die Magd. „Er liest Zeitung."

Michael Batschon lachte darüber, daß ein Leutnant mit drei Mann die deutsche Sozialdemokratie aus einem Ministerpräsidentensessel gefegt hatte.

Übrigens las er die Nachricht in der sorbischen Zeitung, die mit einem Achtelchen Auge darüber weinte, mit dem Rest der zwei Augen aber lachte.

Lachte, wie der Bauer Michael Batschon, dem „Osthilfe“ gewährt worden war …

Wie Studienrat Meister, der Alldeutsche, der eben durch den „polnischen Korridor“ nach Königsberg fuhr und zu seiner Frau sagte: „Du wirst sehen, Gerlinde, in fünf Jahren ist dieses Land wieder deutsch!“ …

Wie der Arzt Dr. Schmidt, von dem nur wenige in der Stadt wußten, daß er im Jahre 1927 eine Ortsgruppe der NSDAP in der Stadt gegründet hatte, und der eben zu seinem Sohn Bodo sagte: „Morgen meldest du dich zur Hitlerjugend!“

Felix Hanusch wußte von alldem nichts; er aß Kartoffelmus mit Rauchfleisch und schaute, ohne sich dessen bewußt zu sein, zu, wie unterschiedlich seine acht Tischgenossen den Löffel zum Munde führten.

14

Felix schlenderte am Bärengraben entlang. Vom Rathaus schlug es vier Uhr.

Wo der Bärengraben die Bärenstraße kreuzte, pflegte Felix oft lange zu stehen. Es war die belebteste Kreuzung der Stadt.

Er stellte sich an die Bordkante, wo manchmal ein Polizist vor sich hin döste. Drüben beim Weißwarengeschäft Strauß wartete eine alte Frau darauf, daß sie schnell über die Straße huschen könnte. Sie warf hastige Blicke nach rechts, nach links, raffte den langen Rock ein wenig und trippelte los, die Augen fest auf das Grünwarenbüdchen der Frau Germer gerichtet.

Plötzlich war die Heilsarmee da, zu viert. Ein Mann, dessen glänzendem Speckgesicht die Frömmigkeit schlecht anstand, stieß einige Töne aus seiner Trompete.

Die Leute erschraken und schauten sich um. Diesen Augenblick benutzte der zweite der Heilsarmisten.

„Weißt du, ob du morgen noch lebst, Bruder? Der Herr ruft auch dich in seinen Dienst!" rief er laut und schallend der Menge zu. Er überragte alle ringsum um einen Kopf, hatte breite Schultern, Hände wie Schaufeln, einen kleinen Weibermund, über den eine ungewöhnlich große Nase traurig herabhing.

Nun verteilten sie Traktate. Felix meinte, den einen zu kennen. Er ging hinüber: Wirklich, es war Stach.

Stach, der nach Rußland hatte gehen wollen.

„Mensch ...!" sagte Felix.

Stach schaute aus, als ob er sich weigerte, Ovids Metamorphosen zu übersetzen. Er schien Felix nicht zu kennen. Er drückte ihm ein Traktat in die Hand und sprach laut: „Weißt du, ob du morgen noch lebst, Bruder?" Hastig und flüsternd setzte er hinzu: „Drei Eßscheine krieg' ich für so 'n Angriff!"

Er wandte sich ab und steckte der Soubrette des Staatstheaters, die von der Probe kam, einen Zettel in die offene Stadttasche.

„Schwester", fragte er sie feierlich, „weißt du auch, ob du morgen noch lebst?"

Die Soubrette erschrak und stöckelte hastig davon.

Als es sieben Uhr schlug, stand Felix immer noch an der Ecke.

Von der Fischerpforte her kamen ein Mädchen und ein Bursche.

Das Mädchen war Agnes. Sie hatte ihr Kleid an und trug einen billigen Regenmantel offen darüber.

Sie lachte dem Burschen zu. Der hatte schmale Hüften, und dichtes, blauschwarzes Haar wellte sich auf seinem Kopf. Klar, Felix sah, daß der Bursche schöner war als er.

Er schlich ihnen nach. Sie verschwanden im Ballhaus „Zwei Kastanien". Die hohen Fenster des Ballsaals waren hell erleuchtet. Die Musik spielte schon.

Tanzen ging Agnes ... Deswegen hatte sie nie Zeit, das war die Arbeit, die sie für die Wahl tun mußte!

Felix kehrte um und lief nach Hause. Er achtete nicht darauf, daß sich viele Leute ins Ballhaus drängten, Leute, die gar nicht danach aussahen, als wollten sie tanzen. Er dachte auch nicht daran, daß er mittags eine halbe Stunde lang einen Zettelverteiler und die Leute, denen er Zettel gab, beobachtet und selbst auf einem Zettel gelesen hatte, daß abends ein sozialdemokratischer Minister in den „Zwei Kastanien“ sprechen würde.

Tanzen ging Agnes, mit dem dunklen Jungen, der wie ein Italiener aussah. Und mit mir, dachte er, tut sie immer so heilig.

Sie hatte ihn gefragt – kurz vor den Ferien war es –, welchen Beruf er für sich wünsche. Er hatte sagen wollen: Arzt oder Flugzeugkonstrukteur – irgend etwas Imponierendes, damit das Aschemädchen zu ihm aufschaue. Aber er hatte ihr schließlich geantwortet: „Ich weiß es nicht ...“

Da hatte Agnes laut geträumt: „Ich wüßte, was ich werden wollte: ein Professor!“

„Was für ein Professor?“ hatte er erstaunt gefragt.

„Überhaupt ein Professor! Ich würde alles wissen, von den Sternen und der Sonne, Medizin gegen die Schwindsucht würde ich wissen.“ Ihre Mutter war an Tuberkulose gestorben. „Daß niemand mehr Hunger haben muß, das weiß ich ja, wie das sein kann, aber dann würde ich es allen Menschen richtig erklären können, meine ich ...“

Sie hatte eine Weile geschwiegen und dann leise hinzugesetzt: „Viel mehr würde ich wissen als deine Freunde, und du würdest dann nicht immer zu ihnen laufen ...“

Aber sie selber, sie lief mit ihren Freunden tanzen!

Am nächsten Tag, gleich nach dem Mittagessen, ging Felix nach der Messergasse. Zwei Jungen, zwölf- oder vierzehnjährig, spielten Ball vor Agnes' Haus. Der Ball war ein Knäuel Papier, fest mit Bindfaden verschnürt.

Die Jungen waren barfuß. Der Oktober pfiff durch die Gassen.

„Agnes ist auf Arbeit“, sagte einer der beiden.

In der Theatergasse traf Felix den Primus.

Bodo sah aus wie ein Hühneraugenmittel- oder Kleinfönvertreter. Er steckte in einem blauen Kammgarnanzug, hatte einen Schlips um und trug seine Aktentasche unter dem Arm.

Felix hatte den Primus noch nie im Anzug gesehen, er

lief dreiviertel des Jahres in Lederhosen herum und zog, wenn's Stein und Bein fror, Skihosen an.

Bodo grinste. „Kriegsbemalung. Aber ich bin gleich fertig, nur noch die Schubertstraße."

„Rechnungen von meinem alten Herrn", erklärte er leichthin. Er bestimmte für Felix die linke Straßenseite und behielt die rechte für sich. „Dann kommen wir gerade noch zum Kino zurecht", sagte er. Das bedeutete eine Einladung für Felix. Im Central-Kino am Ende der Schusterstraße lief der Film „Fridericus Rex".

Felix beeilte sich, seine Rechnungen loszuwerden. Ein wenig wunderte er sich, daß die Umschläge nicht firmiert waren und daß anscheinend alle Geschäftsleute der Straße zu den Patienten des Dr. Schmidt gehörten.

Eine der Rechnungen überreichte er dem Friseurmeister Arthur Jäppel. Der riß verwundert den Brief auf und las ihn noch verwunderter. Nach Geschäftsschluß gab er ihn seiner Frau. „Die Nazis wollen Geld von uns", sagte er. Die Frau erregte sich. Aber der Mann hatte sich die Sache schon durch den Kopf gehen lassen. „Vielleicht", sagte er, „können uns wirklich nur die vor den Kommunisten bewahren. Und wenn sie tatsächlich an die Macht kämen, wär' es schon ganz gut, könnten wir ein paar Spenden aufweisen."

Felix und Bodo waren schon eine Viertelstunde vor Beginn des Films fertig. Alma, Grit und die Anneliese vom Stadtbaurat schlenderten heran. Sie wollten auch ins Kino.

Zu fünft warteten sie vor dem Eingang und flachsten herum. Die Anneliese war frech wie stets, aber hübsch war die Hexe wirklich geworden.

In ihrem Rücken, an der Hofeinfahrt des Kinogebäudes, stand ein Aschewagen. Plötzlich trieb der Wind einen Hauch Asche zu ihnen her.

Anneliese kreischte: „Pfui!" Grit verzog die Nase. Nur der dicken Alma schien das bißchen Aschestaub nichts auszumachen.

Sie alle schauten hinüber zum Wagen. Eine Aschefrau, auf der dreistufigen Holztreppe stehend, hob vorsichtig ihren Korb aus dem Wagen und wandte sich um.

Felix erkannte Agnes. Schnell riß er den Kopf herum, eine Blutwelle stürzte in sein Gesicht.

Agnes stand immer noch auf der Treppe, eine halbaufgeschnittene Konservendose hatte sich am Korb festgebissen.

Anneliese starrte mit ihren bernsteingelben Augen hin. „Wie dreckig das Weib ist!" sagte sie und holte ein goldenes Puderdöschen aus ihrer Handtasche.

Felix verkroch sich hinter Almas breitem Rücken. Aber er konnte nicht anders: aus den Augenwinkeln blickte er zu Agnes hin, die die widerspenstige Konservendose losriß, die drei Stufen hinunterstieg, sich den Aschekorb auf den Rücken warf und auf klappernden Holzpantoffeln in den Hof verschwand.

Das Kino öffnete noch immer nicht. Agnes kam wieder, auf dem schmalen gebeugten Rücken den schweren, schmutzigen Aschekorb. Hastig kippte sie ihn über den Wagenrand. Eine Wolke Dreck flog auf. Aus der Wolke schaute Agnes trotzig her! Felix sah, daß sie ihn erkannt hatte.

„Ob sie sich überhaupt wäscht?" fragte Anneliese laut.

Felix schwieg; schweigend verriet er Agnes zum drittenmal.

Als er sich im Kino neben Anneliese setzte, war er, trotzig und traurig, sich dessen bewußt, daß er nie wieder in die arme Dachkammer in der Messergasse hinaufsteigen konnte.

Während Felix zu Michaelis auf Ferien daheim war und sich in der Kartoffelernte Geld zu verdienen suchte, verunglückte der Brennmeister Roßmann schwer und lag tagelang zwischen Leben und Tod. Rudi und Ernst, seine Söhne, die beide noch Arbeit hatten – Rudi als Setzer und Ernst als Schornsteinfeger –, kamen auf Urlaub nach Hause.

Es ergab sich, daß Felix mit ihnen, seinen besten Freunden aus der Kindheit, eine lange Nacht zusammensaß, als es klar war, daß der Brennmeister mit dem Leben davonkommen würde.

Die Zwillinge, die sich heute – schlank, mit schmalen Köpfen und schmalen Schultern – fast noch mehr glichen denn als Kinder, schienen älter, als sie waren. Sie verhielten sich ruhig und ernst und sprachen wenig.

Gegenseitig erzählten sie sich ihr Leben, kleine und große Dinge, aus dem Beruf, aus der Schule, von den Menschen, mit denen sie zusammenkamen.

Seit vier Jahren lebten die Zwillinge in Dresden, waren selten daheim gewesen und hatten sich dem Dorf entfremdet.

Sie sprachen noch sorbisch wie in den Kinderjahren, mußten aber manchmal lange nach einem Wort suchen und gerieten unversehens in ihre Muttersprache, wenn sie von der Stadt und von ihrer Arbeit berichteten.

Es geschah auch, daß sich die drei an etwas erinnerten, was sie früher hier gemeinsam erlebt hatten.

Und einmal sagte Felix: „Rumbo ist Kommunist geworden."

„Kommunist ist anders", entgegnete Rudi ruhig darauf. „Das wird man nicht so leicht – und nicht so schnell ..."

Es schien Felix, als wüßten die Zwillinge mehr darüber, was und wie ein Kommunist ist und wie man es wird.

Er hätte gern weiter darüber gesprochen, aber da war Agnes ... Er wollte nicht an Agnes denken, weil er dann immer sich selbst sah, versteckt hinter dem Rücken der Alma und schweigend zu den bösen Worten der Anneliese.

Wenn ihr Vater morgen über den Berg sei, führen sie gegen Abend weg, sagte Rudi. Es hörte sich an, als hätte das Wegfahren etwas zu tun mit der Frage, was ein Kommunist sei.

Sie saßen noch eine Zeitlang schweigend zusammen, rauchten eine Zigarette aus Ernsts Schachtel, und dann gaben die Zwillinge Felix die Hand.

Felix spürte, daß sie nun andere Freunde und andere Freundschaften hatten.

Am nächsten Tag fuhren Rudi und Ernst Roßmann nach Dresden zurück.

An einem der letzten Oktobertage, der Himmel war grau verhangen, und ein kalter Wind heulte durch die engen Gassen und Straßen der alten Stadt, sah Felix Agnes wieder.

Wieder kam es von unten, von der Schlossergasse her: zuerst Querpfeifen, wie Wolkenfetzen herangeweht, dann

Trommeln, hart und hell, dann das Lied, rot und jung und mitreißend. Am Gewerkschaftshaus bog es um die Ecke, in die Bürgerstraßen hinein.

Abwartend und neutral lag das Gewerkschaftshaus wieder da. Auf den Stufen vor der „Deutschen Eiche" stand wieder ein Haufen SA, Sturmriemen unter dem Kinn, die Faust in der Tasche um den Schlagring geballt, den Trommelrevolver gespannt.

Aber kein Pfiff gellte, kein Sprechchor grölte: Der Zug auf der Straße, der Zug der Männer, der alten und der ganz jungen, der Frauen und der Mädchen, stak heute in einem stählernen Mantel. Vorn zog zehn Glieder tief, Schulter an Schulter und Faust an Faust, die Antifa; sie schützte rechts und links den Zug und deckte ihn am Ende, stark wie am Anfang.

Eine halbe Hundertschaft Polizei sperrte die Straße zwischen der Gewerbeschule und dem Schuhgeschäft Kockelmann. „Gummiknüppel frei!" schrie der Leutnant, der den Befehl hatte, den Demonstrationszug nicht in die innere Stadt zu lassen.

Der Zug straffte sich, die Fahnen wehten auf Sturm, die Trommeln wirbelten, die Querpfeifen hoben das Lied an, und der Zug sang: „... Erst wenn wir sie vertrieben haben, dann scheint die Sonn' ohn' Unterlaß!"

Triumphierend stieß es zum schiefen Scharfenturm hoch: „Völker, hört ...!"

Die Polizeikette war gesprengt, frei lag die Innenstadt vor dem Zug. Da zerriß das graue Gewölk, ein Fetzen Sonne fiel herab. Er traf voll Agnes' Gesicht. Sie hob den Kopf steiler, sie hatte die Hände zu Fäusten geballt und sang: „... erkämpft das Menschenrecht!"

Felix lehnte sich aus dem Fenster im ersten Stock eines Hauses in der Scharfenstraße. Seine Brust spannte sich schmerzhaft.

Hinter seinem Rücken maulte es: „Mach doch das Fenster zu!"

Wenn sie nur den Mund halten wollte, dachte Felix.

Die rothaarige Anneliese konnte den Mund nicht halten. Sie hatte Felix küssen gelehrt, an jenem Abend nach dem Kino hatte sie sich seiner bemächtigt. Sie war eine verderbte Katze und hatte Lust am Verführen. Naiv und romantisch, lernte Felix seine Lektionen langsam, bis es über ihm zusammenschlug und er glaubte Anneliese zu lieben. Einmal, mitten im Küssen, schob sie ihn zurück, lachte, und es klang wie eine Kreissäge, und sagte: „Morgen kriege ich ein Kleid, moosgrüner Samt, ganz schulterfrei – das steht mir wunderbar!" Ein anderes Mal saß sie zerküßt und zerrauft auf seinem Schoß auf einer Bank im tiefsten Schatten an der Mauer der „Sozietät". Felix träumte sich durch alle Himmel. Anneliese kramte plötzlich ihr Geldtäschchen hervor und holte ein Fünfmarkstück heraus. „Du mußt mir eine Bonbonniere kaufen", sie gab ihm das Geld, „Grit bekommt immer Bonbonnieren von ihrem Freund."

Auf diese Weise hatte sie Felix allmählich beigebracht, daß Küssen und die Liebe zweierlei seien. Er durfte sie oft daheim besuchen, weil ihre Eltern häufig wegfuhren, jeder für sich, und sich genausowenig um Anneliese wie umeinander kümmerten. –

Unten auf der Straße war das rote Lied verstummt, und ein Sprechchor knallte die Barockfassaden empor: „Wer Hitler wählt, wählt den Krieg!"

Anneliese kam und warf das Fenster zu. Sie zog Felix neben sich auf die Couch. „Wenn Krieg wäre", fragte sie lauernd, „würdest du dich freiwillig melden?"

„Bin doch nicht blöd!" entgegnete er.

Sie dehnte sich. „Und wenn ich will?"

„Will ich noch lange nicht!"

„Wenn ich will", sie sprach, wie Marlene Dietrich im Film manchmal zu sprechen pflegte, tief und lasterhaft, „mußt du auch wollen!"

Er mochte ihr Getue nicht. „Bin doch nicht dein Hund!"

Sie ließ ihre Lider fast ganz auf ihre bernsteingelben Augen niederklappen, zog ihn am Ärmel nahe heran, als wollte sie ihn küssen, und sagte dann, immer noch wie Marlene: „Du, du bist mein Hund!"

„Ganz schön verrückt!" knurrte er und wollte hoch, aber sie hatte ihre Hände in seinen Haaren. Davon bekam er Kopfschmerzen, rasende, manchmal stundenlang anhaltende. „Laß los!" verlangte er böse.

„Belle!" Sie zog stärker.

Er spürte schon den Schmerz hinter den Schläfen. Eine seltsame traurige Wut überkam ihn, er umfaßte die dünnen Gelenke der Hände, die sich in seine Haare verkrallt hatten. Kräftig drückte er zu und hielt zugleich die Hände fest, daß sie nicht in den Haaren reißen konnten.

Die bernsteingelben Augen verengten sich, der Mund, sonst klein und weich gewölbt, wurde breit und dünn.

Wortlos rangen sie; das Mädchen stieß mit den Knien nach seinem Leib, er krümmte sich rechtzeitig und fing ihre Beine zwischen seinen Schenkeln ein und preßte sie mit aller Kraft.

„Du Hund!" knirschte das Mädchen, die Zähne fest aufeinander; die Haare ließ sie nicht los.

Sie spuckte ihn an. Er drängte den Kopf an ihre Wange und wischte seine Backe an ihren roten Haaren sauber.

Sie keuchte, sie sah ihre Hände weiß werden, aber sie ließ nicht los.

„Prolet! Wend'scher Bauer! Verdammter Hund!"

Sie spürte, wie sich ihre kraftlosen Finger langsam öffneten, und versuchte sich in seinen Hals zu verbeißen. Er wehrte sich schweigend, mit seiner ganzen Schwere auf ihr liegend.

Plötzlich ließen ihre Hände die Haare los, schlangen sich um seinen Nacken, und sie suchte gierig seinen Mund.

Er sprang auf; im letzten Augenblick erwischte eine ihrer Hände ein Bündel Haare, jäh durchzuckte der Schmerz sein Hirn.

Er stürzte hinaus; sie lag da, den Rock hoch bis an den Leib, das rechte Knie leicht angezogen und nach außen gekippt, die Brust schwer atmend, wild und nackt das Gesicht und in der geschlossenen Faust ein Bündel weißblonder Haare.

Träge dachte es in ihr: Ziemlich genau die Situation, wie ich sie in dem Roman „Delila" geschildert gelesen habe ...

15

Felix rannte aus der Stadt, die aufgewühlt war von den Liedern, die Agnes sang.

Kein Weg führte mehr zu Agnes; je mehr Raum zwischen ihr und ihm war, um so unabänderlicher war es – und um so leichter zu tragen.

Es war nicht möglich, Sehnsucht zu haben nach dem Mädchen, das mit einem zur nächtlichen Stadt hinüberträumte, stumm und Hand in Hand; es war nicht möglich, sich nach diesem Mädchen zu sehnen und sich vor ihr, der Aschefrau, hinter dem Rücken der Tochter des Staatsanwalts zu verstecken; es war nicht möglich, Agnes' leises Lachen, das klingt, als ob sie sänge, zu hören und nicht die Lieder zu hören, die sie sang.

Es war nicht möglich, das Mädchen zu teilen – die zärtliche Hand, den Asche schleppenden Rücken, den singenden Mund für sich zu nehmen: zur Träumerin gehörte das Aschemädchen und gehörte die Singende.

Und weil es so war, rannte Felix aus der Stadt.

Anneliese war nichts, weswegen man in einen Abend laufen mußte, der sich mit grauem Sturm bezog. Anneliese war wie ein Fremdwort, das man verstehen mußte, um vieles besser begreifen zu können. Aber man kam ohne es aus, war nicht reicher, nicht tiefer und nicht klüger, wenn man es kannte.

Wahrscheinlich war es sogar unecht, das Wort; wahrscheinlich waren selbst Küsse mehr als ein wirres Brausen im Kopf, eine dumpfe Unruhe im Blut und – als Technik. Küssen war – da drängte sich wieder Agnes vor sein Gesicht, die Zärtliche, Träumende.

Er riß sich eine Gerte vom Buschwerk, das den Weg begleitete, pfeifend ließ er die Gerte sausen. Agnes ließ sich nicht mit einer Gerte verjagen.

Er befahl sich zu pfeifen, ein Marschlied, gelernt bei den Pfadfindern, dem Quickborn oder den Falken. Er pfiff und marschierte und sah die Nebel zwischen den Wipfeln des graugrünen Fichtenwaldes steigen und dichter und dichter den Berghang emporkriechen.

Vier oder fünf villenartige Häuser standen am Weg, weit entfernt vom nächsten Dorf; sie gehörten zur Fabrik, die unten am Fluß lag, sehr neu noch, still und tot und ohne Arbeit.

Ein Mann, der, mit Handschuhen an den Händen, in einem Garten Tulpenzwiebeln ausgrub, knurrte zu seiner Frau: „Verdammtes Kommunistenpack!" und ging wilder mit seinem Spaten um.

Da merkte Felix, daß er Agnes' Lied pfiff. Er ließ es und lächelte dünn, über sich, über den Mann, der Handschuhe anzog, um mit dem Spaten im Garten zu graben, und der die Kommunisten verdammen wollte, über die Frau, die einen Sauerkirschenmund hatte und Papierwickel in den Haaren. Vielleicht gingen sie am Abend zu einer Gesellschaft.

Am Waldrand wandte sich Felix um; die Stadt war nicht mehr da, sie war ertrunken in den Nebeln, die aus allen Senken quollen, von allen Bäumen fielen.

Er verließ den Weg und stieg quer durch den Wald den Berg hoch; er atmete die kalte neblige Luft ein und rutschte immer wieder auf dem glitschigen braunen Nadelteppich aus. Einmal fiel er und schlug mit dem Knie auf einen der mauersteingroßen Blöcke, mit denen weite Strecken des Hanges übersät waren.

Das Knie machte ihm zu schaffen; er suchte einen Weg, der weniger steil und anstrengend war. Eine niedrige, dichte Fichtenschonung versperrte ihm den neuen Pfad; ihn schauderte, in das kalte, nasse Dickicht einzubrechen. Er lief an ihm entlang, endlos schien es, gab seine Richtung auf und lief nach Süden, immer auf gleicher Höhe des Hanges bleibend.

Es begann zu tröpfeln, und mit dem Regen floß die Nacht hernieder. Je dunkler es wurde, desto stärker rauschte der Regen durch das Fichtengezweig herab, das, vollgesogen, keinen Schutz mehr bot.

Vom Kopf lief ihm das Wasser in den Nacken, vom Mantel floß es in die Schuhe. Das Knie schien anzuschwellen, es ließ sich immer schwerer beugen.

Längst wußte er nicht mehr, wo er war; ohne besonders darauf zu achten, schritt er geradeaus, so gut es gehen mochte, und stand plötzlich am Waldrand. Aus dem Tal blinkten trübe Lichter eines großen Dorfes.

Felix kannte das Dorf: wenig Bauern, eine große Spinnerei, viel Arbeitslose. Er blieb am Waldrand stehen und sah hinunter. Er wußte, daß er hingehen würde; aber noch stand er hier, allein in der Nacht, im Regen. Er war naß bis auf die Haut; längst spürte er den Regen nicht mehr; das Knie hatte aufgehört weh zu tun.

Er knöpfte den Mantel auf, heiß war ihm. Verse blitzten in seinem Kopf auf, er wußte nicht, ob es seine oder fremde waren. Er kehrt nicht mehr in die Schule zurück – wozu griechische Vokabeln lernen? –, er wird durch die Welt laufen, durch die Welt, durch die Nacht, durch den Regen, allein; ein Stück Brot wird sich finden oder auch nicht; es ist unwichtig, ob man läuft oder ob man stirbt, wenn man nicht leben kann ...

Da lagen Fichtenrollen, Meterholz; er nahm eine Rolle, stark wie sein Arm, in die Hand; sein Stab. Er stieg hinunter, taumelnd, und hob das Gesicht in den Regen, hinter den Augenlidern brannte es.

Vor dem Dorf hockte ein alter räderloser Güterwagen hinter einem Gartenzaun. Ein Mann kam vom Dorf her; einen Gummimantel um die rechte Schulter geworfen, den rechten Arm in dicker weißer Binde. Der Mann versuchte dem torkelnden Schatten auszuweichen, der Schatten fiel direkt auf ihn zu, er spürte den Schmerz durch den verwundeten Arm zucken und erfaßte, abwehrbereit, eine heiße Hand.

Er zog den Durchnäßten in den alten Waggon und steckte die Petroleumlampe an.

„Franz!" sagte der Mann erstaunt.

Sein Gast setzte sich auf den Fußboden und deklamierte mit geschlossenen Augen und schwerer Zunge: „Franz der Erste, 1494 bis 1547, wurde 1515 König von Frankreich ..."

„Junge, Junge!" Der Mann schüttelte bekümmert seinen mächtigen Schädel voll dichter, gewellter brauner Haare. Dann wurde er böse.

„Los, ausziehen, Franz!" schrie er und begann mit der linken Hand an der nassen Kleidung des Jungen herumzuzerren.

Der Junge schien nichts zu begreifen. Der Mann krauste, wie ärgerlich oder ratlos, seine gewölbte hohe Stirn und schlug dann dem Jungen ins Gesicht.

„Aufstehen, ausziehen!“ brüllte er dabei.

Jetzt ging es ein wenig besser, obwohl es schwerhielt, dem Fiebernden das klatschnasse Zeug vom Leib zu reißen.

„Die verdammten Hunde!“ schimpfte und knurrte der Mann; er meinte die drei Faschisten, die ihn angefallen hatten, als er nach der Demonstration durch Regen und Dunkelheit allein aus der Stadt nach Hause gegangen war, hierher, in seinen ausrangierten Güterwagen.

Endlich lag der Junge auf der Schlafbank des Mannes, mit einem Wollschal trocken- und heißgerieben und mit allen Decken, die der Mann besaß, zugedeckt.

Dann rannte der Mann ins Dorf zum Telefon.

Ein Krankenwagen brachte den bewußtlosen Felix Hanusch in das Städtische Krankenhaus. Von dort schafften sie ihn am nächsten Tage zu den Eltern nach Hause, die nicht wußten, wie sie das Krankenhaus bezahlen sollten; die Allgemeine Ortskrankenkasse kam nicht für einen Schüler auf, dessen Vater kein Geld hatte, den Sohn extra zu versichern.

Trotzdem überstand der Junge seine doppelseitige Lungenentzündung und kehrte in den letzten Januartagen in die Schule zurück, ein wenig blasser und ein wenig reifer.

Bevor er nachforschen konnte, wer ihn damals in der Nacht aufgelesen und ihm das Leben gerettet hatte, war der Mann aus dem alten Güterwagen verschwunden und der vorletzte Januartag des Jahres 1933 über Deutschland hereingebrochen.

16

Felix schlenderte auf der Fernverkehrsstraße, die hügelauf und hügelab nach Osten lief, in die Stadt zurück.

Der Schularzt, von dem er nach seiner Rückkehr untersucht worden war, hatte angeordnet, daß er täglich zwei rohe Eier, in einem Glas leichten Rotwein verquirlt, zu trinken und anderthalb Stunden spazierenzugehen habe.

Felix hatte nicht einmal überlegt, wer Rotwein und Eier bezahlen sollte, hatte genickt und ging nun folgsam spazieren.

Der schmutzige Schnee, der die Schollen auf den Sturzäckern nicht völlig verdeckte, machte den tristen grauen Tag noch trostloser, eine Ruine starrte aus schwarzen Fensterlöchern auf die Straße; dem Bauherrn war das Geld ausgegangen.

Ein hoher geschlossener Wagen holperte von der Stadt her; ein Rad lief ungeschmiert, es jaulte leise, wie ein verlassener Hund jault; vor dem Wagen lief auf dünnen, steifen Beinen ein Pferd mit einem riesigen Brustkorb und einem schmalen Hinterleib; über dem mageren Hals schaukelte ein mächtiger Schädel, der nur aus Nüstern und Augenhöhlen zu bestehen schien; auf dem Bock saß der Kutscher, in eine löchrige und ausgefranste graue Decke gehüllt. Aasgeruch lief dem Gefährt voraus und blieb hinter ihm in der unbewegten grauen Luft stehen.

Der Wagen, der Gespenstergaul, der Kutscher und der Aasgeruch gehörten der Abdeckerei draußen vor der Stadt.

Die Landstraße wurde wieder zur Stadtstraße, mit Namen und Bürgersteig. Neben dem Bürgersteig lief glatt, hoch und kalt eine Kasernenmauer. Hinter den nackten Fenstern der Kaserne brannte Licht, unverständliche Rufe schallten, Stahl klirrte an Stahl, Verschlüsse klickten.

Die schweren Eisengittertore klafften einen Spalt weit. Schützenpanzer standen mit laufenden Motoren auf dem Kasernenplatz.

Die Straße, sonst belebt, war fast leer. An der Ecke gegenüber dem Ostfriedhof schloß der Goldschmied Kern vorzeitig sein Geschäft. Die Rolladen rasselten herunter, hinter ihnen senkten sich langsam die schweren engmaschigen Stahlgitter vor Schaufenster und Tür.

Auf dem Kohlenmarkt, der wie ein grobgezeichnetes Herz in dem Dreieck stilloser Häuser lag, brannte der alte Heblak die Gaslaternen an. Ihr Licht hing fremd und sinnlos in der Luft, die nicht dunkel und nicht hell war.

Die Straßen wurden belebter, die Menschen liefen eilig,

ein jeder für sich und wie frierend, irgendwelchen Zielen zu.

Die Steinstraße hinunter schritten Schulter an Schulter die Wachtmeister Wamtzer und Thienerschk. Jeder wußte, daß sie sich spinnefeind waren und sich gegenseitig Gehalts- und Rangstufen ablauerten. Schweigend trugen sie verborgene Sorgen neben sich her. Das Pferdegesicht Thienerschks war wie mit einer geheimen Angst überzogen; Wamtzer ließ seinen Priem unablässig von der einen zur anderen Backe rollen.

Felix öffnete die Haustür; beklemmend stand der scharfe Geruch, den die Senkgrube manchmal in das alte Haus trieb, zwischen den Mauern; es schien in dem violettbraunen Ölanstrich des Treppenhauses zu haften und wurde erst im zweiten Stock vom Geruch der gekochten Zwiebeln verdrängt, die sich das siebzigjährige Fräulein Thomas, Vegetarierin und strenge Bibelforscherin, jeweils einmal für die ganze Woche kochte.

Felix trat in seine Kammer. Es war kalt und feucht. Auf dem Tisch lag ein angebissener Apfel, grau und bräunlich angelaufen.

Die Kammertür in seinem Rücken ging auf; rosig und feist, den Bauch eingezogen und das Kinn vom Sturmriemen gekantet, stand der Sohn der Witwe Kral auf der Schwelle – ein SA-Mann.

„Heil Hitler!“ sagte er scharf. Dann lachte er – er hatte Grübchen wie ein Mädchen; nun machte er das Kinn wieder eckig und schnarrte: „SA-Anwärter Kral zur Stelle!“

Seitlich hinter ihm lächelte die Witwe Kral, stolz auf ihren Sohn und besorgt, ob sie nicht doch vielleicht ein Fältchen in die funkelnagelneue Uniform hineingeplättet habe.

„Da staunst du, was?“ sagte Kral. „Du weißt es wohl noch gar nicht, du Dussel? Daß Hitler Reichskanzler ist? Mensch“, er grollte, „da wird's aber Zeit!“ Nun lächelte er wieder, rosig und mit Grübchenwangen. „Jetzt wird aufgeräumt!“ Er löste den Schulterriemen und knallte mit ihm auf den Tisch. „Mit dem roten Gesindel!“

Die Witwe Kral drängte sich vor. „Der ganze Glanz geht doch raus“, sagte sie vorwurfsvoll und nestelte den Schulterriemen wieder über die Uniform.

„Bei dir wird's auch Zeit, daß wir dir die Hammelbeine langziehn!" sagte Kral und stolzierte aus der Kammer. Die Tür ließ er weit offen. Seine Mutter lief, rund und besorgt, hinter ihm her.

Felix starrte ihnen nach.

Draußen grölte es, ein Lautsprecherwagen fuhr durch die Straße und warf triumphierend grobe Musik und trunkenes Siegesgebrüll in alle Wohnungen.

Felix schloß das Fenster, riß, plötzlich hellwach, den Mantel vom Haken und lief hinaus. Die Tür zur Küche stand auf, niemand war darin. Der SA-Mann übte Gesicht und Stimme vor dem großen Spiegel im Schlafzimmer. Die Mutter sah zu, lächelnd, stolz und dumm und untertänig.

Felix nahm ein Viertelbrot aus der Büchse, säbelte hastig, die Ohren nach dem Schlafzimmer gespannt, ein Stück von der Leberwurst und zog die Korridortüre leise hinter sich ins Schloß.

Die Straßen füllten sich, aus vielen Türen quollen Naziuniformen – auf der anderen Straßenseite erkannte Felix den Primus –, und aus vielen Fenstern krochen Fahnen, rot und inmitten eines weißen Kreises ein vierfaches schwarzes Galgenkreuz, Stiefelschritte knallten und Liedfetzen schrien.

Zweimal jagten sie ihn vom Bürgersteig hinunter, keuchend lief er auf der Fahrbahn weiter, erreichte den Markt und tauchte ein in das Viertel zwischen Dom und Schloß.

Still und dunkel schienen die Gassen zu schlafen. Aber sie schliefen nicht. Leise atmete es aus allen Winkeln und Toren, wachsam und abwehrbereit.

Die Haustür war noch nicht geschlossen. Er tastete sich durch den Flur und stieg vorsichtig, aber eilig die ausgetretenen Stufen hoch.

Aus Agnes' Brettertür fiel kein Fünkchen Licht. Das Schloß hing nicht in der Haspe. Leise zog er die Tür auf. Agnes lag im Bett, die Hände unter dem Kopf verschränkt, die Augen weit und wach der Tür zugewandt.

Felix stürzte ans Bett. „Du mußt weg, Agnes", er keuchte immer noch, „sie werden euch schlagen!"

Agnes sah ihn an. „Bist du deswegen hergekommen?"

Er nickte, während er Brot und Wurst auf den Tisch legte.

„Sie werden dich schlagen", wiederholte er drängend; er stand vor ihr.

Sie murmelte: „Nicht nur uns ..."

Er setzte sich auf die Bettkante und starrte das Kleid an, das gegenüber an der Wand hing. Dumpfe Furcht kroch ihn an.

Er wandte sich halb herum; Agnes weinte, lautlos, mit weiten hellen Augen.

Unter den Tränen des Mädchens wuchs seine Furcht.

Er starrte wieder das Kleid an. „Hast du Angst?" fragte er leise.

Er spürte, wie sie den Kopf schüttelte.

Nach einer Weile flüsterte sie: „Es wird so schlimm sein ... für alle ..."

Sie weinte aus Mitleid mit denen, die leiden würden. Sie weinte aus Kummer, daß die Nacht nun doch gekommen war, trotz allem ... Und sie weinte, weil sie recht behalten hatten. Die anderen, die nicht hatten helfen wollen, die Nacht zu verhindern, würden es jetzt einsehen; aber es war zu spät ... Oder noch nicht zu spät, und deswegen würden sie mit der Einsicht warten, bis es wirklich zu spät war.

Und das Mädchen weinte auch, weil es Angst hatte.

Auf einmal sprang er auf, riß sich den Mantel von den Schultern, die Schuhe von den Füßen und warf sich auf das Bett. Das Mädchen schlug die Decke über ihn und schlang ihre Arme um seinen Nacken, und sie spürte, wie sich der Junge entspannte, wie er es ihr überließ, die Furcht, die ihn immer noch schüttelte, zu bannen.

Sie war eine Aschefrau, der man in der Schule nicht viel mehr beigebracht hatte, als einer Aschefrau zustände; sie war ein Mädchen, vom Leben gebeutelt und getrieben, doch wenig erst vom Leben gelehrt; ihre Hände waren hart und schwielig und ihre Fingernägel abgebrochen.

Zärtlich und weich streichelten die Hände den Jungen. Ihren ganzen ungewußten Glauben flüsterte sie dem Jungen zu: daß der vierfache Galgen zerbrechen werde, daß wieder Ostern, wieder Mai sein werde ...

Sie wehrte sich nicht, als – viel später – der Junge den

Kopf hob und seine Lippen sich über ihre Wange ihrem Mund zutasteten.

Sie wußte, daß er sie verraten hatte, vor dem Kino. Sie wußte, daß er jetzt gekommen war, sie zu warnen, zu retten.

Sie wußte auch, als sie sich seinen Küssen öffnete, daß sie morgen die Stadt verlassen würde.

Zweiter Teil

1

Der Pfingstsonntag des Jahres 1934 war noch jung; die Sonne war noch nicht aufgegangen, aber es war schon hell genug, um weithin die Landschaft überschauen zu können.

Im Licht, das rundum aus dem langsam fahlenden Himmel fiel, schien alles näher, die Linien weicher.

Das nordböhmische Land hob und senkte sich mit steilen Basaltkegeln und sanften Rücken aus uraltem Gestein, das sich lange vor dem Ausbruch des Basalts gehoben und zusammengeschoben hatte.

Bodo Schmidt, Primus nun im achten Jahr, und Felix Hanusch wanderten vom Töpfer hinüber zur Lausche.

Unterwegs reizten sie die langen Wände der Mühlsteinbrüche. Im Schwarzen Loch verstieg sich Bodo. Ein abbrechender Griff hatte ihn auf ein winzig schmales Band gezwungen, von wo es keine Möglichkeit mehr gab, weder nach den Seiten noch nach oben oder unten zu gelangen; der abgebrochene Griff war der einzige Einstieg gewesen.

Außer Felix war kein Mensch in der Nähe, und auch Felix hatte kein Seil. Vielleicht konnte sich Bodo eine Stunde dort halten, mit Händen und Füßen in den Fels gekrallt, aber länger auf keinen Fall. Binnen einer Stunde, am Pfingstsonntag, bei Sonnenaufgang, Hilfe herbeizurufen, war ein aussichtsloses Beginnen.

„Mir ist es ja beinah gleichgültig", hörte Felix den Freund gegen die Wand sprechen. „Aber mein alter Herr! Der hat dann keinen Namen- und Samenträger mehr!" Er spottete tatsächlich. „Seit 1356 wandeln die Schmidte über deutschen Boden – und der letzte bricht sich in den Mühlsteinbrüchen den Hals."

„Halt dein Maul!“ Felix war wütend. „Und versuche dich so weit wie möglich nach rechts zu schieben!“

Es gab vielleicht einen Weg, Bodo herauszuholen. Allerdings war es wahrscheinlicher, daß sie beide dabei abstürzten. Während Felix alles, was er anhatte, bis auf die Schuhe und Strümpfe, auszog und zu einem zwar kurzen, aber haltbaren Seil zusammenknüpfte und -drehte, trat ihm kalter Schweiß auf die Stirn. Er war versucht zu beten; aber Gott kümmerte sich auf keinen Fall um einen so schlechten Kirchgänger, wie er war, und noch weniger um Bodo, der außer an Hitler höchstens an Odin glaubte.

„Weiter geht's nicht“, bekundete Bodo von seinem neuen Standort.

Felix war bereit. „Kannst du dich dort eine Minute lang nur mit der linken Hand halten?“ fragte er.

Einige Augenblicke Schweigen. „Jetzt ja“, sagte Bodo.

„Paß auf!“ rief Felix, bemüht, das Zittern, das über seinen nackten Leib lief, zu unterdrücken. „Ich komme dir entgegen, so weit es geht, und werf dir ein Seil zu …“

„Seil?“ fragte Bodo erstaunt.

„Halt die Klappe und hör zu! Das Seil halte ich fest, mit den Händen. Ich kann mich auch nur wenig anstemmen. Du mußt ganz langsam dein Gewicht auf das Seil verlagern, möglichst nur für einen Augenblick, schau dich um: Siehst du nach rechts neue Griffe?“

„Ja, etwa zwei Meter weiter.“

„Gut, du mußt mit der linken Hand das Seil nehmen, die rechte bleibt am Griff, bis ich sage: los! Dann mußt du den neuen Griff haben. Verstanden?“

„Ja. Aber ich mache es nicht …“

„Quatsch“, sagte Felix. „Ich komme jetzt.“

Er stemmte die Füße fest in die Querrinne und preßte sich, so gut es ging, an den Felsen. Das Seil hing hinunter.

Er atmete tief, krampfte alle Muskeln und Nerven zusammen.

„Los!“

Er spürte, wie sich das Seil straffte, unwiderstehlich zog es ihn aus der Wand – und hing wieder frei und leer. Felix rührte sich nicht. Das Blut brauste hinter seinen Schläfen, als wollte es den Schädel sprengen.

Nach endlosen Sekunden ließ die Spannung nach. Er bewegte den großen Zeh, als wollte er Steine damit schnippen. Er entdeckte die Sonne, die eben den Nordhang des Jonsberges hochkroch.

„So einen Sonnenaufgang hast du noch nicht erlebt", spöttelte er dem Primus zu, von dem noch nichts zu sehen war. (Bodo hatte es mit den Sonnenaufgängen.)

„Nö", knurrte Bodo – dann tauchte er von rechts hinter einer Felsnase auf. Aus der gegenüberliegenden Wand wuchs eine knorrige Kiefer heraus. Ein Rabe saß darauf und sah gespannt herüber.

„Der hätte einen schönen Pfingstbraten gehabt", sagte Bodo.

Felix hatte blutige Schrammen auf Brust und Bauch und Oberschenkeln. Bodo warf einen Blick nach der Lausche.

„Die reißt uns nicht aus", meinte er. „Aber dich müssen wir mit Jod einpinseln."

Von der anderen Seite, wo der Rabe immer noch still und traurig auf der Krüppelkiefer hockte, schauten sie in den Abgrund hinunter.

„Schönes Hackfleisch hätten wir abgegeben", sagte Bodo.

Mehr sprachen sie nicht darüber.

Abends, in der Stunde der ersten Sterne, saßen sie nebeneinander auf einem rohbehauenen Sandsteinblock vor dem geräumigen Wochenendhaus, das sich Bodos Vater im Sommer vergangenen Jahres hier hatte hinsetzen lassen.

Hundert Schritt vor ihnen schlängelte sich die Grenze zwischen Sandsteinfelsen und verkümmerten Bäumen dahin. Nach rechts fiel der Berg steil in einen Hohlweg hinab, der die beiden Nachbarn, den hohen, gleichmäßig ansteigenden Basaltkegel und den niedrigeren zerklüfteten Sandsteinrücken, voneinander trennte.

Wo der Hohlweg die Grenze erreichte, standen hüben und drüben zwei Häuser, die sich wie Zwillinge ausnahmen.

Aus dem böhmischen Haus stieg Rauch empor.

„Ich habe Hunger", sagte Bodo.

Felix antwortete nicht; sie blieben noch sitzen, bis die Dunkelheit auch die beiden Grenzhäuser verschluckt hatte. Irgendwo hinter ihnen pfiff die Kleinbahn, sie brachte die letzten Sonntagsausflügler von Oybin hinunter nach Zittau. „Jetzt habe ich aber wirklich Hunger!" erklärte Bodo laut und ging ins Haus.

„Anno primo salutatis nostrae", hatte der Arzt in germanischer Runenschrift in den eichenen Türbalken eingebrannt.

Hinter Bodo trat Felix über die Schwelle; er mußte sich leicht bücken, die germanischen Schmidts waren nicht ganz so groß wie er. So machte er immer wieder einen Bückling vor der Inschrift, die er so blöd fand. Eine neue Zeitrechnung mit Hitler – „im 1. Jahr unseres Heils" –, auf eine solche Idee konnten wahrscheinlich nur ganz alte Germanen kommen, die – wie Dr. Schmidt – sich ihren Stammbaum beinahe bis zum cheruskischen Armin zusammenforschten.

Bodo setzte Teewasser auf den Spirituskocher und schnitt Brot, Felix holte Butter, Wurst und Käse aus dem Eisschrank. Dabei entdeckte er eine Konserve. „Fettheringe", las er murmelnd.

„Hast du Lust auf Heringe", fragte er leichthin, „fett wie Göringe?"

„Nein."

„Aber ich habe", sagte Felix und ging der Dose mit einem Öffner zu Leibe. „Hast du schon den Witz gehört? Bei Göring war spiritistische Sitzung ..."

„Quatsch!"

„Kennst du den?" Felix wandte sich nach ihm um.

„Nein, und ..."

„Also, paß auf!" Felix sah, daß Bodo den Witz nicht hören wollte. Breit und behaglich erzählte er, wie man also bei Göring die Geister beschworen habe. So auch Nero, weiland Kaiser von Rom. Göring habe freudig ausgerufen: „Tach, Kollege Nero!" Darauf Nero: „Was heißt hier Kollege? Etwa wegen so einem popligen Reichstag? *Ich* habe eine ganze Stadt angezündet!"

Felix blickte zu Bodo. Der zerschnitt eine Scheibe Brot in sinnlos winzige Würfel.

Felix hob den herausgeschnittenen Deckel von der Heringsdose.

„Tatsächlich, so fett wie Göringe."

„Eigentlich", der Primus wandte sich um, die Hände in den Taschen seiner Lederhose, „müßte ich dich anzeigen."

Er schwieg eine Sekunde. „Oder dir in die Schnauze schlagen."

„Warum?" Felix tat erstaunt. Seine Stimme flatterte nicht ein bißchen.

„Ja", Bodo sann halblaut vor sich hin, „warum tu' ich's eigentlich nicht?"

„Vielleicht, weil ich Geburtstag habe", Felix beharrte auf dem oberflächlichen Ton, „und mit achtzehn Jahren nach germanischem Recht frei meine Meinung äußern darf ..."

„Wenn du nur Germane wärst!" Bedauernd sagte es Bodo, von ganz ferne schwang eine Drohung in seinen Worten mit.

„Bin ich aber nicht." Felix lachte ihm zu. „Gott sei Dank!"

„Du bist ein frecher Hund", Bodo stellte es ohne Freundlichkeit, aber auch nicht böse fest.

„Warum du mir nicht in die Schnauze haust", redete Felix, während er Brettchen und Becher aus dem Geschirrschrank auf den Tisch stellte, „ist mir klar. Mit einem Freund schlägt man sich nicht ernsthaft, überhaupt" – das setzte er ganz nebensächlich hinzu – „wenn man gegen die Gewalt als ein Überzeugungsmittel ist und der Freund sowieso stärkere Fäuste hat."

„Ich möchte bloß wissen", Bodo sah Felix neidisch von der Seite an, „woher du den germanischen Körperbau und den nordischen Schädel hast!"

„Wahrscheinlich", dozierte Felix bedauernd, „haben sie uns beide verwechselt, völlig durcheinandergewurstelt, dann dir meinen slawischen Rundschädel auf die Schultern gesetzt und dein germanisches Hirn reingetan ..."

Er sah nach dem Spirituskocher hin. „Das Wasser kocht!"

Bodo goß den Tee auf. Sie setzten sich an den Tisch in der offenen Veranda. Bodo, der im allgemeinen gegen Alkohol Nikotin und Frauen war – weil es den Mann schwäche –, holte eine Flasche glasklaren „Doornkaat" aus der Hausbar seines Vaters. Seit die Friesen in Mode gekommen waren, trank der Arzt den ostfriesischen Doornkaat an Stelle des rassisch weniger einwandfreien Slibowitz, den er bis dahin bevorzugt hatte.

Bodo goß zwei Gläser ein. „Prost!" Er hob sein Glas. „Auf deinen Geburtstag – und den meinen!" Er dachte an den Mühlsteinbruch. Felix nickte und trank schweigend. Das wasserklare Zeug brannte teuflisch. Sie mußten beide husten.

„Irgendwann", sagte Bodo, „werde ich schon Gelegenheit haben, dich zur Revanche aus irgendeiner Wand zu holen."

„Vielleicht", sagte Felix und schaute den Freund spöttisch an, „zeigst du mich deswegen nicht an?"

Bodo nahm die Frage ernst. „Glaube ich nicht." Er sann darüber nach. „Wenn ich fürchtete, daß wir daraus Schaden hätten ..."

Er vollendete den Satz nicht.

„Sag mal", fragte er nach einer Weile, „woher hast du denn immer diese – wie du es nennst – Witze? Du mußt ja schöne Bekannte haben."

„Von gar keinem Bekannten habe ich den Witz mit dem Nero. Aus dem Café ist er."

„Du weißt", Bodo sprach scharf und kurz, „daß der Mann Jude ist."

Felix nickte. Gleichgültig erklärte er: „Bei einer Tasse Kaffee zu fünfzehn Pfennig hat er mich den ganzen Winter über in dem Nebenstübchen sitzen lassen, bis ich fertig war mit den Schularbeiten. Ich kann mir keine Kohlen kaufen."

„Hättest bei uns daheim genauso warm gesessen ...", sagte Bodo.

„Will ich aber nicht!"

„Beim Juden willst du!"

Plötzlich wurde Felix wütend. „Gottverdammich, ja! Weil der Jude mich nicht zu einem Juden zu machen versucht, ich merk's nicht einmal, daß er Jude ist! Wenn ich bei euch bin, Mensch, ihr seid ja alle sehr freundlich zu mir, ich kann sogar ‚guten Abend' sagen bei euch, ohne daß ihr über mich herfallt. Ich kann Witze über Göring erzählen, ihr guckt mich alle an, du, dein Vater, deine Mutter – mit einer Geduld –, und alles bloß deswegen, weil ihr mich unbedingt zum Nazi machen wollt! Ihr sagt ‚Heil uns' am Tisch, und ich sage ‚Mahlzeit!' und darf trotzdem bei euch essen, Kompott kriege ich sogar zweimal, und rings um euren Tisch ist eine germanische Rune neben die andere eingeschnitzt und dreimal an jeder Seite das Hakenkreuz ..."

Bodo gelang es, ihn zu unterbrechen: „Warum fährst du dann mit mir hierher?"

Möchte ich selber wissen, dachte Felix. Er grinste. „Damit ich dich aus dem Mühlsteinbruch holen kann ... vielleicht."

Bodo schien heute gar nicht prinzipienfest zu sein. Er goß, auch sich, noch einen Schnaps ein. Dann fing er an zu dozieren.

„Du bist ein haltloser Mensch", sprach er. „Ich meine das nicht in moralisch-ethischem Sinne, sondern im Sinne der ‚Polis' des Plato. Du gehörst nirgends hin, du gehst an alles mit einer ätzenden Logik heran ..."

„Ich bin der Geist, der stets verneint ...", spöttelte Felix. „Im übrigen, im achten Jahre Latein, da muß man ja schließlich seinen eigenen Kopf gebrauchen lernen ..."

„In Mathematik versagt deine Logik; wenn Goebbels spricht, ist sie da, zersetzend und ..."

„Das ist ganz klar, Mathematik geht mich nichts an", Felix lächelte, „nicht einmal die glatte Vier stört mich dort mehr, seit ich meine drei Einsen im Abonnement habe. Und weil ich sie gerade in Deutsch, Geschichte und Geographie habe, finde ich in den Reden manchmal ein Haar. Außerdem geht mich das verdammt etwas an, was eure Führer so sprechen!"

„Trotzdem", sagte Bodo, „an die heiligsten Dinge der Nation kann man nicht mit kalter Logik herangehen!" Er verstummte. Der ungewohnte Alkohol begann ihn müde zu machen.

Felix hing schweigend seinen Gedanken nach.

Er hatte angefangen ein Nachtmensch zu werden. Je dunkler es wurde, um so klarer schien er zu sehen; je stiller die Nacht, desto lauter und dringlicher formulierte sein Hirn Sätze, Bilder, Beziehungen. Um einen Hausaufsatz kümmerte er sich wochenlang nicht, bis er sich hinsetzte und zwanzig Seiten in wenigen Nachtstunden schrieb und, ohne das Geschriebene noch einmal anzusehen, am nächsten Tag abgab.

Kalte Logik! dachte er.

Bodo hatte ihn mitgenommen, als Hitler auf dem Sportplatz draußen vor der Stadt sprach.

Auf dem Podium bellte, belferte, trank Wasser und strich sich die Strähne aus der Stirn Hitler – auf dem Platz gerieten die Leute in Ekstase, schrien sich minutenlang die Kehlen wund und starrten sich die Augen blind nach dem Führer, der da oben schrie und tobte.

Der Mann gurgelte und röchelte seine Sätze über die Menge hin; jeder seiner Sätze brach der deutschen Sprache das Genick, jeder Satz schlug das vernünftige, normale Denken an sein Hakenkreuz – die Menge aber schrie und tobte, gurgelte und röchelte am Ende wie er, und da war nichts mehr vom Denken in den Hirnen zurückgeblieben. Neben Felix hatte Bodo gestanden, einer der zwanzigtausend Tobenden; Bodo, der Primus, dem keine mathematische Aufgabe zu schwer und keine Horazische Ode zu verwickelt war – dieser Bodo hatte wirklich geglaubt, ganz fest überzeugt war er gewesen, daß Felix nun, nachdem er Hitler leibhaftig gesehen und, wehrlos ausgeliefert, ihm zwei Stunden zugehört hatte, ein Nazi würde.

Schon einige Wochen zuvor hatte er Felix eines Abends beinahe überrumpelt; er lud ihn ins Kino ein und ließ den „Hitlerjungen Quex" auf den Freund los. Felix saß wie ein Kind im Kasperletheater: unmerklich glitten die Bilder des spannenden Streifens in sein immer noch naives und romantisches Gefühl hinein, und er war nahe daran, sein Denken auszuschalten und den Film für Wahrheit zu nehmen.

Nach Schluß schlenderten sie die Schusterstraße hoch. Bodo hielt schon eine Beitrittserklärung für die Hitlerjugend in der Tasche bereit; ein Bursche kam ihnen entgegen und bog in die Neugasse ein.

Plötzlich erkannte Felix den Burschen, obwohl der auf grausame Weise verändert war. Felix lief ihm in die dunkle Gasse nach. Das Gesicht war verwüstet – zerschlagen und grob zusammengeflickt. Mit diesem Jungen war Agnes in die „Zwei Kastanien" tanzen gegangen.

Felix sah an ihm vorbei. „Wo ist Agnes?" flüsterte er.

Der Bursche zuckte mit den Schultern.

„Weiß ich nicht."

Felix sah ihn an. In den schwarzen Augen standen Abwehr und Haß.

„Hast du", Felix stotterte verlegen, „einen Unfall gehabt?"

Der Bursche wandte sich schweigend zum Gehen. Auf einmal warf er Felix einen schnellen, wilden Blick aus den Augenwinkeln zu. „Kupferhammer", murmelte er. Entsetzt starrte Felix auf den zahnlosen Mund.

Der Bursche lief weiter.

An der Ecke wartete Bodo. „Komische Knaben kennst du", sagte er. Dann saßen sie in der Eisdiele. Bodo schob ihm die Eintrittserklärung zu.

„Ich hab' mir's überlegt", sagte Felix leichthin, „ich bin nicht der Richtige für euch." Er rauchte hastig und tief eine Zigarette in sich hinein. Der Primus aß eine große Portion Erdbeereis.

„Sag mal", fragte Felix, „ist im Kupferhammer eigentlich noch etwas?"

„Nö", sagte Bodo, hingegeben sein Eis schleckend, „die meisten haben einen Denkzettel gekriegt und sind entlassen. Den Rest haben sie abtransportiert."

Felix schwieg.

Nach einer Weile fragte Bodo: „Warum? Hast wohl – nach dem Film – Lust gekriegt, ein paar Kommunisten zusammenzudreschen?"

„Ich bin", sagte Felix kalt, „Gegner der Gewalt als Überzeugungsmittel. Genau wie du."

„Bei Kommunisten", Bodo lachte, „handelt es sich nicht um Überzeugungsversuche!"

„Sondern?"

Bodo dachte nach, das Problem interessierte ihn von der psychologischen Seite her. „Ich denke", erklärte er, „die Sache ist ziemlich einfach: Immerhin haben wir ja auch einige – na, sagen wir mal – Rabauken in der SA und SS. Jahrelang haben wir sie in der Hoffnung gelassen: Wenn wir erst einmal an die Macht kommen, dann gibt's Rabatz; Geschäfte stürmen, Villen säubern, Kapitalistenfrauen und so. Damit war's Ebbe. Dafür haben sie eben die Roten gekriegt, in den Kupferhammer, und so."

Bodo hatte noch länger über die psychologische Seite dieser Dinge gesprochen und gar nicht gemerkt, daß Felix inzwischen den Aufnahmeschein in winzige Fetzen zerrissen hatte.

Der Mond glotzte über den Ameisenberg geradewegs in die Veranda, Bodo goß noch einmal ein, trank und drehte das Glas in der Hand.

„Möchtest du jetzt ein Mädchen haben?“ fragte er.

„Nein“, antwortete Felix schnell.

„Du bist doch sonst nicht so ...“, murmelte Bodo.

Nein, dachte Felix, ich bin sonst wirklich nicht so. Bei Anneliese war ich wieder. Eine halbe Nacht mit Grit. Es ergab sich zufällig. Die beiden Steinmetzmädel aus der Seidlerstraße, die blonde Hilde, die sie das Puma nennen ... Liebe! Daß ich nicht lache! Die Mädel kichern ja selbst, wenn man ihnen auf die Tour kommt. Bloß die langbeinige braune Gerti brauchte erst ein paar Worte, um ihr Gewissen zu beschwichtigen.

Das letzte Schützenfest, die Wette mit Winfried – jeden Abend mit einem anderen Mädel auf den Rummelplatz und vom Rummelplatz nach Hause, ohne Geld und ohne dem Mädel ein Sterbenswörtchen zu verraten –, ich habe gewonnen; sieben Abende – sieben Mädel. Machte nicht einmal richtigen Spaß, die eine wohnte im nächsten Dorf und hatte Käse gegessen.

Die fünfte war übrigens Grit gewesen. Winfried hatte sich den Buckel krumm gefreut, daß seine Schwester auch unter den Verwetteten war.

Und niemand hatte eine Ahnung, daß ich Gedichte mache für Agnes ... Vielleicht wäre ich kein „haltloser Mensch“ – wie Bodo es nennt –, hätte ich Agnes. In Bodos Sinne wäre es sicher nicht. Aber Agnes ist nicht auffindbar.

Nach Dresden, hat mir ihr Vormund gesagt. Er war besoffen. Ich habe sie in Dresden gesucht, zwei Tage lang, am Ersten Mai und zu Himmelfahrt.

Zur Polizei wollte ich nicht.

Und Rudi und Ernst waren nicht da, waren in irgend so einem Kupferhammer ...

Sie soll Dienstmädchen bei einem Bonzen sein, hat der Hauswirt gesagt. Aber er war ja besoffen ...

Und ich mache Gedichte. Und am nächsten Tag lache ich darüber – Liebe, Mensch ...!

Ob ich jetzt ein Mädchen will? Nein, will ich nicht.

Und Agnes ...

Das ist wie der Weihnachtsmann: Man redet es sich ein, daß es ihn wirklich einmal gegeben hat. Dabei hat man nur an den Weihnachtsmann geglaubt. Wirklich war er nie …

Oder doch?

„Gib die Flasche her!“ verlangte Felix böse. Bodo sah ihn erstaunt an und schob ihm wortlos die Flasche zu.

Felix goß sich ein. „Kennst du“, fragte er lauernd, „die Tochter vom Kunstmaler Stranski?“

„Fromme Ziege!“ Bodo nickte. Er nahm, aus Bequemlichkeit, gleich einen Schluck aus der Flasche.

„Die will ins Kloster gehen“, sagte Felix. „Die werde ich verführen!“

„Wirst du nicht!“

„Werde ich! Jede Wette!“

„Gut!“ Bodo lachte laut. „Wenn du verlierst, wirst du SA-Anwärter.“

„Ich verliere nicht! Und du“, Felix überlegte, „du darfst drei Tage lang beim Unterricht keine richtige Antwort geben. Und keinem Menschen etwas von der Wette erzählen.“

„Gilt!“ Bodo hielt die Hand hin.

Felix schlug ein. „Gilt! Eine Woche vor den Sommerferien ist Termin!“

„Einverstanden!“ Bodo begann schon zu lallen. „Weißt du, jetzt glaube ich selbst nicht mehr, daß du vielleicht doch ein geheimer Germane bist.“

„Warum nicht?“

„Weil“, der Primus hob wieder die Flasche an den Mund, „weil ein richtiger Germane überhaupt nicht so … so zynisch – kommt von kyón, der Hund –, so hündisch sein kann. So haltlos …!“

Felix schwieg und beobachtete, wie Bodo, sonst zurückhaltend und fast starr, immer offener und lustiger wurde.

„Du bist sozusagen ein innerer Schweinehund. Mein innerer Schweinehund, den ich besiegen muß.“ Bodo schlug sich schallend auf die Schenkel, so hübsch fand er seine Idee. „Aber“, er wurde wieder ernst, „aus einem Mühlsteinbruch hole ich dich einmal. Bestimmt!“ Er hob zwei Finger der rechten Hand. „Ich schwöre es beim Leben des Führers!“

Felix sah ihn von der Seite an. Er kam sich auf einmal alt vor, uralt.

2

Die Entscheidung über ein Stückchen Lebensschicksal der frommen Malerstochter und somit darüber, ob Felix Hanusch trotz aller Ablehnung der Nazis sich deren Auffassung vom Menschen unbewußt immer mehr nähere, fiel eine knappe Woche nach Abschluß der Wette.

Die Unterprima hatte beschlossen, alle Wandertage des Jahres zusammenzulegen und für sechs Tage in den Spreewald zu fahren. Der Klassenlehrer – es war jener Referendar, der vor acht Jahren die Formalitäten bei der Aufnahmeprüfung der künftigen Sextaner erledigt hatte; vor einem halben Jahr der Nazipartei beigetreten, war er bald darauf zum Studienrat ernannt worden und hatte sich sein Bärtchen abnehmen lassen (aber sein Lächeln hatte er behalten, als sei er dazu verpflichtet) –, der Klassenlehrer war mit dem Plan einverstanden, und der Rektor gab seine Einwilligung.

Der Klassenzweite, Robert Tzschumpak, ein großer, grobknochiger, sehr intelligenter, aber falscher Bursche, der seit Ostern Famulus des Rektors war, schlug vor, die Fahrt in Uniform durchzuführen. Seine Absicht war, Felix entweder zu zwingen, der Hitlerjugend beizutreten oder auf die sechstägige Fahrt zu verzichten. Wahrscheinlich handelte er im Auftrage des Rektors, der den nichtorganisierten Felix, den einzigen aus den Oberklassen, als einen Schandfleck für die Schule ansah.

Bodo erriet die Absicht und mißbilligte den Vorschlag: Es käme sowieso keine einheitliche Uniformierung zustande, weil der Klassenlehrer SA-Mann und er, Bodo, seit vorgestern – dabei machte er eine Kunstpause – SS-Mann sei. Stolz, obwohl er sich um Bescheidenheit bemühte, erzählte er, daß er durch ein besonderes Dekret in diese Eliteorganisation des Führers aufgenommen worden sei, obwohl ihm knapp sieben Zentimeter zur Mindestgröße fehlten.

Er schlug vor, kurze Hosen, möglichst Lederhosen, weiße Hemden, weiße Strümpfe und Bundschuhe anzuziehen und einen Tornister mitzunehmen. Das wurde schließlich auch beschlossen. Die dicke Alma, das einzige Mädchen der Klasse, verzichtete freiwillig auf die Fahrt, und die Klasse war so der unangenehmen Pflicht enthoben, ihr klarzumachen, daß man sie nicht gebrauchen könne.

Felix besaß immer noch keine Lederhose und keine Bundschuhe. Bodo und Winfried zu Gefallen zog er geliehene Sachen an und nahm auch den HJ-Tornister auf den Rücken.

Am Freitagnachmittag fuhren sie ab. Auf einer kleinen Station stiegen sie aus. Hier blieben sie über Nacht und wanderten am nächsten Morgen in Richtung Lübbenau los.

Die Sonne stieg ihnen entgegen. Mit leuchtenden Armen griff sie durch den Kiefernwald, spielte in dem Taugeschmeide, das in allen Zweigen hing, im sparsamen harten Bodengras flimmerte und sich in engmaschigen Spinnennetzen verfangen hatte.

Die Astspitzen der Kiefern spreizten sich hell und jung; mitten im Heidewald, am Rand eines Tümpels, wölbte sich hoch und gewaltig eine Linde. Irgendwo in ihrer dichten Krone gurrte zärtlich eine Wildtaube. Abseits hämmerte ein Specht; ein Häher saß da und beäugte aufmerksam die frühen Waldgäste. Als wollte er den langen Klassenlehrer verspotten, der ebenfalls geliehene Lederhosen trug, lachte er geckernd laut auf und flog dann davon.

Sie verließen den Wald und liefen auf einem Rain zwischen zwei blühenden Roggenfeldern entlang. Wiesen breiteten sich; zwei Mäher mit bloßen, nassen Füßen schoben sich langsam durch verblühenden Löwenzahn und durch blaue Glockenblumeninseln zum jenseitigen Wiesenrand. Die Männer richteten sich auf, klingend sangen ihre Wetzsteine über den blitzenden Stahl. Es mochten Großvater und Enkel sein. Die Brust des Alten war eingefallen, die des Jungen noch eckig und schmal. Sie bückten sich leicht und fuhren fort in der Arbeit, vorn der Großvater, vier Schritte dahinter der Junge.

Der Pfad stieg an, wurde sandig und traf auf einen Weg, breit, ausgefahren, tiefer, unfruchtbarer Sand.

Ein Roggenfeld, kniehoch und von der Blässe der Schwindsüchtigen, begleitete den Weg. Föhren, kaum armdick, lösten den Roggen ab und blieben kurz vor den ersten windschiefen Zäunen eines kleinen Dorfes zurück.

Das Dorf bestand aus einer riesigen Rittergutsscheune, einem Sommerstall für Rinder und fünf oder sechs ebenerdigen, unverputzten langgestreckten Katen.

Aus dem Sommerstall wurde abgemolkenes mageres Vieh getrieben. In offenen Hausfluren hockten Kinder, schmutzig und ungewaschen, und trippelte hungriges Geflügel herum. Ein Hund bellte wie toll, er riß seine baufällige Hütte um und schleifte sie an der Kette hinter sich her. Eine Frau in einem hemdartigen grauen Leinenrock erschien auf der Schwelle und warf einen Holzpantoffel nach dem Hund. Der Hund jaulte auf und jammerte leise weiter, während er sich die getroffene Pfote leckte.

Am Dorfausgang brachen drei Schweine, mager und hochbeinig wie Wildschweine, aus einem Garten und jagten quer über die Straße in einer Wolke von Staub ins Dorf zurück.

Irgendwo schlug blechern eine Glocke; sie mochte zu dem Rittergut gehören, dessen Herrschaftsgebäude, neu mit roten Ziegeln gedeckt, ziemlich weit links aus einer dichten Gruppe hoher Bäume hervorblinkte.

Ein Reiter näherte sich von dort; er saß auf einem Rappen, steckte in einem grünen Anzug und machte ein sorgenvolles Gesicht. Der Sommermorgen, die Lerchen, das schöne Pferd schienen ihn weder zu freuen noch zu ärgern. Die Wanderer streifte er mit einem mißtrauischen Blick.

„Zertrampelt mir ja nicht die Wiesen!“ knurrte er.

Der Klassenlehrer lächelte ihn an. „Nö, Herr Graf!“ sagte er. „Aber darf man irgendwo in höchstdero Landen abkochen?“

Der Inspektor auf dem Pferd verstand keinen Spaß.

„Sandgrube, rechts vorn“, antwortete er ungnädig, ohne anzuhalten.

Die englischen Scouts, hatte Winfried behauptet, kochten ihr Frühstück auch draußen ab. Sie hatten ihm geglaubt, und nun knurrte ihnen der Magen.

Sie wandten sich nach rechts und fanden die Sandgrube. Nicht mehr als zweihundert Meter entfernt lief die abgesteckte Trasse für die Autobahn Berlin–Kottbus schnurgerade in die Sonne. Noch lag der Bauplatz still und leer da.

Während sie Holz zusammentrugen – Wasser hatten sie in ihren Feldflaschen genügend mit –, den Kessel über das Feuer hängten, auf das Aufwallen des Wassers warteten, die Haferflocken hineinschütteten und sie, nachdem sie weich waren, mit einem Stückchen Butter schmackhaft und nahrhaft machten, kroch die Sonne höher und höher.

Als sie satt und zufrieden um die tote Feuerstelle saßen und, und Ausnahme von Bodo, eine Zigarette rauchten, blaffte ganz in der Nähe ein Hund auf. Gleich darauf erschien auf der Baustelle ein Zug Gefangener, von SS-Leuten mit Hunden bewacht. Es mochten etwa vierzig bis fünfzig Männer sein; aus irgendeinem Grunde befahl der Truppführer anzuhalten.

„Politische", sagte Winfried leichthin. „Mensch, die Visagen!"

„Starr nicht hin!" rief Bodo.

Die blau-weiß gestreiften Gestalten standen oben auf dem halbfertigen Damm für die Autobahn. Unten in der Sandgrube hockten die Unterprimaner und ihr Studienrat und rauchten Zigaretten; Winfried erzählte Witze, er erzählte gut; sie lachten vergnügt.

Oben standen die Männer, die von Hunden bewachte Nummern waren.

Felix grinste verzerrt zu Winfrieds Witzen, er spürte die Augen in seinem Nacken. Er wandte sich um, sein Blick fiel in ein Gesicht, das er zu erkennen glaubte; der Mann aus der „Mönchsschenke", er hatte sich so gefreut: „... ist 'ne Sieben, hab's doch selbst geschrieben, was, Franz ..."

Die Augen des Mannes hatten sich in seinen Augen verhakt. Felix riß den Kopf herum, hörte auf die Witze, die Winfried erzählte. Es waren auch Witze darunter, über die sich Bodo ärgerte.

Aber die Augen des Mannes da hinten waren lauter als die Witze. Vielleicht ist es gar nicht der Mann, der löwenmähnige von damals. Sicher ist es ein ganz fremder, nie gesehener.

Sie lachten schallend, selbst der Lehrer lachte, ohne daß es seine Pflicht war. Felix hatte den Witz nicht gehört.

Der Mann gehört zu Agnes. Oder zu dem Einarmigen

aus der Demonstration, der des Vaters Augen gehabt hat. Augen, die bereit sind, sich zu freuen, aber es gibt nichts, worüber man sich freuen könnte.

Der Mann steht da oben. Ringsum weiß er Hunde, SS und uns, wandernde Unterprimaner, die in einer Sandgrube abgekocht haben und sich Witze erzählen. Gehört alles zusammen für den Mann da oben: die Hunde, die SS, die in der Sandgrube.

Winfried wußte Witze, die reichten für einen ganzen Tag.

Als ob er aus Holz wäre, so schwer drehte sich Felix' Hals: Der Mann stand starr – so war ihm befohlen zu stehen –, und seine Augen brannten.

Wehrlos war Felix ihnen ausgesetzt. Er erhob sich und tat, als wolle er, abseits der Gruppe, den Sand aus den Schuhen schütten. Der Mann ließ sich nicht täuschen; er wußte, daß Felix zu den anderen gehörte.

Da erkannte Felix plötzlich: Es genügt nicht, fünf Schritt abseits zu hocken, allein zu hocken. Niemand wird diese fünf Schritt für wichtig halten, für eine Trennung halten. Solange man in der Sandgrube sitzt, gehört man zu denen in der Sandgrube. Und wenn man aus der Sandgrube geht und sich allein an ihren Rand stellt, so mag es ein Protest sein – von weitem wird niemand den sehr feinen Unterschied zwischen der Sandgrube und dem Rand der Sandgrube feststellen können.

Man muß hinausgehen, ganz hinaus und wissend hinaus, und man muß gehen, bis man auf andere stößt: auf solche, die sich – vor die Entscheidung gestellt, zu den Hunden zu gehören oder zu den Männern, die von den Hunden bewacht werden – für die von den Hunden bewachten Männern entscheiden.

Erst wenn man bei solchen ist, sehen alle, daß man nicht mit denen ist, die für die Hunde sind.

Alle sehen es dann. Auch der Mann da oben.

Auch die in der Sandgrube.

Heiß und hell und leicht war es Felix auf einmal. Er stand auf und ging aus der Sandgrube hinaus.

Er sah sich um.

Der Mann da oben blickte nicht mehr her. Er lief im

Zuge seiner Kameraden die Trasse entlang. Neben ihm schritt ein Hund, eine riesige gefleckte Dogge, geschmeidig und schön und dressiert auf Nummern in gestreifter Kleidung, die wie Menschen aussahen.

Am Abend sagte Felix zu Bodo, er löse seine Wette um die fromme Malerstochter nicht ein.

Bodo nannte ihn ehrlos, und der Famulus, der von der Wette nichts wußte, freute sich, weil er glaubte, diese Freundschaft hätte einen Sprung bekommen.

Noch während der Wandertage lernte Felix, welch großer Unterschied zwischen dem Nichtdafürsein und dem Dagegensein bestand.

Sie kamen auf einen Wochenmarkt. Niedersorbische Bäuerinnen standen in langen Reihen, Korb an Korb, und boten feil, was ihre Wirtschaft Marktwürdiges hervorbrachte.

Die Unterprimaner schlenderten durch die Reihen, kauften einige Eier, ein Kochhuhn, ein Stück Butter. Die Bäuerinnen sprachen ein breites, weiches Deutsch; manchmal kannten sie die Grammatik nicht ganz, manchmal fanden sich die Worte in einer falschen Folge zu Sätzen zusammen.

Dann wieder unterhielten sie sich in ihrer Sprache, in die sie auch deutsche Wörter einflochten.

Am meisten spottete der Famulus Tzschumpak darüber. Sein Großvater war Gutsschmied gewesen und hatte die gleiche Sprache gesprochen wie die Bäuerinnen hier auf dem Wochenmarkt.

Felix trat zu einem verhutzelten alten Mütterchen und grüßte laut und deutlich in ihrer Sprache, in seiner Sprache. Er fühlte die Röte in sein Gesicht steigen.

Das Mütterchen schaute ihn ganz verwundert an: War doch kein Bauernbursche und auch kein Arbeiter, der Junge vor ihr, vielleicht war er sogar ein Student – und sprach dennoch sorbisch!

Die alten Augen, in einem langen Leben eng und mißtrauisch geworden, weiteten sich, wurden hell und blau.

„Ja, da gibt's doch noch junge Leute, vornehme Leute", redete sie laut und froh, „die sich nicht schämen, unsere arme

Sprache zu sprechen! Die sich nicht schämen, eine sorbische Mutter zu haben!"

Sie redete, sah Felix an und freute sich.

Die Klassenkameraden standen abseits und schauten und hörten zu. Und die Röte kroch Felix immer tiefer den Nakken, die Brust hinab. Er blieb stehen, um die Scham zu besiegen. Er antwortete der Alten, sie lächelten sich zu, weil sie sich manchmal nicht gleich verstanden, die eine aus dem Spreewald, der andere aus dem Oberlausitzer Hügelland. Felix lachte laut, und das Mütterchen ahnte nicht, wie schwer es ihm fiel.

Ein Uniformierter, ein kleiner Mann mit O-Beinen und großen mißgestalteten Ohren, die seine Parteimütze hielten, schimpfte: „Verdammtes polackisches Gequatsche! In Deutschland wird deutsch gesprochen!"

Felix richtete sich ganz gerade auf; die Parteimütze reichte ihm gerade bis ans Kinn. „Wird man gerade Sie um Erlaubnis fragen, ob man seine Muttersprache gebrauchen darf!" sagte er kalt.

Das Mütterchen und die Frauen rechts und links freuten sich; die Parteimütze zitterte vor Wut.

Felix reichte der Alten die Hand. Sie bestand darauf, daß er ein Ei von ihr als Geschenk annehme.

Als er zu den Kameraden trat, las er in ihren Gesichtern, daß sie wußten, daß er aus der Sandgrube hinausgegangen war.

Robert Tzschumpak, dessen Eltern so gut und so schlecht deutsch sprachen wie die Bäuerinnen hier, sagte: „Ich würde mir die Zunge kaputt brechen, wenn ich so quatschen müßte! Tsch – schtsch – kratsch – matsch – pschaschtsch!"

Er lachte; er machte den Mund weit auf dabei, damit ein jeder sehen konnte, wie lächerlich er es fand, jemand könnte ihn verdächtigen, ein Sorbe zu sein.

Bodo sagte nichts, der Studienrat lächelte, und Winfried erzählte einen Witz.

Sie lachten, aber das Lachen machte ihr neues Wissen nicht ungewußt.

Am Nachmittag wanderten sie durch ein großes Bauerndorf. Mitten im Dorf stand eine Kirche, daneben in einem schattigen Garten die Pfarre. Im Garten saß unter einer Linde die Pfarrersfrau, aus einer buntbemalten Bauernwiege vor ihr krähte es vergnügt, und daneben spielte ein Junge auf einer ausrangierten Tischplatte mit Zinnsoldaten.

Gegenüber der Kirche machte sich der Gasthof breit. Ein paar Stufen führten zum Eingang hoch, rechts kam man in die Gaststube, links in den Laden: „Kolonial- und Fleisch- und Wurstwaren". An die Gaststube schloß sich der langgestreckte Saal an, auf dessen Muschelbühne ein Birkenwäldchen aufgebaut war. Das Birkenwäldchen gehörte zum Theaterstück „Ziethen aus dem Busch", das die Feuerwehr schon zweimal mit großem Erfolg gespielt hatte.

Dann gehörte noch eine Kegelbahn zum Gasthof. Sie war angebaut an das Nachbargebäude, ein ebenerdiges, unverputztes Ziegelhaus. Ein Flur teilte das Haus in zwei Hälften; die linken vier Fenster waren mit Gardinen bedeckt, auf den Fensterbrettern blühten Fuchsien und Geranien; die rechten Fenster, schmucklos, mit grauen Fensterrahmen, standen weit offen. Links wohnte der Lehrer, rechts unterrichtete er.

In der Klasse saßen etwa siebzig Kinder, ganz hinten die vom vierten Schuljahr, auf den ersten Bänken die jüngsten, die erst vor wenigen Wochen eingeschult worden waren.

Die Unterprimaner ließen sich an den Tischen nieder, die vor dem Gasthaus im Schatten einer Kastanie standen.

Aus der Schule drang, hell und abgehackt, der skandierende Chor der Kleinsten: „Pult, Bank, Tafel – Bild, Wand, Fenster – Junge, Mädchen, Lehrer."

Noch einmal und noch einmal; der Stock des Lehrers zeigte auf die Gegenstände, schneller und schneller, die Kinderstimmen hasteten dem Stock nach. „Pult, Bank, Tafel ..."

„Was machen denn die?" fragte der Studienrat erstaunt.

Der Chor verstummte. Die Lehrerstimme befahl: „Fritz!" Eine Jungenstimme schoß los: „Pult, Bank, Fenster ..." Der Taktstock klopfte ab.

Stockend begann der Junge von neuem: „Pult, Bank ..."

„Na?" Das war der Lehrer, kurz und streng. Felix beugte sich vor. Er sah den Lehrer und seinen Stock. Es war ein langer Haselnußstock, er zeigte auf die schwarze Tafel.

„… Fenster", wiederholte die Kinderstimme ängstlich.

„Herkommen!"

Ein strubbliger Blondschädel trat auf das Podest, hielt die Rechte offen dem Stock hin. Der Stock patschte auf die Hand.

„Wand …?" stotterte das Kind.

Der Stock hob und senkte sich zweimal: ptsch, ptsch.

Der Kleine weinte „Bild".

Dreimal fuhr der Stock auf und ab. Der Junge schluchzte.

„Tafel!" rief Felix.

Der Lehrer trat ans Fenster, er sah ganz gewöhnlich aus: eine beginnende Glatze, ein Bärtchen am Kinn, Gummikragen um den Hals.

„Stören Sie gefälligst nicht meinen Unterricht!" sagte er scharf, den Stock wie schlagbereit in der Hand. Er trat ins Klassenzimmer zurück.

„Fenster …", je zwei Kinder stürzten an jedes Fenster, „… zu!" – Die Fensterflügel schlugen zu.

Der Famulus lachte. „Das klappt!"

Der Studienrat lächelte ganz dünn und sagte: „Ich trinke noch ein Bier."

Der Wirt kam, den Bauch voraus, einen Riesenschnurrbart unter der Nase.

„Haben Sie unseren Lehrer geärgert?"

Es schien ihn zu freuen. Andererseits hatte er Mitleid mit dem Lehrer.

„Er hat's ja nicht leicht", erklärte er. „Die Kinder verstehen kein Wort Deutsch, wenn sie in die Schule kommen."

„Und der Lehrer kein Wort Sorbisch?" fragte der Studienrat höflich und ohne Interesse.

„'n paar Brocken schon. Aber in der Schule ist Sorbisch verboten. Noch ein Bier die Herren?"

„Bier, Schnaps, Wurst …!" skandierte Winfried, aber niemand lachte.

Spätabends kamen sie in ihrem Quartier an, wo sie drei Tage bleiben wollten. Das Gasthaus, eine frühere Mühle, wo man jetzt nur noch für den eigenen Bedarf mahlte, lag ganz einsam mitten im Spreewald. Zwei Wasserarme kreuzten sich hier, und eine Schleuse regelte den Wasserstand. Über der Schleuse schwang sich eine der treppenartigen

Spreewaldbrücken vom Gasthaus hinüber auf das andere Ufer, wo der Urwald wucherte.

Auf dieser Schleusenbrücke hockte Felix, hörte den Urwald atmen, die Wasser flüstern und sah zu, wie der Mond silberne Filigrane zwischen Büsche und Bäume stickte.

Bodo kam aus dem Haus und setzte sich neben den Freund.

„Ich habe mir das mit der Wette überlegt“, sagte er. „Natürlich kannst du sie zurücknehmen. Hat mit Ehre und so überhaupt nichts zu tun.“

Felix antwortete nichts. Schweigend saßen sie und blickten ins zitternde Mondsilber im Fluß. Später fiel der Mond in den dunklen Wald. Aber er wurde nicht finster, die Nacht schien aus sich selbst zu leuchten.

Bodo fragte: „Warum bist du gegen uns?“

„Weil ...“ Felix stockte. „Bin ich nicht erst seit heute.“

„Doch. Früher warst du nur nicht mit uns.“

„Die Schule heute nachmittag ...“, sagte Felix.

Bodo schwieg darauf. Dann erklärte er: „Man muß Kindergärten, schöne, helle neue Häuser bauen für diese Dörfer. Dort sollen die Kinder Deutsch lernen. Im Spiel. So – das ist Mittelalter.“

Felix schüttelte den Kopf. „Es geht nicht um die Methode“, murmelte er. Es war sinnlos, sich mit Bodo darüber zu streiten.

„Trotzdem“, sagte Bodo nach einer langen Weile. „Es muß ein anderer Grund sein.“

Im Wald begann ein Vogel zu schluchzen und zu schlagen.

„Eine Nachtigall ...?“ flüsterte Bodo, halb fragend. Beide hatten sie noch keine Nachtigall gehört. Wie ein Mond, der gleich untergehen wird, dachte Felix. Wenn sie aufhört, ist es finster.

Die Nachtigall hörte nicht auf.

„Eigentlich“, sagte Bodo, „dürfen Nachtigallen jetzt überhaupt nicht mehr schlagen; steht im Kleinen Vogelbuch.“

Die Nachtigall schlug und schluchzte ohne Unterlaß.

„Ich weiß kaum, was“, sagte Felix. „Und du willst wissen, warum. Ich weiß es nicht. Ich bin froh, daß ich weiß, was ich bin.“

„Durch Hitler hat dein Vater wieder Arbeit!“

„Ja. Notstandsarbeit, für vierunddreißig Pfennig die Stunde. Ich habe ihn gesehen, als er das erstemal wieder auf die Arbeit fuhr. Er warf sich den Rucksack auf den Rükken und sagte: ‚Heil Hitler!‘“

„Also!“

„Du!“, Felix wandte sich Bodo zu, „du hättest überlegt, ob du ihn anzeigen solltest.“

„Warum?“

„So klang sein ‚Heil Hitler‘. So verbissen, zerspuckt – och, was weiß ich, wie!“

„Aber er hat doch wieder Arbeit bekommen ...!“

„Er sah aus, als wollte er alle Arbeit hingeben, wenn bloß Hitler nicht wäre.“

„Warum hassen sie den Führer?“ fragte Bodo leise.

Felix zündete sich eine Zigarette an.

„Gib mir auch eine“, bat Bodo.

„Warum liebst du deinen Hitler?“ fragte Felix.

„Weil er das deutsche Volk retten, einigen, zur Größe ...“

„Quatsch!“ Felix unterbrach ihn böse. „Deinen Katechismus kenne ich. Ehrlich!“

„Übertreib's nicht, du!“ Bodos Stimme drohte.

„Du *glaubst*, daß dein Hitler das und das und das tun wird.“ Felix ließ sich nicht einschüchtern. „Und mein Vater haßt ihn, weil er weiß, daß ...!“

„Den Teufel weiß er!“ Bodo sprang auf die Füße.

Felix blieb sitzen. Nach einer Weile murmelte er hinunter zum Wasser: „Vielleicht weiß er wirklich den Teufel ...“

Jetzt hörten sie die Nachtigall wieder. Vielleicht hatte sie überhaupt nicht aufgehört zu schlagen. Aber es war eine schlechte Zeit für Nachtigallen.

Bodo setzte sich wieder, nahe zu Felix.

„Wenn man nicht glaubt in dieser Zeit“, sprach er leise, „geht man unter. Ich glaube an den Führer ...“

Nach einer geraumen Weile entgegnete Felix: „Ich glaube ...“ Er stockte. Er wußte nicht zu sagen, woran er glaubte. „... ich glaube *gegen* deinen Führer.“

Wieder schwiegen sie. Dann sagte Bodo: „Aber die Zeit der Glaubenskriege ist vorbei.“ Er stand auf. „Gott sei Dank!“

„Gott sei Dank!" wiederholte Felix.

Sie schlenderten, die Hände tief in den Hosentaschen, dem schlafenden Haus zu. Ihre Schultern berührten sich bisweilen. Plötzlich, wie auf Befehl, blieben sie stehen und sahen sich an.

„Wollen wir?" fragte Bodo.

„Klar!" entgegnete Felix.

Sie lachten sich an, warfen die Kleider ab und sprangen ins Wasser.

Kraulend tobten sie das stille Fließ hinunter. Sie glaubten in diesem Augenblick fest daran, daß die Zeit der Glaubenskriege vorbei sei.

3

Am Donnerstagmittag schloß die Schule für sechs Wochen und zwei Tage ihre schwere Pforte.

Felix hatte schon morgens seine Sachen gepackt; er schlang hastig sein Essen hinunter und fuhr mit dem Rade nach Hause; sie hatten ihm Nachricht geschickt, das Korn sei schon reif und er möchte sich eilen.

Die Sonne brannte und brutzelte den Straßenasphalt weich. Weit vorn flirrte die Luft über der Straße, als ob der Asphalt dort koche.

Rechts und links erstreckten sich schwere, fruchtbare Felder; ein breiter Streifen Lehmboden zog sich quer durch das Land von Südwest nach Nordost. Jedes Eckchen war hier genutzt, schmal waren die Raine, selten ein kleines Gehölz, sparsam und gerade zerschnitten Feldwege die Flur.

Der Heimatort kam in Sicht. Zuerst sah man den hohen Schornstein der gräflichen Brennerei; dann das Schloß, das doppelt so hoch war wie die Häuser im Dorf; nun schoben sich die übrigen Gebäude des Rittergutes ins Blickfeld: die Feldscheune, die Pferdeställe, die Parkmauer, schließlich die zwei Insthäuser.

Vom Dorf selbst sah man nichts. Erst wenn man das Rittergut und das Schloß hinter sich hatte, war man plötzlich fast mitten im Dorf.

Daheim war alles verschlossen. Felix fand den Schlüssel in der Graskammer in der Höhlung des wurmstichigen Balkens; dort hatte schon der Großvater den Schlüssel versteckt.

Auf dem Tisch in der Stube lag ein Stück Papier. „Wir hauen am Hundekirchhof, Vesper ist draußen", hatte Mutter aufgeschrieben.

Oben auf Vaters alter Knechtslade lagen schon die Sachen bereit: ein kragenloses weißes Hemd aus grobem Leinen und eine von Vaters alten Militärdrillichhosen, die sich von weitem fast wie Tennishosen ausnahmen. Leider aber hatte Mutter sie wieder nicht gebügelt, sondern quer gerollt – es war nichts mit der Tennishose.

Felix zog sich eilig um, steckte Taschentuch, Kamm, Zigaretten und Streichhölzer in die einzige Tasche, die diese Hose nur besaß, fuhr barfuß in ein Paar alte ausgediente Halbschuhe, stülpte sich einen Strohhut auf den Kopf und radelte aufs Feld.

Er gab allen der Reihe nach die Hand: dem Vater, der schon zwei glückbringende Doppelähren im Band seines Strohhutes trug, der Mutter, die hochrot vor Anstrengung das Getreide hinter dem Vater abraffte, der Schwester Anna, die die Garben zusammenschleppte, und der siebenjährigen Lena, die der Mutter Garbenbänder vorlegte.

Monika, die große Schwester, war zu Ostern aus der Schule gekommen und am Montag darauf mit einer kleinen, alt gekauften Kommode drei Dörfer weiter auf Dienst gezogen, für zwölf Mark im Monat – dem üblichen Lohn für eine Kleinmagd.

Der Vater richtete die zweite Sense, Felix wetzte sie selbst, und dann zogen sie ihre Schwaden zu zweit.

„Wie auf dem Rittergut", sagte Anna, die nun hinter Felix abraffen mußte.

Die Garben blieben ungebunden liegen.

Frühzeitig wurden sie fertig. Als es von der Schloßkapelle zu Abend läutete, fuhren Mutter und Schwestern heim, um das Vieh zu füttern und das Abendbrot zu richten.

Der Vater und Felix blieben, banden die Garben, schleppten sie zusammen und stellten sie in Hocken auf. Sie sprachen nicht viel dabei, nicht mehr, als die Arbeit gerade erforderte.

Sie waren sich noch zu fremd. Der Vater wußte von der Schule wenig, nur, daß es die Pflicht des Sohnes sei, fleißig zu lernen. Felix ahnte nicht einmal, wie sich der Vater das Lernen vorstellte und was er davon hielt. Manchmal schien es, als meine er, Griechisch und Latein, Mathematik und all das andere sei müßig und ganz bestimmt nicht notwendig für das Leben.

Aber da es notwendig war für die Prüfung, erwartete er, daß Felix all das auch lernte. Einfach deswegen lernte, damit nicht alles umsonst gewesen sei: die jahrelange Schufterei für Schulgeld, Kleidung, Nahrung, das Pfennigkratzen, der Verzicht auf die Zigarre, auf ein Bier einmal am Sonntag, auf den Schnaps beim Dreschen; umsonst sollten nicht die häßlichen Kattunkleider der Schwestern sein, die Tränen, der Kummer, die Sorgen der Mutter; umsonst nicht der Spott der Nachbarn darüber, daß er sich darauf versteife, einen studierten Sohn zu haben.

Die Schule selbst hatten weder der Vater noch die Mutter je von innen gesehen, sie hatten auch nie mit einem der Lehrer über den Sohn gesprochen.

Stillschweigend hatten sich die Eltern damit abgefunden, daß Felix kein Pfarrer werden wollte; sie sahen es selbst, daß er nicht das Zeug dazu hatte.

„Lieber kein Pfarrer als ein schlechter Pfarrer", hatte die Mutter geseufzt, als sie das alles einmal bedacht und zu Ende gedacht hatte.

„Hauptsache, es wird ein ordentlicher Mensch aus ihm", hatte der Vater geknurrt.

Aber in welchem Beruf sich dieser ordentliche Mensch bewähren sollte, darüber hatten die Eltern weder miteinander noch mit dem Jungen gesprochen. Sie waren sich zu fremd.

Sie stellten die Hocken auf, schnurgerade mußte die Reihe sein, wie Soldaten hatten die Hocken auf dem Stoppelfeld zu stehen. Auf dem Felde war der Vater pedantisch genau und konnte fuchsteufelswild über jede Schlamperei werden. Daheim konnte am Gartenzaun monatelang eine Stakete fehlen, das bemerkte er nicht einmal.

„Morgen vormittag kannst du mit den Mädchen das Stück am Bruch zu hauen anfangen“, sagte er. „Es ist auch reif.“

„Wie steht es dort?“ fragte Felix.

„Auch ganz gut“, antwortete der Vater. „Wie’s eben auf dem Sande wird.“

Felix hätte gern weitergesprochen, aber er verstand zu wenig von Feldern.

„Hast du schon mit Batschon abgemacht, wann ich hinkommen soll?“

„Am Montag früh“, sagte der Vater. „Besorg dir gleich morgen einen neuen Stiel für die Garbenforke. Du sollst dieses Jahr alles gabeln.“

„Mache ich auch am liebsten“, erklärte Felix. „Draußen hat man wenigstens immer frische Luft.“

„Und lang genug bist du, um auf die höchste Fuhre hochzureichen.“

Sie arbeiteten eine Zeitlang schweigend. Dann erzählte Felix: „Wir waren jetzt in der Niederlausitz. Da bauen sie eine Autobahn. Politische Gefangene waren auch dabei.“

Der Vater antwortete erst viel später: „Sie erzählen, daß Batschon auch in die Partei hineingegangen ist.“

Felix wunderte sich. „Batschon?“

„’s wird erzählt.“

Schweigen.

„Laß dir den Gabelstiel recht lang machen. Und nicht zu dick.“

Felix nickte.

Sie stellten die letzte Hocke auf.

„Im Dorf haben jetzt alle wieder Arbeit. Einige sind auch auf der Autobahn“, sagte der Vater. „Rumbo auch. Da gibt es mehr zu verdienen.“

„Da kann er mehr saufen.“

„’s ist nicht mehr ganz so schlimm“, sagte der Vater.

Felix zählte die Hocken durch.

Der Vater setzte sich auf den Rain und zog den rechten Schuh aus. Zehe und Ballen waren verbunden. Die Binde war schwarz von Schmutz und erstarrten Blutflecken.

Felix erschrak. „Was hast du denn gemacht?“

„Im Bruch heute früh", erzählte der Vater, „ist mir ein Stein draufgefallen." Er putzte den Sand von der Binde. „Sie treiben uns ja so."

Felix holte seine Zigaretten aus der Tasche.

„Willst du eine?"

Der Vater zögerte, er behauptete immer, Zigaretten machten ihm Kopfschmerzen. „Eh", sagte er, „gib her."

Sie saßen schweigend nebeneinander auf dem Rain. Des Vaters Hemd war von der rechten Schulter bis zur Hüfte halb zerrissen. Eine blasse, verschwitzte Haut spannte sich über Muskelbänder und Knochen. Man sah das Schulterblatt und jede einzelne Rippe. Es lag kaum Fleisch zwischen Haut und Knochen.

Die Hemdsärmel waren hochgerollt. Seltsam dünn wuchsen die Oberarme aus dem Ärmel heraus, schlaff lagen die Muskeln dem Knochen an. Breit und dick, nicht viel kleiner als das Schultergelenk, sprang der Ellbogen vor, klobig und hart wulsteten sich die Muskeln des Unterarmes, tiefbraun, zerschrammt, zerrissen die Haut. Müde lag die rechte Hand auf dem Knie, eine große, schwere Hand auf einem mageren Knie.

Felix hatte die Hand noch nie so gesehen. Es lag nicht an des Vaters Hand, es lag an seinen Augen. Er betrachtete die Hand, die nackt auf dem Knie lag und sich nicht verschließen konnte wie das Gesicht.

Von der Handwurzel hinauf zum Mittelfinger lief ein vernarbter fingerbreiter Riß. Der Handrücken schien besät mit Sommersprossen; es war aber Steinstaub, in mehr als zwei Jahrzehnten in die Haut gewachsen. Leicht gekrümmt hingen die Finger herab; kurz und breit, oft zerschlagen und unregelmäßig nachgewachsen, deckten die Nägel die vernarbten, hornartigen Kuppen nicht ganz.

Felix nahm den Blick hoch zum Gesicht. Wie die Fingerkuppen war das Gesicht, vernarbt und wie aus Horn. Nur um die Augen und ein wenig auch um den Mund lag es, das viele Lachen, das niemals gelacht worden war, und die viele Freude, die sich nicht ausgefreut hatte.

Der Vater spürte die Augen des Sohnes. Er zerdrückte die Zigarette zwischen Daumen und Zeigefinger.

„Sie macht mir Kopfschmerzen", sagte er.

Er nahm die eine Sense über die Schulter, Felix die andere. Schweigend schritten sie nach Hause. Einmal sagte der Vater: „Daß du mir morgen die Sense nicht zerhaust, 's ist zu steinig, der Acker dort."

Mehr gab es nicht zu besprechen. Zuwenig wußte einer vom anderen.

So gehörte es sich und so war es stets gewesen: Wenn ein Schüler oder Student in die Ferien kam, ging er eines Sonntags nach der Kirche zum Pfarrer, sagte seinen Gruß und nahm ein silbernes Geldstück und die Ermahnung oder nur die Ermahnung, fleißig und gottesfürchtig zu sein, aus der Pfarrstube nach Hause.

Theologiestudenten und solche, die mit zwei Gebetbüchern zum Gottesdienst kamen und das Vaterunser lateinisch beteten, begnügten sich nicht mit dem einen Besuch, sondern fanden Gelegenheiten, öfter in der Pfarrstube zu erscheinen und den Pfarrer sogar in theologische Gespräche zu verwickeln.

Nun war allerdings Pfarrer Wenzel keiner von denen, die sich in solche gelehrten Gespräche verwickeln ließen; Alfons Batschon – der auch mit zwei Gebetbüchern herumlief – berichtete sogar, der Pfarrer Wenzel kenne nicht einen einzigen der Gottesbeweise des Thomas de Aquino auswendig.

Das mochte stimmen, der Pfarrer hatte eine durchaus untheologische Vorstellung vom lieben Gott, von seinen Rechten und Pflichten. Er hielt es darin mehr mit den Männern, die am Sonntag die Empore seiner Kirche füllten, während der Predigt eine Schnupftabakdose herumgehen ließen und, nachdem sie geschnupft hatten, sich Gedanken über Saat und Ernte, Vieh und die Zeitläufe machten; es kam auch vor, daß sie dabei einnickten, trotz der Sorgen, die es zu bedenken gab.

Das vergangene Jahr war ein volles Sorgenjahr gewesen; zuerst war der Hitler gekommen, und im Mai und Juni hatte es wochenlang nicht regnen wollen.

Allsonntäglich hatten sie den Regenbittchoral gesungen; den lieben Gott gebeten, er solle sich doch umschauen auf den Feldern, wo sich das Getreide verdurstend zusammendrehe, auf den Wiesen, wo das Gras kümmerlich sterbe, auf den Weiden, wo das Vieh vor Durst und Bremsen brülle. Sie hatten ihn an sein Versprechen, einst dem Abraham und seinen Söhnen gegeben, erinnert und ihrerseits versprochen, ihn zu loben, wenn er erst den Regen schicke.

Aber der liebe Gott hatte seine Gläubigen singen und seine Sonne weiter sengen lassen.

Schließlich war der Kirchenvorstand geschlossen zum Pfarrer Wenzel gerückt: So wie die Sache nun einmal stehe, müsse etwas geschehen, der Pfarrer solle eine Prozession durch die Felder ansetzen.

Der Pfarrer, der seinen Pfarrhof mit großer Fachkenntnis und Strenge selbst bewirtschaftete und im Augenblick seine fast verdorrten Rüben betrachtete, warf einen kurzen Blick auf seine Kirchenvorsteher, einen längeren auf den Rübenacker und einen sehr langen und eindringlichen auf den Himmel. Einer der Kirchenvorsteher, der neu in seinem Amte war, glaubte, der Pfarrer bestürme schon wegen des Regens den Himmel.

Der Pfarrer runzelte die Stirn und wandte sich an die Männer. „Die Prozession können wir ja machen." Es war ihm anzumerken, daß er nicht viel Lust verspürte, bei solcher Hitze, im vollen geistlichen Ornat und in Weihrauchdämpfe gehüllt, durch die Fluren zu wandeln. „Können wir ja machen", wiederholte er, „bloß nützen wird das wenig, solange der Sauwind weiter von Osten her weht."

Die Bauern sagten nichts darauf, in Fragen des lieben Gottes und des Wetters war ihr Pfarrer eine anerkannte Autorität.

Der Pfarrer hatte noch einige Tage gewartet, täglich mehrmals den Wetterbericht abgehört und, als sich von Island her ein Tief über Großbritannien heranschob, die Prozession angesetzt.

Daraufhin hatte sich der liebe Gott der durstenden Fluren und der bittenden Gläubigen erbarmt und drei Tage später einen schönen, milden Landregen geschickt, der fast eine Woche anhielt.

Trotz solcher und ähnlicher Erfolge liebte die Gemeinde den Pfarrer Wenzel nicht eben besonders. Das hing damit zusammen, daß er sein nicht unbeträchtliches Vermögen mit Umsicht und Liebe zu mehren trachtete.

War jemand in Not geraten und brauchte er Geld, konnte er zum Pfarrer Wenzel gehen. Man unterschrieb einen Schuldschein, und natürlich mußte man auch Zinsen zahlen, genau wie bei der Bank.

Die Schuldscheine verwahrte der Pfarrer in einer Blechkassette, die er ins mittlere Schreibtischfach einschloß.

Unter dem Schreibtisch lag der Pudel „Bobak", bewachte die Blechkassette und knurrte die Schuldner an.

Der Pudel Bobak war ein weiterer Grund, warum die Leute den Pfarrer nicht sehr liebten.

Bobak durfte alles und bekam für alles die Absolution seines Herrn.

Der Hund wußte um seine privilegierte Stellung und nutzte sie weidlich aus. Er knurrte jeden an und zeigte allen seine scharfen Zähne; kein Bittsteller oder Schuldner wagte es, unfreundlich zu dem Köter zu sein und ihm etwa mit dem Stock eins auf die Nase zu geben.

Vor allem hatte es Bobak auf Kinder und Frauen und das Gesinde des Pfarrhofes abgesehen. Seitdem ihm mehrmals ein kräftiger Stiel schmerzhaft in die Rippen gefahren war, bezeigte er einen gewissen Respekt vor Männern, bei denen er nicht erriechen konnte, ob sie – sei es in ihrem irdischen, sei es in ihrem jenseitigen Wohlergehen – von seinem Herrn abhängig waren.

Als am Sonntag nach dem Hauptgottesdient der Bittchoral um gutes Erntewetter – viel Sonne und ab und zu, möglichst in der Nacht, einen langsamen milden Regen – ausgesungen war, ging Felix ins Pfarrhaus.

Vor der Tür der pfarrherrlichen Studierstube warteten schon eine Reihe Leute. Felix kannte nur die alte Jungfer Werab genauer; sie pflegte in der Kirche den Kopf immer schiefzulegen, wie ein Huhn, das nicht weiß, ob es mit dem linken oder dem rechten Fuß scharren soll. Im übrigen war die Werab eine flinke Hausschneiderin und erachtete es für ihre Pflicht, dem Pfarrer die Sünden zu Ohren zu bringen, die ihre Kundinnen zu beichten vergessen hatten.

Die Tür öffnete sich, und Alfons Batschon trat heraus,

sichtlich ernsthaft die Ermahnungen des Pfarrers verdauend. Alfons reichte Felix die Hand und sagte leise, als wäre er in der Kirche: „Ich warte auf dich!"

Bis die Reihe an Felix war, wechselten sie einige wenige Sätze: daß Ferien schön seien, daß Alfons schon seit zwei Wochen daheim sei. Sie läsen jetzt die Anabasis des Xenophon, ob Felix sie auch gelesen habe. Felix sagte, das sei ja leichtes Zeug. Alfons versicherte, ihm mache es auch keine Schwierigkeiten, er habe eine Eins im Griechischen. In Latein übrigens beinah auch. Und gerade, als Felix durch die geschlossene Tür hörte, wie der Pfarrer laut und wenig höflich die Jungfer Werab verabschiedete, und er der nächste an der Tür war, sagte Alfons, daß er nicht mehr auf seine Schule nach Böhmen zurückkehren, sondern in Felix' Gymnasium eintreten werde.

Die Tür ging auf. Die Jungfer Werab grüßte noch ein letztes Mal: „Gelobt sei ..."

„Amen! Amen!" unterbrach sie ungeduldig der Pfarrer und schob sie sanft über die Schwelle. Er nickte Felix zu.

Felix schloß die Tür hinter sich und reichte dem Pfarrer die Hand. Unter dem Schreibtisch lag der Hund Bobak und knurrte.

„Wie gehen die Studien, Felix?" fragte der Pfarrer. Er schien es eilig zu haben; denn er suchte schon im Schreibtisch nach dem richtigen Silberstück. Er wartete auch gar keine Antwort ab, sondern fragte weiter: „Machen dir die Nazis auf der Schule zu schaffen?"

„Schulgelderlaß bekomme ich nicht mehr."

„Zensuren waren wohl schlecht?"

„Sind besser. Aber ich wollte nicht in die HJ ..."

„So." Der Pfarrer murrte. „Das sollst du auch nicht." Leider mußte man in einem solchen Fall noch ein zweites Silberstück aus dem Schreibtisch angeln. „Am nächsten Donnerstagabend ist Gruppenabend der Jungschar."

Er drückte Felix die beiden Münzen in die Hand. „Um acht Uhr", sagte er.

„Vergelt's Gott", murmelte Felix.

„Ich halte einen Vortrag mit Lichtbildern über Rom. Auf Wiedersehen. Donnerstag also, um acht."

Auch Felix wurde über die Schwelle geschoben. Das

ganze Haus duftete nach zartem Rindfleisch und Meerrettich, frisch gerieben und in Sahne verrührt. Das war des Pfarrers Leibgericht. Jetzt verstand Felix seine Hast.

„Mir knurrt's auch schon im Bauch“, sagte er zu Alfons, der auf ihn gewartet hatte. Felix zündete sich eine Zigarette an – Alfons rauchte zwar, aber nicht nach dem Gottesdienst –, und zusammen schlenderten sie auf dem Kirchenpfad nach Hause. Rechts und links sproß das zweite Gras auf den Wiesen, und in einer Eiche unten am Bach hockte ein Kuckuck und kuckuckte sich dumm und krumm.

Alfons erzählte, daß er nach Ostern zum Schlafsaalaufseher ernannt und sein Schlafsaal schon dreimal gelobt worden sei.

„Dreimal“, wiederholte er, „in vier Monaten!“

„Da herrscht Zucht bei dir.“ Felix spottete.

Alfons merkte keinen Spott. „Ich bin strenge“, sagte er bescheiden und umklammerte seine beiden Gebetbücher, rechts das lateinische, links das sorbische.

Später sagte auch er, daß am Donnerstag Gruppenabend der Jungschar sei, der Pfarrer spreche über Rom. Mit Lichtbildern. Da sich Felix nicht dazu äußerte, erklärte Alfons weiter, daß anschließend er einen kleinen Vortrag halten werde, über Kopernikus.

Felix bezweifelte die Möglichkeit, in fünfzehn Minuten ohne Zeichnungen und Abbildungen das Wichtigste und das Richtige aus Kopernikus' Werk Jungen zu vermitteln, die ohne alle Vorkenntnisse seien.

Alfons, der bisher leise und schleppend gesprochen hatte, ereiferte sich; er wolle nicht über das kopernikanische Sonnensystem, sondern über die Frage sprechen, ob Kopernikus ein Deutscher oder ein Pole sei, und beweisen, daß der große Mann Pole gewesen sei.

„Mensch“, Felix wunderte sich, „interessiert denn das jemand?“

Jetzt erregte sich Alfons so, daß er beide Hände gebrauchte, um seine Argumente zu unterstreichen. In großem Schwung flog dabei das lateinische Gebetbuch auf die Wiese. Eben hatte er angefangen zu beweisen, daß Lessing kein deutscher, sondern ein sorbischer Schriftsteller gewesen sei.

Als Alfons das Buch aufhob, kam Felix endlich wieder zu Wort.

„So ein Quatsch!“ sagte er. „Das kannst du deiner Jungschar erzählen!“

Alfons verstummte beleidigt. Seine Kinnmuskeln arbeiteten unentwegt, und im gleichen Rhythmus schwoll eine Ader an seiner rechten Schläfe an und ab.

Erst als sie am Wehr waren, brach er das Schweigen.

„Du kommst also nicht?“

„Nein!“

„Und warum nicht?“ Die Frage klang inquisitorisch, und es schien, als wollte Alfons gleich die Fragemittel der heiligen Inquisition anwenden, wenn er keine ihm genehme Antwort erhielte.

„Weil ich Dogmen satt habe“, Felix wurde wütend, „gleich welcher Sorte! Und Spinner übrigens auch“, fügte er böse hinzu. „Ebenfalls egal, welcher Sorte!“

Alfons schnaufte einige Augenblicke lang vor heftiger Aufregung, dann gelang es ihm, sie zu verschlucken, und nun lächelte er sogar, jung und offen und ein wenig verlegen.

„Ich mache mir auch nicht viel aus der Jungschar“, er gestand es leise, „aber man muß doch organisiert sein.“

Felix sah keinen zwingenden Grund ein.

„Du bist überhaupt nirgends drin?“ Alfons blieb vor Erstaunen stehen.

„Nee“, sagte Felix im Weitergehen.

Alfons machte zwei große Schritte und fragte: „Überhaupt nirgends?“

„Nirgends!“

Alfons begann ihm auseinanderzusetzen, daß es seine nationale, seine völkische Pflicht sei, wenigstens dem Verband Sorbischer Studierender anzugehören. Felix hörte aufmerksam zu, obwohl es ihn mit Widerwillen erfüllte, wie Alfons sprach – als müßte er Schillersche Verse deklamieren oder Ciceros Katilinarische Reden halten.

Er dachte an die Schule in der Niederlausitz: „Pult, Bank, Fenster ...“ Und daß man so weit aus der Sandgrube hinausgehen mußte, bis man andere fand, die auch hinausgegangen waren, daran dachte er auch.

Als sie an dem Pfad angelangt waren, der hinter dem dritten Teich ins untere Dorfende führte, versprach er Alfons, zum diesjährigen Jahresfest des Studentenverbandes mitzufahren und Mitglied zu werden.

4

Am Montagmorgen erschien Felix kurz nach sechs Uhr in Batschons Gesindestube. Die Knechte und die Mägde saßen beim Frühstück. Er wurde von ihnen, die zum Teil schon jahrelang ihre Füße unter diesen Tisch steckten, herzlich begrüßt, indem jeder für einen Augenblick Brot zu schneiden oder zu kauen aufhörte und ein Wort an ihn richtete.

Der Mittelknecht sagte: „Diesmal wird's verdammt Blasen geben! Die Großmagd konnte sie nicht schwer genug kriegen, die Garben, beim Abraffen meine ich."

Die Großmagd gab dem Mittelknecht mit dem Suppenlöffel einen Schlag auf den Arm. „Er lügt dieses Jahr noch mehr als sonst", sagte sie. „Glaube ihm nicht mal ein halbes Wort!"

„Und gable mir bloß nicht zu toll", brummte der Großknecht. „Sonst verbansele ich in der Eile die Kuhmagd mit."

Die Kuhmagd war neu. Sie hatte ein rundes, frisches Gesicht, einen Schnutenmund und ein Paar Braunaugen, die lachten, daß man ins Schwitzen kommen konnte.

Der Pferdeknecht, der immer klagte, die Arbeitszeit müsse so kurz wie die Essenszeit und die Essenszeit so lang wie die Arbeitszeit sein, löffelte als einziger noch in der Milchsuppe herum.

„Fix", er nannte Felix immer so, „guck mal nach, ob meine Gäule noch zu fressen haben."

Als sich Felix zur Tür wandte, fügte er hinzu: „Wirf ihnen Klee in die Raufe. Und die Kumte über den Hals. Machst du, Fix?"

Felix tat das nicht gern. Er konnte eine leise Furcht vor

Pferden nie ganz überwinden. Mit Kühen kam er bei der Arbeit weit besser zurecht.

Mit dem ersten Leiterwagen fuhr er hinaus auf den großen Roggenschlag. Dicht an dicht standen die Hocken, sechzehn Reihen zu je siebzig bis achtzig Hocken. Rund vierzigmal würden sie, der bucklige Bauer und er, Garbe um Garbe auf den Wagen reichen, bis der Knecht oder die Zweitmagd, die die Fuhre packten, von oben riefen: „Genug!"

Michael Batschon stand schon wartend an der ersten Hocke. Er hatte den rechten Zipfel seiner blauen Latzschürze hinter den Bund gesteckt, die Hose aus festem, leichtem Blusenstoff in die frisch geschmierten kurzen Stiefel gestopft, blütenweiß schauten die hochgerollten Hemdsärmel aus der Weste, das kluge Gesicht mit der scharfen Nase trug so viel Selbstsicherheit und Selbstbewußtsein, nicht aufdringlich, so doch offen, zur Schau, daß man den Buckel, der nicht zu übersehen war, oft übersah.

Im Augenblick schien es, als habe sich Michael Batschon ein Pack Morgensonne aufgebuckelt.

Er begrüßte seinen Ernteknecht. „Na, Felix – dann wollen wir wieder mal." Dann spuckte er in die Hände, sagte laut: „In Gottes Namen!" und legte vorsichtig die erste Garbe auf den Wagen. Die zweite Garbe reichte Felix hin. Garbe um Garbe, Hocke um Hocke, einmal der Bauer, einmal Felix. Michael Batschon trieb nicht zur Eile, obwohl er das Tempo angab; es schien fast langsam und gemächlich, aber es war ein gleichmäßiges, pausenloses Arbeiten. Der Bauer geriet dabei nicht ins Schwitzen, und Felix wagte nicht, anders als schnell mit dem Handrücken den Schweiß von der Stirn zu wischen.

Die Sonne stieg und stieg, der leichte Morgenwind legte sich schlafen, und die Kehle begann auszudörren.

Sehnsüchtig wartete Felix auf das zweite Frühstück. Und vielleicht bringt es Beate …

Zu Ostern hatte er sie flüchtig gesehen. Ein hübsches Mädchen war sie geworden. Sie besuchte in Breslau irgendeine Schule, mit Pensionat, etwas ganz Vornehmes. Wenigstens kostete es viel Geld, hatte der alte Batschon im Dorfgasthaus geprahlt.

Das Frühstück kam. Der Pferdeknecht brachte es mit. Felix schlang das Brot hinunter, um Zeit für die Zigarette zu haben. Fünfzehn Minuten ist nicht viel für zwei große Bauernschnitten und eine Zigarette.

Und dann wieder Garbe um Garbe, Hocke um Hocke, Fuhre um Fuhre.

Die Sonne kletterte zum Mittagspunkt, die Garben wurden schwerer, der Schweiß brannte salziger, die Zunge klebte durstiger am Gaumen.

Der Nachmittag verging schneller und leichter, obwohl er um eine halbe Stunde länger war; er reichte bis sieben.

Als Felix nach der letzten Garbe des ersten Tages seine Forke auf die Schulter warf, konnte er nur noch mühsam die rechte Hand nach innen drehen, um zu sehen, ob auch die zweite Blase inzwischen aufgeplatzt war; zweieinhalbtausendmal hatte er eine Roggengarbe, schwer und lang, auf das Fuder gereicht.

Aber die Müdigkeit flog während des Abendessens zum Fenster der Gesindestube hinaus, als alle über die Blasen – „wegen der paar Garben!“ – spotteten.

Felix erzählte schnell einige freche Witze in die Augen der Kuhmagd und sagte: „So, jetzt gehe ich meine Blasen wässern!“

Pfeifend schlenderte er durch Batschons Garten hinunter zum Teich; vor hundert Jahren hatte hier eine Mühle gestanden, und der Teich war das ehemalige Wehrloch, das der Vater des jetzigen Bauern verbreitert hatte. Ein Bacharm floß auch heute noch, allerdings durch Schleusen und Fischwehre, durch den Teich.

Felix vergewisserte sich, daß er allein war, warf seine Kleider ab und sprang ins Wasser.

Als er nach dem Bad am Ufer stand, in der eigentümlichen Mischung von Müdigkeit und Frische, die ein Bad nach schwerem Tagewerk hervorbringt, sah er Beate.

Sie löste kaum fünfzig Schritt entfernt die Vertäuung des Kahnes. Sie schien Felix nicht bemerkt zu haben. Leise summte sie den Schlager von den klopfenden Regentropfen vor sich hin.

Er lief, jedes Geräusch vermeidend, zu ihr. Sie wollte gerade den Kahn vom Ufer abstoßen.

Sie erschrak und schrie leise auf; an seinem Ende war der Schrei wie ein Lächeln, sie hatte Felix erkannt.

Bevor er begriff, daß Beate schön und fremd war, und bevor ihn deswegen die Verlegenheit überfallen konnte, saß er in dem breiten, niedrigen Boot dem Mädchen gegenüber.

Beate blickte ihn schräg von unten an, sah seine breite Brust, die kräftigen Schultern, das schon sonnenbraune Gesicht und sagte: „Ich bin wirklich erschrocken. Habe ...", sie zögerte, „... doch niemand gesehen."

„Und ich wollte gerade weg. Und auf einmal sehe ich ...", auch er zögerte, „... Beate."

Verflixt, so ein Quatsch! Beate wollte anscheinend nicht, daß sie sich noch duzten. Da haben sie das Mädchen in ihrer feinen Pension ganz schön schief erzogen, dachte er. Und ein Seidenkleid hat sie auch an, für so eine Kahnfahrt! Schade, sonst ist sie sehr hübsch geworden.

Beate summte wieder ihr Regentropfen-Liedchen, das sie zu lieben schien. Sie hat's wahrscheinlich mit der Romantik, dachte Felix und betrachtete sie ungeniert.

Ihre Füße – wie man auf solchen winzigen Dingern überhaupt laufen kann! – steckten in weißen Söckchen und in Sandalen aus glänzendem rotem Leder; das Kleid, rot und weiß gepunktet, lag in sechs Bahnen um sie herum, am Hals war es weit und rund; da blieb viel Platz für die zartrötliche Sommerhaut und für eine Kette aus Holzkugeln in der Farbe der Sandalen; das Haar fiel, immer noch duftig wie ein Sommerwind, modisch geschnitten bis auf die Schultern.

Felix verlor alle Verlegenheit; offensichtlich, dachte er, ist aus dem kleinen Mädchen Beate eine Gans geworden, hat den romantischen Tick: einsame Mondschein-Kahnpartie auf einem Fischteich und Regentropfen-Gesumme und Augenverdrehen von unten nach oben und „Ich schaue jeden Abend um halb zehn Uhr den großen Stern an, da, den roten, und denke an dich – und du mußt dasselbe tun!"

Aber dafür soll sie sich einen anderen Partner suchen.

Da setzte sich Beate gerade hin, sah ihn ruhig an und sagte: „Ich habe dich gesehen", sie stockte, „als du zum Baden gingst."

Er starrte sie an, und sie blickte nun doch weg. „Wenn du jetzt willst, kannst du wieder zurückrudern“, sagte sie leise und trotzig.

Er antwortete nicht; die Ruder bewegte er kaum. Beate wagte einen schnellen Blick; er saß da und freute sich. Kaum irgend etwas war noch zu erkennen, auf dem Wasser lag nur ein winziger Schimmer, aber Felix' Freude sah sie, sah sie ganz genau.

„Rudere nur zurück!“ verlangte sie. Felix schwieg.

„Ich könnte mich prügeln!“ murmelte sie.

„Das ist nun zu spät“, sagte Felix und ließ die Ruder im Wasser hängen.

Beate wußte auch, daß es zu spät war.

Er richtete sich vorsichtig auf, setzte sich auf den Boden des Kahnes und legte den Kopf an die Sitzbank neben Beates Knie. Still hockte er da.

Beates Herz schlug hart gegen die Rippen. Sie war versucht zu beten; aber welche Heilige ist zuständig für eine solche Mädchensituation? Und den lieben Gott kann man wahrlich nicht behelligen, bloß weil einem vor Angst und Freude fast schlecht ist.

Sie wünschte so sehr, in ihrem Bett zu liegen und von dem zu träumen, was jetzt wirklich war.

Sie ließ sich von der Ruderbank hinunter auf den Boden gleiten. Was kümmerte sie das seidene Kleid!

Ein Fingerbreit Nacht blieb zwischen der Mädchenschulter und dem Oberarm des Jungen.

„Ich sollte euch heute früh das Frühstück bringen“, erzählte sie leise. „Ich wollte nicht. Die anderen wären dabeigewesen ... ich wäre rot wie eine Tomate geworden.“

„Und ich hatte gehofft, daß du es bringst“, sagte Felix.

„Nicht wahr?“ Sie beugte sich vor und sah ihn an. „Ich habe gewußt, daß du wartest.“

Nach einer Weile bat sie: „Rudere jetzt zurück. Sonst schickt Mutter Alfons her.“

Felix setzte sich auf die Ruderbank, sie blieb unten sitzen. „'s ist ja mein Bruder“, sagte sie, „aber ein blöder Kerl ist er. Rechthaberisch wie ...“ Sie fand keinen Vergleich. „Und falsch.“

Der Kahn stieß ans Ufer. Felix schlang die Kette um den Baum.

Beate seufzte.

Sie wartete, bis Felix ihr die Hände reichte. Er zog sie hoch, und sie fiel gegen seine Brust. Er spürte, daß sie Angst hatte. Er führte sie aus dem Kahn und behielt ihre Hand in der seinen.

Am Zaun des Obstgartens flüsterte sie: „Lauf über die Wiese. Sonst spotten sie über uns."

„Morgen abend?" fragte er.

„Hm", machte sie und lief weg.

Felix sah ihr nach, bis die Pforte hinter ihr zuklappte.

Er ging nach Hause und wußte nicht genau, ob er glücklich war und ob er Beate liebte.

Nur die Müdigkeit spürte er in allen Gliedern und schritt schneller aus, dem Bett zu.

Mitten in der Nacht erwachte er, weil er nicht mehr atmen konnte, so prall und laut saß das Glück in seiner Brust. Er brauchte ein paar Augenblicke, bis er begriff, daß das Glück Beate hieß.

Und plötzlich meinte er zu wissen, daß alle Wege, die er gegangen war, Schritte zu ihr hin gewesen waren.

Felix – der Glückliche, Beate – die Glückliche. Er kramte Bleistift und Papier hervor, um die Verse aufzuschreiben, die sich zu bilden begannen.

Aber das Glück war zu neu und die Liebe zu unbedacht, als daß Verse sich formen konnten. Noch stak alles erst im Herzen, nicht sondiert, seziert, geordnet und gewertet vom Kopf.

Das leere Blatt in der linken, den Stift in der rechten Hand, schlief Felix ein, ein kleines Lächeln in den Mundwinkeln, traurig und erstaunt: Da er jetzt nicht ein Gedicht zu schreiben vermochte – aus dieser die Brust sprengenden Fülle des Glücks nicht mehr aufs Papier zu bringen vermochte als „Beate" –, sei doch nichts Dichterisches in ihm, nur die Freude am Wort. Und die Freude am Wort, sei es auch am schönsten Wort, macht noch keinen Dichter.

Kurz nach Sonnenaufgang weckte ihn der Vater; er sollte mit ins Futter fahren.

Als er neben dem Hund herlief, der den Wagen zog,

wußte er, daß noch nie ein Morgen so schön und so strahlend gewesen war.

Der Weg zum Feld am Bruch führte an Batschons Gut vorbei. Auf dem Hof krähte mit seiner etwas blechernen Stimme der Bauer. Oben hinter den Fenstern des ersten Stockes schlief irgendwo Beate.

Felix mußte mit jemandem über das Mädchen sprechen; der Vater war mit dem Rad schon vorausgefahren, nur Karo, der neue Hund, war da.

„Kennst du Beate, Karo?" fragte Felix.

Karo legte den Kopf schief, wedelte, so gut es im Geschirr ging, mit seinem buschigen Schwanz und blaffte kurz auf. Felix nahm das als Zustimmung, streifte die Schuhe von den Füßen und schlug dem Hund einen kleinen Galopp vor. Der Hund war sehr dafür; sie rannten, daß die Gabel und der Rechen auf dem Wagen umhersprangen und die eisenbeschlagenen Räder über die Holpersteine ratterten, als wäre die Feuerwehr unterwegs.

Beate brachte das Frühstück aufs Feld. Sie teilte schnell die Schnitten aus und lief wieder heim; sie mußte heute und die folgenden Tage, bis die alte Scheune voll war, mit auf den Bansen.

Felix war unglücklich, weil sie ihm bloß das Grußwort gönnte. Ihrem Vater erzählte sie, daß sie abends nach Wierbitz fahren müsse, um halb acht fahre sie los; ob man mit dem Rad auf dem Feldweg nach Wierbitz fahren könne?

Michael Batschon brummte, daß er das nicht wisse. Er merkte nicht, daß kein Wort für ihn bestimmt war. Und Felix, dem alles galt, begriff nicht, daß er heute sein Abendbrot hastig hinunterzuschlingen und kurz nach acht auf dem Feldweg nach Wierbitz auf Beate zu warten habe. Er war nur traurig, daß Beate kaum einen Blick, geschweige denn ein Wort für ihn übrig hatte.

Als ihr blau-roter Dirndlrock hinter den Büschen am Bach verschwunden war, biß Felix auf etwas Hartes, das in seine Schnitte eingebacken zu sein schien. Er klappte die dick mit hausschlachtener Grobwurst belegte Schnitte auf und fand außer dem eben angebissenen Stückchen Schokolade noch zwei zwischen den Wurstscheiben.

Nie hätte er geglaubt, daß Wurst mit Mokkaschokolade so wunderbar schmeckt. Mit der Schokolade kaute er noch einmal alle Worte durch, die Beate an ihren Vater gerichtet hatte. Deutlich sah er den Feldweg nach Wierbitz vor sich: Erst lief der Weg zwei Kilometer zwischen sandigen Feldern hin, auf denen nur Roggen und Kartoffeln wuchsen, dann kam die Bachbrücke, dahinter bog er nach links ab, den Hang hinauf an der Kiefernschonung vorbei nach Wierbitz, das hinter dem Hang lag. Rechts hinter der Bachbrücke schlängelte sich ein Wiesenpfad nach dem Sägewerk. Vor dem Sägewerk sperrte ein Wehr den Bach; über das Wehr konnte man auf das andere Ufer – und war auf einer kleinen, mit dichtem Buschwerk bewachsenen Insel, die der Bach in zwei Armen umfloß. Das Inselchen gehörte dem Sägemüller, der dort bestimmte Holzsorten stapelte, die er lange lagern wollte. Nach Feierabend kam kein Mensch mehr auf das Inselchen; die Arbeiter wohnten im abgelegenen Dorf, und der Sägemüller sammelte Briefmarken.

Als Felix sich und Beate eben das Inselchen betreten sah, holte der Bauer seine große altmodische Silberuhr aus der Weste, räusperte sich und sagte: „Da wollen wir mal wieder." Er stand auf und stach seine Forke in die erste Garbe.

Felix hatte nach dem Abendbrot nicht einmal Zeit, heimzulaufen, sich umzuziehen und sein eigenes Fahrrad zu nehmen; er lieh sich das Rad des Pferdeknechtes, dem er dafür seine Schinkenscheibe zu den allabendlichen Bratkartoffeln überlassen mußte.

Er fuhr über die Landstraße, die einen großen Bogen machte, nach dem Sägewerk und erreichte von dort über den Wiesenpfad die Bachbrücke in dem Augenblick, als Beate den sandigen Weg von der Kiefernschonung heruntergeradelt kam. Sie hatte lange beim Schuster getrödelt; oben an der Kiefernschonung hatte sie angehalten und sich die Augen ausgeschaut; der Feldweg war leer geblieben, irgendwo zog ein letztes Gespann nach Hause. Nun hatte sie die Unterlippe vorgeschoben und sah streng und traurig vor sich hin. Am Lenker ihres Fahrrades baumelte ein Netz, in dem ein Halbschuh steckte.

Als sie bis auf zwei Meter heran war, sprang Felix hinter

der Weide hervor auf den Weg. Beate hatte gar keine Zeit zu erschrecken, so freute sie sich.

„Ich habe gebetet", sie lachte, „damit du kommst! Einfach zum heiligen Antonius, der verlorene Dinge wiederbringt!" – „Der hat mich ganz schön ins Schwitzen gebracht", entgegnete Felix, „dein Antonius!"

„Bist du etwa über die Landstraße …?"

„Ja."

„Das ist gut", sagte sie. „Es brauchen nicht gleich alle zu wissen." Sie sah ihn an. „Ich habe daheim gesagt, vor zehn bin ich nicht zurück."

„Komm!" sagte er.

Sie lief neben ihm her über das junge Wiesengras, das schon tauig wurde. Sie fragte nicht, wohin er sie führte.

Am Wehr balancierte er zunächst ihre beiden Räder hinüber, dann erst nahm er Beate an der Hand. Sie fanden mitten zwischen hüfthohen Brennesseln und großblättrigen Schierlingsstauden einen Bretterstapel, hoch wie eine Bank, glatt und trocken; dahinter stand ein zweiter, höherer Stapel. Das war die Lehne für ihre Bank.

„Hier sind wir ganz allein auf der Welt", sagte Felix. Er legte seinen Arm um ihre Schultern.

Sie kuschelte sich in der Kuhle zwischen Arm und Brust zurecht und sagte: „Meine Mutter hat schon etwas gemerkt."

Sie wollte sagen: Ich habe keine Angst mehr, nicht vor den anderen und nicht vor uns beiden.

Eine Mücke surrte. Beate zog die Beine an und versteckte sie ganz unter dem weiten Rock.

Die Mücke ließ sich auf Felix' linkem Arm nieder. Er spürte es nicht, er erzählte dem Mädchen, wie er heute nacht plötzlich gewußt habe, daß er sie liebe.

Beate wiegte sich in seinem Arm hin und her und hörte aufmerksam zu. Dann sagte sie: „Weißt du, wie du mir einmal vor vier Sommern mittags entgegengekommen bist, als ich mit den Wasserkannen nicht weiterkonnte?"

„Ja. Du hast mich ganz fest angeschaut und gewünscht, ich sollte dir helfen."

„Du gingst vorbei, und auf einmal wandtest du dich um und halfst mir." Sie schwieg.

„Ja“, sagte er.

„Seit damals liebe ich dich.“ Sie sagte es ganz einfach und still.

„‚Felix‘ heißt der Glückliche“, flüsterte er nach einer Weile.

„Ich weiß“, sagte sie. „Und ‚Beate‘ die Glückliche.“

Später, als es an der Zeit war, wieder über das Wehr zu gehen, küßte er sie. Ihre Lippen waren kühl und spröde und unerfahren, und mitten im Kuß lachte sie leise.

„Es kitzelt so“, sagte sie.

Sie nahm seine Hand und hielt sie fest; es war ihr genug so, und es war ihr mehr als Küssen. Es fuhr sich auf dem ausgefahrenen Feldweg nebeneinander nicht sehr gut; aber es fuhr sich schön.

Erst kurz vor dem Dorf ließ sie die Hand los.

Sie sprangen von den Rädern.

„Macht es dir viel aus“, fragte sie leise, „das Küssen? Ich mag es nämlich nicht gern.“ Und schnell fügte sie entschuldigend hinzu: „Ich weiß, es ist dumm.“

„Gar nicht“, Felix beteuerte es ernsthaft. Er gab ihr die Hand. „Gute Nacht.“

Er blieb stehen, während sie vorausfuhr. Sie wollte es so, damit sie niemand zusammen zurückkehren sähe. Sie hatte kaum zweimal die Pedale getreten, als sie wieder vom Rad sprang. Er lief schnell zu ihr.

„Vielleicht lerne ich es noch“, sagte sie. Ihre Augen waren jetzt wie Brombeeren, wenn nach einem Schauer die Sonne voll auf sie scheint. Hastig fuhr sie davon.

Im Schutze der gemauerten granitnen Torbögen des väterlichen Hofes schaute sie noch einmal zurück und winkte.

Eine Viertelstunde später schlich sich Felix durch den Garten in den Hof und stellte das Fahrrad des Pferdeknechts in die Geschirrkammer.

Der ganze Hof schlief schon. Felix lief durch den Garten zurück. Ein einziges Fenster im ersten Stock war erleuchtet, das dritte von rechts, gleich neben dem Haferbirnbaum: Beates Fenster.

Das Licht erlosch.

Nun war die Nacht Nacht.

Die Tage hießen Beate, und es waren ihrer noch viele: noch vierundzwanzig Tage Beate.

Eine Ewigkeit Beate. Nicht vorzufühlen, nicht auszuträumen.

5

An einem dieser Tage – längst schon versteckten sie sich nicht mehr – saßen sie nach dem Abendbrot vor der Haustür auf dem runden Betonsockel der Hofpumpe, erzählten sich ein wenig, neckten sich ein wenig und sahen der rundgesichtigen Kuhmagd zu, die sich abmühte, ein paar Flecke aus einer Schürze zu entfernen. Die Schürze war aus leuchtendblauem in sich gemustertem Damassé; vier Meter Stoff steckten in ihr, es war die beste Sonntagsschürze der Magd. Die Flecke – Ölflecke, vielleicht vom Fahrrad – waren hartnäckig.

„Ich habe gutes Fleckenwasser", sagte Beate. „Es steht auf dem Waschtisch in meiner Stube."

Die Küchenmagd holte es, tränkte ein Leinenläppchen mit der stark riechenden glasklaren Flüssigkeit und stellte das Fläschchen unverschlossen neben sich auf die Steinbank.

Da rief von innen die Bäuerin. Die Magd lief ins Haus. Dabei fiel die Flasche um, und die Flüssigkeit rann auf den Stein und tränkte die Schürze.

Die Magd kam wieder; hinter ihr trat der Zweitknecht unter die Haustür, brannte sich eine Zigarette an und warf das Streichholz auf die Seite.

Im nächsten Moment schoß eine bläuliche Stichflamme hoch und fraß in rasender Geschwindigkeit die leuchtendblaue Schürze.

Die Magd schrie auf und setzte sich auf die Schürze; die Flamme erstickte.

Dann hielt sie die Schürze mit ausgestreckten Händen vor sich; mitten in das leuchtende Blau war ein schwarzgerändertes großes Loch hineingebrannt. Fassungslos starrte die Magd darauf, aus ihren Augen rannen Tränen. Mit aufgerissenen Augen und offenem Mund stand der Zweitknecht auf der Stufe.

In diesem Augenblick brach Beate in lautes Gelächter aus. Unwillkürlich stieß Felix sie an.

Sie wandte sich zu ihm, die Augen noch voller Lachen.

„Wie sie guckten, die beiden!"

„'s ist ihre beste Schürze!" sagte Felix.

„Ich weiß, aber es war einfach zum Lachen, wie sie dastanden ..." Sie konnte sich immer noch nicht beruhigen.

„... hat fünfzig Mark gekostet ...", schluchzte die Magd.

Fünfzig Mark: vier Monatslöhne der Kuhmagd, drei des Zweitknechtes.

„Ihr hättet euch sehen sollen!" sagte Beate.

Felix erhob sich vom Brunnenstein und trat zu der Magd.

„Vielleicht ist der Bauer versichert", sagte er. „Dann kann man das schon hindrehen ..." Er fauchte den Zweitknecht an. „Schmeiß nicht mit Streichhölzern in der Gegend herum!" Er ärgerte sich über Beate. Wie konnte sie lachen, wenn das zum Weinen war? Vier Monate Arbeit.

Die Magd weinte. Beate sah von ihr zu Felix hin. Er schaute streng und unzufrieden drein.

Beate war unglücklich. Ich kann doch nichts dafür, dachte sie, daß ich lachen mußte. Es war doch so furchtbar komisch!

Beate durfte abends kaum noch aus dem Haus. Wollte sie zum Schuster oder zur Schneiderin, mußte sie am Tage hin. Der Bauer hatte zu seiner Frau gesagt: „Ich habe ja nichts dagegen, wenn Beate freundlich ist zu dem Hanusch-Burschen. Aber ich möchte nicht, daß sie sich mit ihm verplempert."

Zu Felix war der Bauer sehr freundlich. Auch die Bäuerin sprach manchmal mit ihm, als wäre er ein Großknecht. Und gute Großknechte waren fast soviel wert wie eine Herdbuchkuh im Stall.

Einmal luden sie ihn sogar sonntags zum Mittagessen ein. Er band sich seinen besten Kragen um und knüpfte den Binder mit größter Sorgfalt; das erwies sich aber als unnötig, weil für ihn – wie alle Tage – der Platz am Gesindetisch zwischen der Kuhmagd und dem immer hungrigen Pferdeknecht gedeckt war.

Nach der Suppe allerdings trat die Bäuerin auf die Schwelle zwischen Wohnzimmer und Gesindestube und sagte:

„Du solltest doch mit uns essen, Felix!"

„Ich bleibe hier", entgegnete er.

„Das hat die Küchenmagd verbummelt", erklärte die Bäuerin.

Die Küchenmagd trat eben mit den Kartoffeln ein. „Sie haben mir ja gar nichts gesagt!"

„So?" Die Bäuerin blieb ganz ruhig. „Da habe ich es eben vergessen." Sie schloß die Verbindungstür wieder.

Der Großknecht sagte: „Los, Felix – drüben gibt's Brathähnchen!"

„Mir ist ein hübsches Hühnchen lieber", sagte Felix in die Augen der Kuhmagd. Am Gesindetisch gab es Huhn mit Reis.

„Bin keine Henne!" Die Magd protestierte.

„Habe ich das etwa gesagt?" fragte Felix und machte unschuldige Augen.

Die Magd sagte: „Du glubsche nur deine Beate an! Wir sind ja doch nicht fein genug für dich."

Das gleiche habe ich zu Beate gesagt, dachte Felix.

„Ich denke", sagte er, „*wir* beide sind uns immer noch fein genug. Wir essen ja auch aus einer Schüssel."

Wirklich, sehr freundlich waren die Bauersleute zu ihm. Aber die Bäuerin sorgte dafür, daß Beate und er keine Möglichkeit mehr bekamen, sich abends oder sonntags außerhalb des Hofes zu sehen.

Einmal luden sie Weizen auf dem entferntesten Acker. Beate brachte mit dem Rad das Vesperbrot hinaus.

Als sie zurückfuhr, geriet ihr Rock in die Kette. Felix lief hin.

„Mach langsam!" flüsterte sie. „Ich habe so lange geprobt, bis ich es gelernt habe, den Rock in die verflixte Kette hineinzukriegen!" Sie lächelte und drückte ihr nacktes Knie an seinen gebeugten Kopf.

Er tat, als könnte und könnte er den Rockzipfel nicht aus

der Kette lösen. Dabei kommandierte er laut: „Dreh mal! Vor! Zurück!“ und fragte leise: „Soll ich heute abend warten? Am Teich vielleicht?“

„'s hat keinen Zweck.“ Sie war traurig. „Sie lassen mich ja doch nicht hinaus. Aber am Sonntag fahren wir nach Breschka, nachmittags ist Reiterfest, abends Tanz. Komm hin!“

„'s ist 'n SA-Fest!“

„Aber wir können zusammensein. *Wir* fahren übrigens zu meinem Onkel zur Hauskirmes.“

„Nimm die Kette herunter, wenn's nicht anders geht!“ rief der Bauer herüber.

„Ich hab's gleich“, rief Felix zurück und flüsterte: „Ich komme hin.“

Er löste den Rock.

„Danke!“ sagte Beate laut und fuhr davon.

Als Felix am Sonntagnachmittag am ersten Haus des Dorfes Breschka anlangte, riß der Himmel alle Schleusen auf. Die herabstürzenden Wassermassen machten die abschüssige Dorfstraße im Augenblick zum reißenden Sturzbach und das mit Fahnen gesäumte Stoppelfeld, auf dem das Reiterfest stattfinden sollte, zu einem morastigen See.

Felix wartete in der engen Gaststube des kleinen Wirtshauses, daß der Regen aufhöre. Der Regen hörte nicht auf, er wurde nur langsamer und gleichmäßiger.

Die Gaststube war voll junger Burschen aus dem Dorf und den Nachbardörfern. Das Fest war ihr Fest: Seit urdenklichen Zeiten fand das „Rennen über die Stoppeln“ statt, wenn die letzte Garbe in der Scheune geborgen war. Nach und nach war daraus ein dörfliches Volksfest, eine kleine Kirmes geworden.

Und die Burschen tranken sich laut und lustig zu – aus lauter Freude über den Regen, der das Fest ertränkt hatte. Denn in diesem Jahre wäre es zum erstenmal nicht ihr Fest gewesen; die SA hatte sich des Volksbrauches bemächtigt.

Nur ein einziger aus dem Dorf hatte sich an den Reiterspielen beteiligen wollen: der Sohn des Ortsbauernführers Johann Batschon.

Die Burschen in der Gaststube freuten sich und tranken

dem Regen zu. Mit ihrer Freude steckten sie Felix an. Er trank mit ihnen, zwei oder auch drei Glas, und dann sangen sie.

Ein Bursche stimmte das Lied an, das sie sonst zum Stoppelreiten sangen. Dreizehn Verse hatte das Lied. Sie sangen alle dreizehn.

Dann begannen sie ein neues, ein drittes, ein viertes. Sie hatten einen Vorsänger hier, einen dunklen, schwarzgelockten Burschen mit einer breiten Narbe quer über der Stirn. Es war der junge Stellmacher des Dorfes.

Die winzige Gaststube – vier Tische standen da – füllte sich immer mehr. Ein Bursche nach dem anderen erschien, vom Gesang, der durch die offenen Fenster ins Dorf schallte, herbeigelockt; auch einige verheiratete Männer kamen. Ein jeder schüttelte lachend den Regen von seiner Mütze, suchte irgendwo Platz für seine Füße und sang mit und freute sich mit.

Der Regen vertröpfelte sich, als es Zeit war, das Vieh zu füttern. Felix, der nicht einen der Burschen gekannt hatte, wurde von dreien aufgefordert, mit zum Abendbrot zu kommen. Er ging mit dem jungen Stellmacher.

„Das hat der Petrus fein gemacht, mit dem Regen!“ sagte der Stellmacher und fragte: „Bei euch oben wird nicht soviel gesungen, nicht?“

„Nein“, antwortete Felix. „Ihr im Niederland singt mehr.“

„Wir trinken auch mehr.“ Der Bursche nickte und lachte. „Aber nie zuviel! Und Wasser trinken wir überhaupt nicht.“

Er sang:

> Wenn mein Mund möcht' Wasser trinken,
> schwer mein Beutel täte sein …

Es war weit bis zur Stellmacherei ganz am Ende des Dorfes. Sie kamen an einem großen Hof vorbei. Eine Fahne hing zum Bodenfenster heraus. Auf dem Hof stand die Kutsche, mit der Beate gekommen war.

Das Abendbrot bei den Stellmachersleuten dauerte lange, weil auch dort auf den guten Regen getrunken werden mußte.

Es stellte sich heraus, daß Felix zu Verwandten geraten

war; die Stellmachersfrau hatte gefragt, wer und woher er sei, und behauptete nun: „Eigentlich bin ich so etwas wie eine Tante von dir."

Felix hatte nie von einer Verwandtschaft gehört, die sie in Breschka hätten.

Die Frau begann die Beziehungen zu entwickeln, verwirrte und entwirrte die verschlungenen Fäden – „dessen Tochter war eine Tante von der Großmutter mütterlicherseits deiner Mutter ..." – so lange, bis alle am Tisch lachten und keiner mehr wußte, ob er nicht der eigene Onkel oder gar die eigene Schwiegermutter sei. Doch die Stellmachersfrau wußte am Ende ganz genau, seit wann und durch wen sie und Felix verwandt waren. Das Jahr allerdings wußte sie nicht, aber die Generation: Ihr Großvater und Felix' Urgroßmutter waren Vetter und Base gewesen.

Dann sangen sie auch hier ein Lied und noch eines und noch eines. Der alte Stellmacher hatte einen helleren Tenor als sein Sohn; seit dreiundzwanzig Jahren fuhr er jede Woche einmal zu den Proben des Gesangvereins „Lilija".

Das erzählte er nach dem letzten Lied und zweifelte, ob er das silberne Sängerjubiläum noch werde feiern können oder ob die Nazis schon eher alle sorbischen Gesangvereine verbieten würden. „Aber das möge ihnen der liebe Gott verhageln", sagte er, „wie er es ihnen heute verregnet hat!"

Als Felix und der junge Stellmacher endlich zum Tanzsaal kamen, war er bereits so überfüllt, daß die Burschen schon auf der Treppe standen. Doch als die Musik einsetzte – eine Klarinette, eine Geige, eine Trompete –, drängte alles in den kleinen, niedrigen Saal; mit der Woge gelangte auch Felix hinein.

Es gab keine Tische, rundum lief eine Bank – nur das Thekenfenster war ausgespart – und auf der Bank saßen dicht an dicht die Mädchen.

Beate tanzte; sie fiel sofort auf, weil sie das einzige Mädchen war, das keine Tracht trug.

Ihr Tänzer war ein großer, kräftiger Bursche mit einem runden roten Kopf. Beate schien sich nicht sehr wohl zu fühlen, sie blickte unentwegt am rechten Ellbogen des Burschen vorbei.

Felix machte ihr Zeichen, aber sie bemerkte es nicht.

Der Tanz endete, und der Bursche hob zum Dank nachlässig Beates linke Hand und kehrte zu seinem Stehplatz in der Nähe der Tür zurück, er trug braune Reithosen und hohe Reiterstiefel.

Beate saß klein und unglücklich in der gegenüberliegenden Ecke zwischen zwei großen, kräftigen Mädchen. Sie erdrückten Beate, die weder dünn noch klein war, schier mit ihren breiten Miederbrüsten, den gestickten weißen Puffärmeln ihrer Leinenblusen, den vielfach gefältelten leuchtendroten Röcken und blauen Seidenschürzen. Sie lachten laut und unbekümmert und fröhlich.

Irgendwo im Saal begann eine Mädchenstimme – ein kräftiger, dunkler und voller Alt – zu singen; schon beim dritten Wort sang der ganze Saal, auch der Bursche in den braunen Reithosen sang. Nur Beate saß still zwischen ihren beiden Nachbarinnen, die auch so kräftig zu singen schienen, wie sie gebaut waren.

Es war das Lied vom Stoppelreiten. Felix kannte es seit dem Nachmittag; auch Beate erfaßte bei der dritten Strophe den Refrain, und Felix sah, daß sie froh war, nun nicht länger ausgeschlossen zu sein.

Wieder sangen sie alle dreizehn Verse, und eine einzelne Burschenstimme trug, bevor die Musik einsetzte, einen neuen, vierzehnten Vers vor – einen lustig-frechen Spottvers auf die ins Wasser des Wolkenbruchs gefallene Reiter-SA.

Schadenfroh nahm der Saal den Refrain auf und sang ihn gleich zweimal. Beates Tänzer aber schaute finster drein.

Mit dem zweiten Takt des neuen Tanzes stand Felix vor Beate. Sie sah ihn einen Augenblick ungläubig-erstaunt an, und dann wurde ihr Gesicht vor Freude breit wie das ihrer Nachbarinnen. Und die Musik spielte, als sei es für sie, die „Regentropfen“.

„Ich habe nicht geglaubt, daß du noch kommst“, sagte Beate.

„Zu dir fahre ich um die ganze Welt“, entgegnete er und zog sie näher heran.

„Ich bin mit meinem Cousin hier“, erzählte Beate. „Er kann gar nicht gut tanzen.“

„Welcher ist es denn?“

Beate blickte sich um. „Der da.“

Es war der mit den hohen Reiterstiefeln. Er kümmerte sich nicht mehr um seine Base, seit Felix mit ihr tanzte. Die verwandtschaftliche Höflichkeit war nicht länger erforderlich.

Ihnen war es recht so. Felix merkte bald, daß auch kein anderer der Burschen kam, um mit Beate zu tanzen. Es war wohl das blaue Seidenkleid, das sie fremd und fein machte.

„Ich hätte heulen mögen wie ein Schloßhund“, gestand sie. „Wo bist du denn so lange geblieben?“

Er berichtete.

Sie schwieg einen halben Tanz lang; dann sagte sie: „Ich finde es gemein, sich über den Regen zu freuen. Sie haben sich solche Mühe gegeben!“

„Wer?“ fragte Felix erstaunt.

„Die Jungens vom Reitersturm.“

„Aber“, sagte er, „das ist doch die SA!“

„Trotzdem!“ meinte sie. „Du hättest die Pferde sehen sollen, wie fein geputzt und geschmückt sie waren. Es wäre ein schönes Fest geworden!“

Sie begreift nicht, daß es jetzt erst ein Fest geworden ist, dachte er. Sie muß doch merken, wie sich alle von Herzen freuen, wie sie den Regen feiern.

„Ich freue mich jetzt noch, daß die SA reingefallen ist!“ sagte er trotzig.

Sie schob die Unterlippe vor und schwieg.

Später bat er, sie möge mit ihm hinausgehen.

„Mein Cousin klatscht bestimmt“, entgegnete sie. „Überhaupt muß ich gleich gehen. Wir fahren heim.“

Sie trotzten sich gegenseitig an, bis es Beate leid war.

„Geh gleich nach dem Tanz hinunter und warte“, sagte sie.

Sie blieben oben, bis ein neuer Tanz begann; dann schlüpfte sie ungesehen an ihrem Cousin vorbei aus dem Saal.

Es nieselte wieder leicht. Schweigend und schnell schritten sie die Dorfstraße hinunter.

„Wir können durch den Garten in die Scheune …“, sagte Beate.

Auf dem lehmigen Gartenpfad zerriß sie sich an einem Stachelbeerzweig einen Strumpf, und Felix stieß sich das Schienbein wund an einem Pflug.

Sie schlüpften in die Tenne und fielen sich in die Arme. Sie drängten sich aneinander und vergaßen den Regen, den zerrissenen Strumpf, das aufgeschürfte Schienbein.

Sie fuhren auf, als sie im Pferdestall nebenan Beates Vater und ihren Onkel, die den Gaul anschirrten, sprechen hörten. Nun galt es, einen Augenblick abzupassen, da niemand auf dem Hofe war, damit Beate schnell ins Haus laufen könnte.

„Es wäre so schön gewesen, wenn der Regen nicht gekommen wäre …", flüsterte sie. „Es ist schlecht, wenn sich die Leute darüber freuen. Uns hat er ja auch geschadet."

„Ja", sagte Felix.

Er klinkte die Tennentür auf; der Hof lag leer und still. Beate sprang leise die wenigen Schritte zur Haustür hinüber.

Felix hatte zu Beate gesagt, daß er auch gleich nach Hause fahren werde; plötzlich aber verspürte er Lust, noch zu bleiben, noch zu tanzen – mit den beiden Mädchen vielleicht –, noch zu singen – den schönen, neuen vierzehnten Spottvers auf den Reitersturm vielleicht –, und sich noch ein wenig zu freuen – mit dem jungen Stellmacher vielleicht und mit den anderen Burschen und den anderen Mädchen.

Beates Cousin wäre dann der einzige, der sich nicht freute. Aber das ging ihn ja nichts an. Und Beate war nicht mehr da. Felix schämte sich, aber es war schon so: irgendwo ganz tief drinnen war er froh, daß sie nicht mehr da war.

Er blieb, bis die Musiker die Instrumente einpackten. Als er nach Hause kam, kroch die Sonne langsam am Schornstein herunter.

Die Mutter schimpfte: „So eine Nachtkrähe! Du bist noch viel zu jung, um die Nacht durchzutanzen! Und getrunken hast du sicher auch! Und mit diesem Batschon-Mädel – das führt zu nichts!"

Er sagte, er sei nüchtern wie Karo, der ihn aus seiner Hütte angähnte, Beate sei um zehn weggegangen, und er habe eine Großgroßgroßtante entdeckt. Und außerdem die Burschen und Mädchen eines ganzen, wenn auch kleinen Dorfes zu Freunden gewonnen.

Aber darüber brauchte er gar nicht mehr zu berichten. Der Mutter genügten die aufgefundenen Verwandten, von denen sie mehr wissen wollte.

Felix zog sich für die Arbeit um und erzählte dabei von den Urur- und Urgroßeltern, brachte alles durcheinander, aber die Mutter freute sich trotzdem.

Als er die Garbenforke schon auf der Schulter und eine dicke Schmalzstulle in der Hand hatte, sagte er, der Reitersturm sei in den Wolkenbruch gefallen.

„Das ist recht so", sagte der Vater, der im Garten die Sense gedengelt hatte und jetzt dazutrat, „die sollen uns unsere Feste lassen."

Die Mutter nickte. Felix bemerkte erstaunt, daß sich der Vater um Volksbräuche kümmerte. Bis jetzt war ihm das noch nie aufgefallen.

Als er kurz vor Batschons Hof war, fiel ihm ein, daß es auch für ihn das erstemal gewesen war, daß er sich wegen irgendwelcher Bräuche oder Volkslieder aufgeregt hatte.

6

Ihr zweites Fest feierten Beate und Felix am Tag der Silberhochzeit eines Bruders der Bäuerin, der sich als Rechtsanwalt in Dresden Ansehen, zwei Mietshäuser und so viel Vornehmheit erworben hatte, daß er nur noch zu besonderen Anlässen Sorbisch verstand.

Michael Batschon und seine Frau stiegen am Sonnabendnachmittag um ein Viertel nach zwei in den Postomnibus.

Eigentlich begann mit dieser Minute das Fest für Beate und Felix, wenn auch Felix weiterhin draußen Weizengarben auf die Fuder reichte und Beate in der Küche auf der Herdbank saß und sich den Kopf zergrübelte, wie sie morgen Bäuerin spielen – das war der Befehl der Eltern – und gleichzeitig möglichst viele Stunden für ihre Liebe herausschlagen sollte.

Sie bewies, daß sie nicht vergebens auf ihrer teuren Schulbank saß: Wo stand es geschrieben, daß Knechte und Mägde nicht auch einmal Kaßler kalt mit Mayonnaisensalat essen durften? Und eignete sich eine Fruchtkaltschale sommers nicht auch für den Gesindetisch?

Beate besprach sich mit der gleichaltrigen Küchenmagd. Die war sehr für die kalten Geschichten, denn soviel sie abschätzen konnte, ergaben die einen schnelleren Abwasch und damit eine halbe Stunde mehr Freizeit.

Die größte Schwierigkeit bot ohne Zweifel Alfons, der Bruder. Aber der Duckmäuser kam in die Küche geschlichen und redete lange um den Brei herum, der, wie es sich nach und nach herausstellte, Angela hieß und eine Lehrerstochter aus einem Ort in der Nähe Bautzens war. In Bautzen feierte man das Schützenfest, und besagte Angela wollte gern mit dem langen Alfons auf die Achterbahn steigen, türkischen Honig schlecken und das Glücksrad drehen. Und zu diesem Zweck war es notwendig, daß Alfons schon am Sonntagmorgen von daheim verschwand.

Die Schwester halte sein Glück sozusagen auf der Zunge, erklärte er; den Eltern wolle er vorläufig noch nicht eröffnen, daß er sich nach reiflicher Prüfung der geistlichen Laufbahn nicht für würdig und für ein Leben ohne Liebe nicht stark genug erachte. Wenn Beate den Schnabel halte, bringe er ihr auch eine Tafel Schokolade von der Schießbleiche mit.

Beate hatte viele Einwände und erreichte so, daß er zwei Tafeln Schokolade und eine große Rolle Pulsnitzer Pfefferkuchen bot. Nun versprach sie ihm, zu schweigen wie zwei Gräber. „Wie ein ganzes Familiengrab auf einmal“, sagte sie und lachte. Sie lachte vor lauter Glück, aber das brauchte Alfons nicht zu wissen. Sie erklärte ihm statt dessen noch, daß er ihr lieber das bare Geld geben solle, sie kaufe sich dann die Pfefferkuchen und die Schokolade nach eigenem Geschmack.

Am Nachmittag pellte sie mit der Küchenmagd Kartoffeln und brachte ihr bei, daß sie morgen mittag alles allein zu erledigen habe.

„Felix und ich“, bekannte sie, als ihr keine glaubwürdige Ausrede einfallen wollte, „wir machen morgen einen Ausflug.“

Sie sagte, alles hänge nun davon ab, ob die Küchenmagd ihr verspräche zu schweigen, den Eltern und auch dem übrigen Gesinde gegenüber.

Die Küchenmagd hatte ebenfalls eine junge Liebe, wenn auch keine heimliche, weil es nämlich niemanden gibt, für den eine Küchenmagd zu gut wäre.

Sie gönnte Beate den Felix, und, ihr ganz und gar unbewußt, gönnte sie es auch den Bauersleuten, daß ihre Tochter von einem, der den ganzen Sommer am Gesindetisch saß, abgeküßt wurde.

Sie sagte, Beate könne unbesorgt fahren, von ihr jedenfalls erfahre kein Mensch ein Sterbenswörtchen.

Durch Alfons' Abwendung von der himmlischen und Hinwendung zur irdischen Liebe und durch den Preis, den er dafür zu zahlen gewillt war, löste sich für Felix und Beate das letzte der Probleme: die Finanzierung des Ausfluges.

Beate hatte ihr ganzes Geld für die Schneiderin ausgegeben, immer in der Hoffnung, einmal werde es ihr doch gelingen, abends oder sonntags allein hinzufahren; aber alle diese Versuche, Zeit für sich und Felix zu erkaufen, waren durch die Wachsamkeit der Bäuerin fehlgeschlagen.

Das Taschengeld wurde ihr und dem Bruder sehr knapp bemessen. „Sie bekommen alles, was sie brauchen“, pflegte Michael Batschon zu sagen, „und jungen Leuten zuviel nicht selbst verdientes Geld in die Hand zu geben, heißt, sie die Arbeit mißachten zu lehren.“

Da auch Felix nichts besaß, bedeuteten also die fünf Mark von Alfons die finanzielle Rettung ihres Planes, der vorsah, den berühmten Muskauer Park zu besuchen. Einen Teil des Weges wollten sie mit der Eisenbahn fahren und die Räder aufgeben.

Nach dem Abendbrot, während Felix im Garten unter dem Wohnzimmerfenster Beates Rad putzte und Beate, auf der Fensterbank sitzend, den Fahrplan studierte, legten sie Reiseroute und Abfahrzeit endgültig fest.

Trotzdem ging alles schief, weil Alfons am nächsten Morgen so lange trödelte, daß es aussichtslos war zu versuchen, den Zug auf der fast zehn Kilometer entfernten Station noch zu erreichen.

Sie ärgerten sich zunächst, aber schon als sie die Räder die steile, gewundene Straße zum Steinbruch hochschoben, fanden sie, daß es gar nicht auf den Muskauer Park ankäme, sondern nur darauf, daß sie zusammen waren – für mehr als zwölf Stunden.

Beate hatte ihre Mundharmonika mitgenommen; sie spielte, und Felix pfiff und brummte dazu.

Die Straße auf der Ostseite des Steinbruches war flach und gut im Stand, die Speichen der Räder blitzten, der Tau ringsum blitzte, die Vögel machten Musik, und sie machten Musik, die wenigen Menschen, denen sie begegneten, hatten Sonntagsgesichter aufgesetzt, und sie waren jung und die Welt war schön und die Welt gehörte ihnen.

Nach zwei Stunden fuhren sie durch ein kleines Dorf; gleich hinter dem letzten Haus begann der Heidewald, und gleich zwischen den ersten Kiefern erblickten sie einen Teich, grün und blau und weißgrün das Schilf ringsum, blau vom Himmel und weiß von den Wolken das Wasser.

Das eine Ufer kletterte einen Hang empor, nicht höher als ein volles Erntefuder; weich und warm und still und für sie bestimmt schien der Hang. Sie hatten große Mühe, mit ihren Rädern durch das sperrige Unterholz und das moorige Teichufer zu gelangen. Aber dann sahen sie, daß der Hang schöner war als der ganze Muskauer Park, weil er nur für sie voller Sonne und nur für sie voller Einsamkeit war und daß niemand ihnen zusehen konnte als die Fischreiher, die ihre struppigen Horste in den höchsten Kiefern gebaut hatten. Als sie das alles festgestellt hatten, sagte Beate: „Alfons muß für seine Bummelei eine Mark zurückkriegen!“

Es erwies sich, daß sie einen Luftanzug unter der Bluse und dem Rock trug. Sie streckte sich lang und faul in den warmen rieselnden weißen Sand und murmelte: „Wenn ich hungrig werde, mußt du Fische fangen. Und Beeren suchen.“

„Ja“, sagte Felix neben ihr.

„Und Bären fangen.“

„Bitte sehr."
„Aus dem Fell machst du dir einen Pelz."
„Hm."
„Und aus den Hauern kriege ich eine Halskette."
„Bären haben keine Hauer."
„*Mein* Bär hat Hauer! Und den Bärenschinken brate ich dir mit Rührei ..."
„Reiherrühreier?"
„Egal. Vielleicht gibt es auch Ameiseneier."
„Sicher."
„Und dann schmeckt es dir wunderbar. Und was machst du dann?"
„Ich sage: Hat prima geschmeckt."
„Und dann?"
„Und dann? – Nichts dann!"
„Nichts?"
„Gar nichts!"
„Kein Gar – Garnichts?"
„Ham ... vielleicht ..."
Die Hand kroch über den weichen Sand zu dem Mädchen hin.
„Was?"
Die Hand ertastete die Mädchenhand und zog sie heran: Gerade den Handteller kann man so küssen. Er küßte ihn. Dann die bläuliche Ader dort, wo sie klopft. Und an ihr entlang bis zum Ellbogen.

Er hat ja soviel Zeit. Zeit, alle Tupfen der rechten Mädchenschulter zu zählen, die blassen Sommersprossen und die dunklen Leberflecke.

„Der Saisontupfen sind es neunzehn, der ständigen vier und ein halber", sagte Felix und war schon angelangt an der weichen, zartgeflaumten Linie, die vom Ohr zum Mund führte.

Auch das Mädchen hat Zeit, ein ganzes langes Leben wird ja ihnen gehören. Sie atmet ruhig und sanft. Trotzdem hat sie Angst. Aber die Angst sitzt nicht in ihrem Blut, nicht in dem mit dünner bunter Baumwolle kaum bedeckten Leib; die Angst sitzt irgendwo anders, vielleicht in ihrem Kopf, der viel über Sünden gelernt hat. Vielleicht rührt sie auch daher, daß das Mädchen schon mit der Muttermilch in sich eingesogen hat, daß es zwei verschiedene Tische gibt, an die man sich setzt.

„Du mußt nicht bange sein", flüsterte er.

Das Mädchen seufzte. Und es wußte selbst nicht, ob befreit. Sie legte den Arm um den Hals des Burschen und zog ihn in ihren Kuß herab. Sie glaubte, der Kuß würde alles lösen.

Sie küßten sich satt und sie küßten sich hungrig auf diesem Hang. Sie rauften sich und sie erzählten sich, was sein würde: Märchen. Und sie glaubten an die Märchen.

Sie lebten auf einer Insel, ganz allein. Niemand ist um sie: kein Bauer, der sieben Pferde im Stall stehen hat, und kein Steinbrucharbeiter, der Kinder zeugt, damit der Bauer Knechte für seine Pferde hat.

Keine Bäuerin ist da, die schon einen Schwiegersohn für sich auf den Hof weiß und insgeheim ihre Fäden spinnt.

Keine Nazis sind da, über deren Feste sich der eine freut und der andere ärgert.

Alles ist einfach und gut auf ihrer Insel: sie lieben sich, und sie küssen sich. Und ihre Küsse sind Zauberküsse: sie binden und sie lösen. Sie binden zusammen – Beate und Felix. Und sie lösen alles, was sie mit anderen und anderem verbindet.

Sie küßten sich und wurden trotzdem hungrig; als sie beschlossen, daß Felix ins Dorf laufen sollte, um aus dem Gasthof Brot und Wurst und Limonade zu holen, wunderten sie sich nur darüber, daß sie so lange Zeit ohne zu essen ausgehalten hatten.

Dennoch glaubten sie weiter fest an die Zauberkraft ihrer Küsse und ihrer Liebe.

Als sie abends ihre Räder vom Steinbruchhügel in die sinkende Sonne laufen ließen, sahen sie deutlich ihr Dorf vor sich liegen. Genauso deutlich sahen sie ihre Zukunft vor sich. In vierzehn Tagen fahren sie beide weg. Beate in ihre vornehme Pension nach Breslau und Felix zurück auf sein Gymnasium. Sie werden Sehnsucht haben nacheinander, sie werden sich schreiben und werden einen Stern haben, in dem sich ihre Träume täglich treffen.

In neunzehn Monaten wird Felix sein Abitur bestehen, glänzend bestehen, dann wird er studieren, nach vier Jahren wird er Doktor rerum politicarum sein, wird eine gute Stellung als Schriftleiter erhalten, und dann werden sie heiraten.

Auch der Tag ihrer Hochzeit liegt schon fest: Auf den Tag genau heute in sechs Jahren wird Felix Hanusch Schwiegersohn des Bauers Michael Batschon werden.

Am nächsten Vormittag brachte der Pferdeknecht ein winziges Zettelchen mit aufs Feld, das er Felix offen übergeben konnte, weil der Bauer noch nicht draußen war.

„Es ist alles aus", stand auf dem Zettel.

Nach dem Mittagessen wurde Felix von Michael Batschon ins Wohnzimmer gerufen. „Ich brauche dich nicht länger", sagte er kalt. „Hier ist dein Lohn."

Es waren zwölf Mark diesmal, der Monatslohn der Kuhmagd.

Felix krampfte die Hand um das Silber, am liebsten hätte er es dem Bauer in das hochmütige Gesicht geworfen. Sogar der Buckel schien dem vor lauter Hochmut zu schwellen.

„Und solltest du nochmals Ausflüge mit meiner Tochter machen", der Bauer sprach leise, „breche ich dir alle Knochen!"

Felix reckte sich, drückte die Schultern nach hinten und verließ grußlos das Haus.

Als er durchs Dorf heimging, überholte ihn der Vater mit dem Fahrrad; er hatte schon zu Mittag im Bruch Schluß gemacht, weil er nachmittags Roggen für die Saat dreschen wollte.

Felix erzählte alles, und der Vater fuhr langsam nebenher.

„Wir kommen ohne Batschon aus", knurrte er dann. „Ich finde schon Arbeit für dich. Und von dem Mädel läßt du die Finger! Wir haben's nicht nötig, denen nachzulaufen!"

Felix schaute ihn erstaunt und froh an. Der Vater sah grau im Gesicht aus, wie grober Puder lag der Steinstaub auf seinen Wangen, die buschigen Brauen und der Schnurrbart schienen ergraut, und die Augenlider waren gerötet.

Er dachte: Die Berufskrankheit der Brucharbeiter ist die Steinlunge.

„Eigentlich müßten sie euch Staubmasken geben, Vater", sagte er.

„Die brauchen ja keinen Staub zu schlucken", antwortete der Vater.

Die Mutter wunderte sich, als sie beide heimkommen sah. Nachdem sie gehört hatte, was vorgefallen war, sagte sie böse: „Der bildet sich sogar auf seinen Buckel noch etwas ein!"

Am Abend holte Felix mit dem Vater Grünfutter.

„Meinetwegen kannst du ruhig mit dem Batschon-Mädel gehen", meinte der Vater beiläufig. „Bloß", er schob den Priem auf den anderen Eckzahn, „wenn einer von euch beiden den anderen an der Nase herumführt, so solltest du nicht der sein, der an der Nase herumgeführt wird." Der Priem schien drüben nicht recht zu liegen, er ließ ihn wieder zurückwandern. „Das meine ich bloß."

Die Nacht fiel herab; Felix saß vor dem Hoftor auf dem Hackklotz, rauchte seine letzte Zigarette und summte vor sich hin:

… Mögen sie sagen, was immer sie wollen,
doch unser, doch unser wir werden sein …

Die Mutter trat aus dem Tor. Er verstummte verlegen.

„Sing nur weiter", sagte sie.

Er erfuhr am nächsten Tage, daß Beate schon am Montagmittag nach Dresden zu ihrem Onkel, dem Rechtsanwalt, geschickt worden war.

In der Nacht darauf probierte er es mit dem ausgewählten Stern; aber es funktionierte nicht. Der Stern flimmerte und flackerte und ließ sich nicht als Relaisstation für Sehnsüchtige gebrauchen.

Bis zum letzten Ferientag hoffte Felix auf einen Brief von Beate.

Er konnte nicht ahnen, daß der Postmann zwei ihrer Briefe – einen sehr kurzen und einen sehr langen – für je eine etwa gleich lange hausschlachtene Wurst bei Beates Vater eintauschte.

7

In den letzten beiden Ferienwochen arbeitete Felix in einer Grube, wo sie Sand für den Bau der Autobahn Dresden–Görlitz luden. Sie erhielten fünfunddreißig Pfennig für den Kubikmeter, und Felix kam vom dritten Tag an auf zwölf Mark täglich.

Er arbeitete mit der jungen Nachbarin Herta zusammen, der Frau des „Klarinettenmannes", wie der Mann, dem vor elf Jahren während eines Manövers der Fuß abgefahren worden war, in der ganzen Gegend genannt wurde.

Herta und Felix unterhielten sich über vieles, er erzählte ihr auch von dem Fest des Reitersturmes, das in den Wolkenbruch gefallen war. Herta freute sich genauso darüber, wie sich die Burschen und die Mädchen, die Stellmachersleute und fast das ganze Dorf darüber gefreut hatten.

Als sie schon gute Freunde geworden waren, sagte ihr Felix, daß Beate den Wolkenbruch sehr bedauert habe.

Herta nickte dazu und meinte, das möge schon so sein. Es sei das mit der SA wohl so wie mit den Fasanen, die die Gehölze am Hundekirchhof bevölkerten: Der Graf freut sich sehr darüber, wir ärgern uns sehr darüber. Für den Grafen sind die Fasanen etwas zu Essen, für uns sind sie etwas, was Schaden macht.

„Das kommt eben, denke ich, ganz darauf an", sagte Herta, „wovon einer satt wird: ob von der Arbeit oder vom Haben."

Felix betrachtete sie erstaunt. Wenn er nicht sehr irrte, war das Philosophie; aber mit Bodos Nietzsche oder mit dem Symposion des Plato, durch das sie sich im Griechischunterricht mühten, hatte es verdammt wenig zu tun.

Eines Abends saß Rumbo auf einem leeren Sandwagen. Er half laden und ging mit Felix heim.

Rumbo hatte auch eine Philosophie. Die war wieder ganz anders.

Er sagte: „Solange sie mich mit ihrem verfluchten Dreck in Ruhe lassen, sollen sie tun, was sie lustig sind! Und je eher der Hitler in die Hölle fährt, um so besser. Dafür würde ich sogar beten, wenn's was nützte."

Ihm fehlten drei Schneidezähne. Sie hatten sie ihm am dritten Tag ihrer Herrschaft ausgeschlagen. Er ließ die Lücke leer. Er hatte geschworen, sich die Zähne erst am dritten Tage nach Hitlers Höllenfahrt machen zu lassen.

Rumbo machte auch kein Hehl daraus, daß er kein Kommunist mehr war. Sie hatten ja seine harten und furchtlosen Fäuste nicht gebraucht, und Gedanken und Ideen hielt er für lächerlichen Firlefanz, gut höchstens für Weiber und Schwächlinge.

Daß er sein Parteimitgliedsbuch eingemauert hatte, wußte niemand außer seinem Vater, dem Akkordtöter, der ihm dazu geraten hatte.

Im übrigen wohnte Rumbo wieder daheim, hatte sich eine Braut in dem Landstädtchen gesucht, das in der Nähe seiner Arbeitsstelle lag, und gab sich seit der Zeit Mühe, mit weniger Schnaps auszukommen.

Auch darin gab er sich Mühe, außerhalb des eigenen Dorfes nicht als Sorbe erkannt zu werden, aber seine Zunge wollte sich nicht so recht drehen. So hörte sich das betonte Sächsisch, das er sprach, eher lächerlich als angeboren an.

Felix fragte ihn nach den beiden Roßmännern. Aber Rumbo wußte über sie auch nicht mehr, als allgemein im Dorf bekannt war: daß sie nämlich wieder in Freiheit waren, der eine weiterhin Essen kehrte und der andere in einer kleinen Druckerei beschäftigt war.

Das letzte Wochenende vor Wiederbeginn der Schule verbrachte Felix auf dem Jahresfest der sorbischen Studierenden. Am Sonnabend wurde er als Mitglied ihres Verbandes aufgenommen und nahm an der Arbeitstagung teil; der letztjährige Vorsitzende gab den Rechenschaftsbericht, man beriet über die Arbeit des kommenden Jahres und wählte einen neuen Vorstand.

Felix konnte sich aus allem, was er sah und hörte, kein einheitliches Bild machen: Es gab Studenten, die mit kühnen Worten den Völkerhaß der Faschisten angriffen und dabei – so schien es – mit gleichem nationalem Haß gegen alles Deutsche erfüllt waren; ein Student war in SA-Uniform, und einige trugen nazistische Abzeichen; sie hoben besonders hervor, daß ihre Partei für die Pflege des Volkstums sei.

Es sprachen auch einige ältere Leute. Ein sehr eleganter Mann rief dazu auf, die Studenten dürften sich nicht nach leichtem Brot in der Fremde umsehen, sondern sollten inmitten ihres Volkes arbeiten und sich mit dem kargen Brot des sorbischen Alltags zufriedengeben; auch, sagte er, sei es Pflicht eines jeden, der daran denke, eine Familie zu gründen, daß er sich eine sorbische Hausfrau für sein Haus, eine sorbische Mutter für seine Kinder wähle.

Am nächsten Tag saß dieser Mann mit seiner Familie an einem Tisch mit Felix; weder seine Frau noch seine Tochter, ein ständig lächelndes, mageres Mädchen, verstanden Sorbisch; auch zeigte es sich, daß der Mann es vorzog, das karge Brot daheim den anderen zu überlassen, und sich selbst mit dem leichten Brot der Fremde begnügte. Der Mann war Beates Onkel aus Dresden.

Alfons Batschon führte unter den Oberschülern das große Wort; er gehörte zu den fanatischsten Gegnern der Nazis und tat, als bräche er sich die Zunge, weil er mit dem Gastwirt deutsch sprechen sollte; er klatschte sich die Hände wund, als es endlich gelang, den uniformierten Nazi aus der Versammlung zu vertreiben.

Schließlich gab es noch eine dritte Gruppe unter den Teilnehmern am Jahresfest, die allerdings unbegabt im Reden schien. Es war, als fühlten sie, daß ihre Gedanken irgendwo abbrachen, irgendwo in der Luft hängenblieben.

Diese Jungen – es waren fast ausschließlich Schüler der letzten zwei Klassen verschiedener Oberschulen – verteilten die Quartiere, sorgten für das Essen, richteten den Versammlungsraum her, bauten die Bühne auf, spielten Theater, sangen im Chor, rezitierten Gedichte, eigene und fremde, saßen als Kassierer am Saaleingang (das Abschlußfest am Sonntagabend war öffentlich), rechneten die Saalmiete mit dem Wirt, die Lustbarkeitssteuer mit dem Bürgermeister ab, tanzten, soviel sie Zeit dazu hatten, mit den eingeladenen Dorfmädchen, sprachen mit ihnen sorbisch und stimmten in den Tanzpausen Volkslieder an – kurz, sie taten alles, außer mit Pathos zu reden.

Mit einem von diesen freundete sich Felix an, als sie ihr gemeinsames Nachtquartier aufsuchten.

Der Junge war ein Jahr älter als Felix, besuchte die Oberprima des Gymnasiums in Zittau und stammte aus einem Dorf, das vor wenigen Jahren die Lausitzer Braunkohle verschlungen hatte. Er hieß Simon Mjetk, war schmal und zierlich gebaut, schrieb – sie hatten ihn zum Schriftführer gewählt – wie gestochen und sprach ein so sauberes Sorbisch, wie Felix es selbst von der Kanzel bisher kaum gehört hatte.

Simon Mjetk war das elfte von dreizehn Kindern seines Vaters und der erste Sohn seiner Mutter, der zweiten Frau des ehemaligen Kleinbauern und Waldarbeiters Gustav Mjetk, der Bergmann in der Braunkohle geworden war, nachdem diese seine mageren Äcker, seinen kleinen roten Ziegelhof und den Wald, der seine Arbeitsstelle gewesen war, gefressen hatte.

Jetzt wohnten sie in einem Dorf, dem die Pläne der BRABAG* den Tod für das Jahr 1951 bestimmten.

Woher er da seine reine Sprache habe, wollte Felix wissen.

Simon erklärte, daß sie bei ihm daheim sehr schlecht sprächen, weit mehr deutsche Brocken in die sorbische Alltagssprache mischten, als es die Leute hier täten; das sei sehr schnell so geworden, nachdem sein Vater und zwei von seinen Brüdern in die Kohle gegangen seien; es gebe ja keine sorbischen Worte für die Arbeit, die sie dort täten, und für die Geräte, mit denen sie dort umgingen. Nun, und er jedenfalls habe eines Tages begonnen, sich dieses Mischmaschs zu schämen, und da habe er eben angefangen zu lernen. Wenn man es ernsthaft betreibe und dazu möglichst viel lese, sei es nicht so schwer, die eigene Muttersprache einwandfrei zu erlernen.

Simon sprach bescheiden und fast, als schäme er sich, von sich zu reden.

Unwillkürlich mühte sich Felix, auch möglichst sauber zu sprechen.

Ihre Wirtsleute waren eine Landarbeiterfamilie, der

* Braunkohlen und Brikett AG

Mann war, wie es in der Lohnliste hieß, „Geschirrführer" und hatte einen Stundenlohn von sechsunddreißig Pfennig.

Das kleine Haus lag dunkel, die Wirtsleute schliefen schon. Leise klinkte Felix die unverschlossene Haustür auf; in der Stube wurde Licht angedreht, und der Mann, der auf der Ofenbank liegend gewartet hatte, trat in den Flur.

Er nötigte sie in die Küche. „Die Mutter hat alles hingesetzt", sagte er. Es half ihnen nichts, sie mußten an den Tisch, wo ihnen die Hausfrau Wurst und Schinken aufgeschnitten und einen großen Teller Brot und eine Schüssel mit selbsteingelegten neuen sauren Gurken hingestellt hatte.

Felix und Simon weigerten sich ganz entschieden zu essen, sie seien satt. Ebenso entschieden bestand ihr Wirt darauf, daß sie nicht eher schlafen gingen. „Eßt nur", sagte er, „sonst steigt mir unsere Mutter morgen aufs Dach!"

Felix meinte, er sehe nicht so aus, als ob er sich fürchte.

Der Mann wollte ihnen eben erklären, daß seine Frau zwar klein sei, aber trotzdem zum Fürchten, da ging die Küchentür auf, und die Frau erschien auf der Schwelle.

Die Frau war wirklich sehr klein und sehr zart. Sie hatte zu blondem Haar ganz dunkle Wimpern und Brauen und Augen von hellstem Blau. Mit diesen Augen lächelte sie ihre Gäste an.

„Was streitet ihr denn so?" schalt sie. „Ihr weckt mir noch die Kinder auf." Sie hatten vier Kinder.

Simon erklärte, daß sie auf gar keinen Fall essen würden. Er sprach leise, sanft und in seinem besten Sorbisch.

Die Frau wandte sich an Felix. „Können Sie auch so fein sprechen?" Felix verneinte.

„Sie reden ebenso wie wir, wie? Dann müssen Sie auch essen. Und Sie", sie wies auf Simon, „auch!"

„Oder", fragte sie, „seid ihr vielleicht Bibelforscher oder wie das heißt und eßt keine Wurst und keinen Schinken?"

„Nein", entgegnete Felix. „Vegetarier sind wir nicht."

„Sonst hätte sie euch gleich 'ne Schüssel Leinölquark vorgesetzt", sagte der Mann.

„Den", Simon nickte ernsthaft, „esse ich wirklich noch heute." Damit setzte er sich an den Tisch.

„Ich auch", sagte Felix. „Und saure Gurken schon immer!"

Die Frau stellte den Quark, mit frischem, duftendem Leinöl angerührt, auf den Tisch und setzte sich auf die Herdbank.

„Leinöl ist ja sehr gesund", meinte der Mann. „Aber besser ist besser." Er kramte im Küchenschrank herum, bis er die Flasche Korn herbeibrachte. Jeder, angefangen mit Simon, bekam ein Glas, zuletzt trank der Mann.

„Brr!" Er schüttelte sich – das gehörte dazu – und sagte: „Leinöl und Quark und dann noch Schnaps dazu, da kann man keine Cholera mehr kriegen!"

Die Frau fragte ihre Gäste, woher sie seien, was ihre Väter täten und was sie selbst erlernten.

Sie antworteten ausführlich, und Simon erklärte ihnen, welche Bewandtnis es mit den Höheren Schulen und mit den Universitäten habe.

Der Mann wiegte den Kopf: „Für mich wäre das nichts, das viele Lernen!"

„Ja, für *dich*", die Frau schaute ihn vorwurfsvoll an. „Aber ich, ich … Unsere Jungen", unterbrach sie sich selbst, „sollen einmal nicht so dumm aufwachsen wie ich!"

Sein Gesicht verfinsterte sich.

„Weiß der Teufel", murrte er, „was bis dahin noch alles passiert!"

„Ihr seid", die Frau fragte es besorgt und schüttelte dabei den Kopf, „doch keine Nazis, wie?"

Heftig verneinte Simon.

„Siehst du!" Die Frau freute sich. „Ich hab's ja gleich gesagt, daß ihr anständige Jungens seid!"

„Hat ja gar niemand bestritten", sagte der Mann.

„Nein!" entgegnete sie. „Aber es hätte ja sein können, nicht? Wo sie doch zu den feinen Leuten gehören!"

Sie wurden in die Schlafkammer geführt und mußten trotz allem Sträuben in den Betten ihrer Wirtsleute schlafen.

„Unter solchen Menschen", sagte Simon, als sie am Sonntag zum Gasthof gingen, um im Saal Ordnung für die Festveranstaltung zu schaffen, „schlägt das sorbische Herz. Nicht in solchen Versammlungen unter uns. Leider."

Alfons Batschon erschien auch zum Aufräumen. Jetzt konnte er Felix nicht länger ausweichen.

„Ich weiß auch nichts weiter", beteuerte er, „als daß die Eltern Beate nach einem großen Krach nach Dresden geschickt haben. Gestern ist sie von dort nach Breslau gefahren."

Felix drang weiter in ihn.

„Wirklich", Alfons war bereit zu schwören. „mir hat niemand erklärt, was eigentlich vorgefallen ist."

Beates Breslauer Adresse wolle er Felix gern geben, nur habe er sie nicht im Kopf, aber abends würde sie Felix auf jeden Fall erhalten. Abends verschwand Alfons mit seiner Verwandtschaft gleich nach dem Theaterstück.

Felix blieb bis zum Schluß mit Simon zusammen. Simon, der kein Vergnügen am Tanz fand, tanzte trotzdem unermüdlich mit den Mädchen, die in großer Überzahl im Saal saßen.

„Ich habe nur dieser Mädchen wegen tanzen gelernt", gestand er. „Auch Tanzen kann dazu beitragen, daß es den Nazis nicht gelingt, uns auszurotten."

Alles, was er tat, tat er ernst und überlegt. Vor ihm kam sich Felix sehr minderwertig und unfertig vor, weil er alles leicht und oberflächlich nahm. Um so mehr wunderte er sich, als Simon bekannte, daß er ihm seine Leichtigkeit neide.

Da lachten sie, das erstemal gemeinsam – in der Erkenntnis, daß jeder an dem anderen gerade die Eigenschaften schätzte, die ihm selbst fehlten.

Im Morgengrauen des neuen Tages endete das Fest; Simon und Felix begleiteten eine ganze Schar Mädel nach Hause. Dann drückten auch sie beide sich die Hand. Ohne weitere Worte wußten sie, daß sie gute Freunde geworden waren und noch bessere werden würden.

8

Felix hatte fest geglaubt, schon bei seiner Ankunft bei der Witwe Kral einen Brief von Beate auf dem wackligen Tisch in seiner Kammer vorzufinden.

Auf dem Tisch lag ein Briefumschlag: Beates steile, weiche Schriftzüge.

Es stak eine Briefkarte darin. „Warum antwortest du nicht? Hast du schon alles vergessen? Wenn du willst, bin ich immer noch deine Beate."

In fliegender Hast schrieb Felix zwei Seiten voll, lief im Dauerlauf zur Schule, steckte unterwegs den Brief in den Kasten und war gleichzeitig mit dem Lateinlehrer an der Klassentür.

In den Pausen dieses ersten Schultages wurde nur über die Ferien gesprochen.

Bodo hatte wunderbare und gefährliche Partien in den Dolomiten gemacht; Winfried hatte vier Wochen lang auf Norderney tagsüber sich in den Sand gewühlt und abends beim Tanz nach Mädchen gefischt; ein anderer hatte seine Ferien auf der Jacht irgendwelcher Freunde in der Ostsee verbracht; der Famulus Tzschumpak war mit einer HJ-Gruppe durch Österreich gewandert, nur Alma war nicht verreist gewesen: Sie hatte ihre Eltern allein nach Wiesbaden fahren lassen und war daheim geblieben; sie schien blaß und stiller als sonst.

Felix war nicht so blaß wie Alma und nicht so sonnenbraun auf dem ganzen Körper wie die anderen.

Seine Freunde fragten nicht, wo er gewesen war, sie wußten es auch so.

Der Famulus aber fragte spöttisch: „Und du, du warst wohl in der Polackei?"

„Ich habe", sagte Felix langsam, „Garben gegabelt, so etwa eintausend Zentner, und Sand geladen, ungefähr zwölftausend Zentner!"

„Arbeit adelt", höhnte der Famulus.

„Manche brauchen statt dessen einen Ritterschlag!" Felix betrachtete angelegentlich seine Fäuste, sie waren breiter geworden.

Bodo trat zwischen die beiden. „Fangt nicht schon am ersten Tag eine Prügelei an!" knurrte er.

Später sagte er zu Felix: „Du brauchst auch nicht immer den Proleten zu spielen."

„Besser Prolet als so ein Schleimer!" sagte Felix.

Er hörte mit einem Ohr auf die Prahlerei des Famulus,

der erzählte, wie großartig seine Gruppe auf dem Schloß irgendeines österreichischen Industrieherren aufgenommen worden sei. Auch ein Direktor der Dresdner Bank sei dort zu Gast gewesen, der sich sehr für ihn interessiert und ihn zu sich eingeladen habe.

„Und dann“, der Famulus lachte laut, „auf der Rückfahrt haben wir einen tollen Spaß gehabt.“ Im D-Zug München–Dresden, erzählte er, hätten sie in ihrem Abteil einen Reisenden vorgefunden, „einen Judenbengel, ein elegantes Schwein, las französische Magazine“.

Sie hätten ihn aus dem Abteil geworfen und gedroht, ihn auch aus dem Zug zu werfen. Breit und genießerisch erzählte der Famulus, wie der Fremde langsam zu glauben begonnen habe, daß es den Burschen ernst sei und sie ihn wirklich aus dem fahrenden Zug stoßen wollten. Sie hätten die Tür bereits aufgemacht und ihn auf das Trittbrett gedrängt, der Fremde habe geschwitzt wie – mit einem schnellen Blick auf Felix –, wie ein Erntearbeiter und plötzlich angefangen zu stinken wie ein Pavian. In die Hose habe er sich gemacht, das feige Schwein.

Tzschumpak lachte in der Erinnerung an die Todesangst des Reisenden.

„Du Schwein! Du ...!“ Alma fuhr ihn an, heiser vor Wut, und schlug ihm mit ihren gar nicht sanften Händen ins Gesicht.

Die Klasse erstarrte. Tzschumpaks Gesicht wurde blaß unter der Bräune, er zitterte vor jäh ausbrechendem Haß. Bodo betrachtete stirnrunzelnd Alma. Felix sprang vor, um zuzuschlagen, wenn der Famulus es wagen sollte, über das Mädchen herzufallen.

Der Bursche hob die Fäuste. Da trat Studienrat Meister ein und begann seine Geographiestunde mit einem Vortrag über die großen wirtschaftlichen, politischen und militärischen Vorteile, die Deutschland aus der sich gerade anbahnenden Freundschaft mit dem faschistischen Italien erwachsen würden. Er wies auf der Karte nach, daß Italien dann „... nicht nur ein deutscher Stiefel in den englischen Hintern wäre, sondern auch der Siebenmeilenstiefel, mit dem man nach Afrika springen könnte ...“

Er unterbrach seine Träume über die künftige Südpolitik

des Reiches, weil Alma plötzlich von einem krampfigen Schluchzen geschüttelt wurde, das sie vergebens zu unterdrücken versuchte, sie stand auf und verließ das Klassenzimmer.

Der Studienrat schaute fragend die Klasse an.

„Hysterisch geworden", sagte Bodo und fragte: „Welcherart sind eigentlich die geopolitischen Möglichkeiten der italienischen Nordafrika-Kolonien?"

Der Studienrat sah noch einmal unschlüssig nach der Tür hin und fuhr dann im Unterricht fort.

Nach der Stunde erschien Alma wieder, ruhig, aber noch blasser als zuvor. Bodo verlangte, daß sie sich beim Famulus entschuldige.

„Ich sage es ihm noch einmal, daß er ein Schwein ist", erklärte sie und ließ Bodo stehen.

Der Famulus tat, als sei nichts geschehen. Er erzählte seine Geschichte zu Ende: Schließlich habe sich herausgestellt, daß der Fremde gar kein Jude, sondern ein Grieche war. Und dann sei der Höhepunkt der ganzen Sache gekommen: Damit er sie nicht anzeigen könnte, hätten sie ihn kurz vor Nürnberg einfach ins Klosett eingeschlossen, hätten den Zug sausen lassen und seien mit dem nächsten weitergefahren.

„Soviel war uns der Spaß schon wert", schloß er und blickte aus den Augenwinkeln nach Alma; es war klar, daß er sich seine Rache schon ausgedacht hatte.

Vierzehn Tage wartete Felix bereits auf einen Brief von Beate. Sie schrieb nicht.

Er saß vor seinem eigenen dritten Brief, die aufgeschlagenen Schulbücher hatte er beiseite geschoben. Aber sowenig Lust er hatte, aus dem Französischen zu übersetzen, wie Madeleine und Marcel zusammen durch Paris bummelten, sowenig hatte er Lust, Beate noch einmal zu erzählen, daß er Sehnsucht habe, und zu betteln, sie möge doch endlich schreiben.

Die Witwe Kral öffnete ohne anzuklopfen die Kammertür. „Ein Fräulein will zu Ihnen", sagte sie.

Alma trat herein. „Tach!" Sie nickte ihm lächelnd zu; ihre Lider waren rot und ihre Wangen blaß.

„Nanu?“ Felix staunte. Die Witwe Kral wollte auch wissen, was es gäbe.

„Das ist meine Klassenkameradin. Wir haben zu arbeiten“, sagte er.

Die Witwe Kral ging.

„Du wunderst dich, was?“ Alma sprach burschikos wie immer, vielleicht ein wenig zu burschikos. „Eigentlich“, sagte sie, „will ich nämlich gar nichts. Ich bin bloß vorbeigegangen und dachte, du mußt doch mal sehen, wie der Felix haust. Acht Jahre sitzen wir nun nebeneinander in der Klasse, und man weiß nicht, wie der andere lebt.“ Sie zupfte dabei immer an dem Stück Vorhang herum, das den Wassereimer verstecken sollte.

Sie trat ans Fenster. „Einen schönen Ausblick hast du – im Winter muß es ziemlich kalt sein ...“ Sie verstummte. Dann murmelte sie: „Ich kriege ein Kind.“ Sie blickte weiter zum Fenster hinaus.

Felix schaute zu ihr hin und sah, daß Alma, die robuste Klassenkameradin, wirklich ein Mädchen war. Kein hübsches Mädchen, aber ein Mädchen: mit roten Lippen, mit runden Hüften, mit Brüsten.

„Von Siggi Zweig“, sagte sie.

Plötzlich riß es sie herum und warf sie über das Bett. Siggi Zweig wäre heute Oberprimaner, wenn sie ihn nicht aus der Schule geekelt hätten. Er war Jude. Zierlich, schwarz, mit Geigerhänden und angefüllt mit Musik, mit Beethoven und Tschaikowski.

Und Alma bekommt ein Kind von ihm. Ja, was soll man da tun?

Felix stellte sich ans Fenster und sah hinunter auf die Stadt. Der Scharfenturm stand schief wie stets. Um den Domturm jagten sich die Dohlen wie immer. Die Steinstraße hoch brummte der Stadtomnibus der Linie A, pünktlich auf die Minute.

Irgend etwas muß man ja tun.

„Hat er ...“, Räuspern, „ich meine, hat es ...“ Mein Gott, Alma ist zwar eine Klassenkameradin, aber da sie ein Kind bekommt, ist sie ein Mädchen.

Man kann doch kein Mädchen fragen, wie es zugegangen ist.

„... verführt, wenn du das sagen willst ... verführt habe ich ihn. Und ich liebe ihn."

Sie weinte los, leise, ruhig.

Man muß sie trösten, irgendwie.

„Weine nur nicht." Er sah noch immer aus dem Fenster. Siggi Zweig also. Den liebt sie. Ihr Vater ist Staatsanwalt. Hält es sehr mit den braunen Herren, sagt man in der Stadt.

„Meine Eltern wissen noch nichts. Es war gleich am Anfang der Ferien." Sie erzählte es dem Kopfkissen, auf das ihre Tränen liefen.

Am Anfang der Ferien. Im dritten Monat also. Felix errötete. Wann wird ein Mädchen so dick, daß man es sehen kann? Im vierten vielleicht?

Da muß man schnell denken, schnell irgend etwas ausdenken, damit sie es los wird, bevor die Eltern dahinterkommen.

„Sie werden es mir nehmen wollen. Ich lasse es mir aber nicht nehmen."

Nun gut. Alma wird also ihr Kind bekommen. Aber den Siggi läßt der Staatsanwalt totschlagen.

„Siggi ist schon weg, nach Prag. Sein Vater geht vielleicht heute oder morgen."

Gut; das ist auch klar. Warum weint sie dann? Und was soll ich dabei tun?

„Ich will dir gern helfen, Al..." In solchen Situationen kann man keinen Spitznamen benutzen. Aber Amalaswintha kann man ja noch viel weniger sagen.

„Du brauchst mir nicht zu helfen, Felix." Das Weinen wurde ein wenig leiser. „Ich werde schon fertig mit der Bande."

Die Bande, das ist ihr Vater.

„Und dem Famulus zerkratze ich das Gesicht!"

Der gehört also auch zu der Bande.

„Und dein Freund Bodo, der erst wird über mich herfallen ...!"

Den zählte sie ebenfalls dazu.

„Bodo nicht." Felix verteidigte den Primus. „Der ist dafür, daß die deutschen Mädchen mit siebzehn Jahren ihr erstes Kind kriegen."

„Aber meines ist von Siggi!"

„Das weiß niemand."

„Nein." Langes Schweigen. Die Augen mit dem Kopfkissen trockengerieben. „Aber ich werde es ihnen sagen. Ins Gesicht schreien werde ich es ihnen!"

Sie rollte sich auf die Seite und sah Felix an, fragend, gespannt.

Was will sie bloß von mir? dachte er gequält.

„Ich werde dem Famulus die Nase aus dem Gesicht schlagen", sagte er leise.

Alma lächelte. Nein, hübsch war sie nicht. Aber vielleicht war sie schön; trotz der rotgeweinten, geschwollenen Augen.

Plötzlich wußte er, weswegen sie hergekommen war: weil sie spürte, daß er bereit war, sich mit der Bande zu schlagen.

„Willst du eine Zigarette?" fragte er.

Sie wollte nicht. Er hatte noch Erdnüsse in seiner Schultasche. Die nahm sie gern.

Er stellte ihr für die Schalen die Waschschüssel hin. Sie aß die Nüsse langsam und mit Genuß. Sie hatte gesunde, starke Zähne.

„Ich werde es sagen, daß es von Siggi ist", sprach sie leise, „und daß ich von der Brücke herunterspringe, wenn sie es mir nehmen."

Sie würde es tun, es war kein Zweifel daran.

„Komm", sagte Felix. „Wenn du willst, gehen wir zusammen in die Eisdiele."

Sie gingen.

Sie gingen oft zusammen, ein Stück Schulweg, eine halbe Stunde durch die städtischen Anlagen, sie standen in den Pausen zusammen. Erst nach den Michaelisferien begann sich ihr Leib sichtbar zu runden.

Eines Tages erschien sie ohne Mappe in der Klasse. In dem Maße, wie ihr Leib sich rundete, hatte ihr Gesicht seine Rundung verloren. Trotzdem wußte noch keiner in der Klasse, außer Felix, daß sie ein Kind trug.

„Mein Vater wird ... läßt sich versetzen." Sie lehnte an der Wand. Die Jungen standen vor ihr. Plötzlich sahen sie es alle. „Ich kriege ein Kind", sagte sie.

Die Jungens wußten nicht, wohin sie ihre Augen tun sollten.

Das Mädchen drückte den Kopf an die Wand, ihre Lippen waren blaß und schmal. Die Augen auf Bodo gerichtet, sagte sie langsam: „Von Siggi Zweig."

Bodo wandte sich um und setzte sich vor seinen Plato auf seinen Platz; er schien sich zu ekeln.

Das Schweigen brach Winfried. „Hauptsache, altes Mädchen", er klopfte ihr wirklich auf die Schulter, „es war schön! Schade, ich hätte es dir auch gemacht, und …"

Da spuckte der Famulus aus, er traf genau auf Almas rechten, ein wenig vorgestellten Fuß.

Den Bruchteil einer Sekunde später knallte Felix' Faust an sein Kinn. Der Famulus verlor seine Füße unter sich.

Bevor irgend jemand etwas begriffen hatte, warf sich Bodo vom Banksitz herab auf Felix.

Die anderen schauten stumm-betreten zu. Der Famulus war noch nicht wieder ganz bei Besinnung. Alma ging, weiß wie die Wand, hinaus.

„Der Nibelunge Nôt …", spöttelte Winfried.

Langsam gewann Felix Oberhand; damit kehrte auch seine Vernunft zurück. Er drückte Bodos Schultern auf den Boden.

Da war der Famulus zu sich gekommen; mit aller Gewalt trat er mit dem genagelten Schuh gegen Felix' aufgestemmten Unterarm. Der Arm brach.

Der Arm heilte schnell und wuchs tadellos zusammen. Eine winzige Erhöhung am Knochen blieb spürbar, wenn man mit der Hand darüberstrich.

Der Bruch in der Klasse heilte nicht mehr.

Zwar war nichts von den Vorgängen hinausgedrungen – sogar der Famulus hatte dem Rektor gegenüber Ausflüchte gemacht –, zwar hatte Felix den Primus, der mit einer Gehirnerschütterung liegen mußte, mehrmals besucht, und Winfried, der dabeigesessen hatte, hatte gemeint, sie brauchten nur den lädierten Arm und das lädierte Gehirn gegeneinander aufzurechnen und es sei alles in bester Ordnung, aber der Bruch in der Klasse war nicht mehr zu verkitten.

Bodo und Felix gaben sich alle Mühe, die alte Freundschaft wiederherzustellen; sie versuchten alles auf den Kopf und auf den Arm zu schieben, die beide geheilt waren, und taten so, als wüßten sie nicht ganz genau, daß es in Wirklichkeit darum ging: Ist Siggi Zweig ein Mensch?

Bodo sagte: „Siggi Zweig ist kein Mensch. Er ist ein Jude." Er sagte, daß das Mädchen Amalaswintha ein Verbrechen gegen das Volk begangen habe, als es Siggi Zweig liebte. Und daß es ein größeres begehe, indem es des Juden Kind trage.

So sagte er und so begann er auch zu empfinden.

Felix wußte nicht genau, wohin sich der Freund entwickelte; er spürte aber, daß Bodo irgendwo hinging, wo er – früher oder später – aufhören mußte, ein Mensch zu sein.

Sie saßen eine ganze Nacht in Bodos Zimmer. Als der Morgen graute, waren sie sich sehr fremd geworden.

Manchmal schien es ihnen, als haßten sie sich.

Die Klassenkameraden sahen das alles mit an. Der Famulus freute sich, Winfried bedauerte es, verstand es aber nicht.

„Ihr seid beide Idioten", sagte er. „Die ganze Stadt ist voller Mädchen, die geliebt sein wollen, und ihr streitet euch wegen so einer Alma und ihres Mosesbabys!"

Winfried brachte es fertig, alle zu einer Kneiperei nach einem Gasthaus am Südrande der Stadt zu schleppen. Wahrscheinlich finanzierte er auch den Abend.

Es wurde am Ende sehr lustig, nachdem sich Bodo und Felix mit lauten und schwerfällig-stotternden Worten neue, ewige Freundschaft geschworen hatten und als Kastor und Pollux zu Vorsitzenden des Abends gewählt worden waren.

Feierlich wurde beschlossen, daß derjenige schwer zu strafen sei, der sich Almas überhaupt noch erinnere, geschweige denn ihren Namen ausspreche.

Sie hielten sich an das Abkommen. Aber das Mädchen Alma blieb zwischen ihnen.

Auch dann blieb sie zwischen ihnen, als sie erfuhren, daß sie am Silvesterabend auf der Straße ausgeglitten war und ein nicht lebensfähiges Kind geboren hatte.

9

Zur Kirmes kam Rumbos Klassenkamerad Johann Keschnik auf Besuch nach Hause.

Während beider Kirmestage stolzierte er von Mittag bis Abend im Dorfe umher und saß dann bis weit über Mitternacht im Gasthof. Er trug die Extrauniform eines Unteroffiziers und trug sie, als wäre er ein Werbeplakat für die Wehrmacht.

Keschnik füllte seine Uniform bis in die letzte Falte in einer so vollkommenen Weise aus, daß man sich ihn ohne diese Kleidung überhaupt nicht vorstellen konnte; das graugrüne Tuch schien ein untrennbarer Teil seines Wesens zu sein.

Von der Schulter baumelten ihm zwei Schießschnüre, und sein völlig rundes, völlig gesundes und völlig gedankenloses Gesicht ließ keinen Zweifel darüber, daß ein Unteroffizier in der Liste der Mächtigen gleich hinter dem lieben Gott rangiere.

Er war kein Nazi, weder jetzt, noch war er es früher gewesen; aber er berichtete jedem sehr stolz, daß er auf Grund seiner vollkommenen Statur die Ehre habe, Hitler zu bewachen.

Gerade das machte, so merkwürdig es auch war, den stärksten Eindruck auf Rumbo. Johann Keschnik kannte alle Mächtigen des Reiches von Angesicht zu Angesicht – wenn auch nur aus dem Blickwinkel eines Zinnsoldaten – und war bereit, wie es sein Eid verlangte, sich für diese notfalls lebendigen Leibes zerreißen zu lassen. Rumbo spürte, daß Keschnik letztlich nichts anderes als ein Wachhund an der Kette war. Aber sosehr er sich auch mit groben Spottworten, die Keschnik von ihm hören mußte, dagegen wehrte, schien ihm ein Wachhund so mächtiger Herren doch mehr und beachtenswerter zu sein als ein Erdarbeiter auf der Autobahn.

Je länger sie zusammensaßen, je länger Rumbo die glänzende Uniform vor Augen und Keschniks Prahlereien vor Ohren hatte, um so mehr verlor sich sein Spott und um so stärker wurde sein Interesse. Auch sah er es täglich: Keschnik stolzierte durch das Dorf, gesehen, beobachtet, besprochen – während niemand auch nur den Kopf nach Rumbo drehte.

Da er nicht mehr krakeelen durfte, entschied er sich für die Uniform. Noch während Keschniks Urlaub meldete sich Rumbo zum freiwilligen Dienst in der Wehrmacht, die noch Reichswehr hieß.

In der Uniform eines Kanoniers traf ihn Felix Anfang Januar in der Stadt vor dem Kino. Sie sprachen nur wenige Sätze miteinander; Felix vermied zu fragen, wie Rumbo in diese Uniform gelangt war, und Rumbo tat, als sei die Uniform schon sein gewohntes Alltagsgewand.

Nicht, daß eine Welt in Felix zusammenbrach; es war ihm eher, als hätte er einen Stein verschluckt. Lustlosigkeit und Apathie krochen ihm in die Glieder, und ein Gefühl der Verlorenheit und der Sinnlosigkeit lähmte sein Hirn.

In den gleichen Tagen lieferte sich die Saar unter der Aufsicht des Völkerbundes mit überwältigender Mehrheit an Hitler aus. Das Reich jubelte, die Glocken läuteten, und alle in der Schule, die alt genug dazu waren, waren ergriffen von der Größe des Augenblicks.

Felix traf den alten Laternenanzünder Heblak auf der Haustreppe. Heblak war nüchtern wie ein General der Heilsarmee.

Er hielt Felix am Ärmel fest und erzählte, wie sehr er sich freue, über die Saar, über die Ordnung in Deutschland und über Hitler, der wirklich ein Geschenk Gottes für Deutschland sei. Er bekannte, daß er nicht immer so gedacht habe, aber jetzt denke er so, und er freue sich darüber.

Er freute sich ehrlich. Über die Heimkehr der Saar. Über die Ordnung in Deutschland. Über Hitler.

Der alte Heblak lief die Treppe hinab. Er brummte die Melodie des Steigerliedes in seinen schütteren gelblichgrauen Bart.

Felix Hanusch stieg die Treppe hoch. Langsam und schwer. Vor der Wohnungstür bürstete die Witwe Kral die braunen Hosen ihres Sohnes. An der Tür hing ein Schildchen: „Jeder Deutsche grüßt Heil Hitler.“ Die Witwe summte: „Ich hab’ mein Herz in Heidelberg verloren …“

Felix schlich in seine Kammer. Auf dem Tisch lag ein Brief.

Beates Schrift. Der erste Brief seit jenem Briefkärtchen.

Nicht einmal Beates Brief vermochte Felix so froh zu machen, wie es der alte Heblak und die Witwe Kral waren.

Der Brief war kurz.

Laß ein Jahr oder zwei Jahre vergehen, dann laß uns von neuem prüfen, was uns bindet. Ich denke oft an dich. Denk auch du an mich. Oder vergiß mich. Es ist besser. Ich soll dich vergessen, für zwei Jahre. Das verlangt die Mutter von mir. Und sie hat ein sehr krankes Herz. Ich kann nicht ungehorsam sein. Ich komme erst wieder in den großen Ferien nach Hause.

Der Brief könnte aus einem Roman von Courths-Mahler sein. So falsch gefühlt ist alles. Und dumm gedacht.

Ich habe noch nie etwas vom kranken Herzen der Bäuerin Marta Batschon gehört. Ist auch gleich, ob sie ein gesundes oder ein krankes hat. Beate sitzt in Breslau, lernt einen feinen Gutshaushalt führen, Klavier spielen, den Obstgarten, den Gemüsegarten, den Blumengarten pflegen, lernt, daß Goethe und Dwinger zur deutschen Literatur gehören und daß es viele verschiedene Rassen in der Welt gibt.

Und eifrig verheimlicht Beate alles, woraus die anderen schließen könnten, Beate Batschon gehöre nicht zum Herrenvolk.

Während noch alles sang „Deutsch ist die Saar", spielten sie dem Volke schon ein neues Lied auf:

„Es ist so schön Soldat zu sein …"

Die Klasse tobte vor Freude.

Der alte Heblak hatte Tränen in den Augen, als er von seiner Soldatenzeit sprach.

Felix besuchte an einem Wochenende Simon Mjetk, der sein Abitur sehr gut bestanden hatte, in dessen Elternhaus.

Simons Vater kam von der Schicht. Es werde der Jugend guttun, Zucht und Ordnung zu lernen, sagte er; und überhaupt schien es so, als würde der Hitler halten, was die anderen nur versprochen hätten.

In der Nacht zum Karfreitag saßen Simon und Felix auf

dem Hang am Hundekirchhof. Vor ihnen im Tal schlief das Dorf.

Simon erwartete täglich die Aufforderung zur Musterung. Er war gesund. Im Herbst sollte er eingezogen werden. Felix hatte noch ein Jahr Zeit.

Zu wissen, daß man in wenigen Monaten aufhört, Mensch zu sein! Der Mensch fängt erst beim Leutnant an.

„Ich werde in die innere Emigration gehen", erklärte Simon. „Ich werde hier sein und doch nicht hier sein. Ich werde den Arm heben, wenn es befohlen wird, den Arm zu heben. In meinen Gedanken werde ich in einem menschlichen Lande leben."

Er gab es auf, nach einer Gemeinschaft gegen Hitler zu suchen, weil er fühlte, daß es zu ungleich ist, mit einem Volkslied anzusingen gegen: „... heute gehört uns Deutschland und morgen die ganze Welt!"; eine bunte Volkstracht zu setzen gegen das atemversetzende Schwarz der Totenkopfleute; eine arme Sprache zu sprechen gegen die Aussicht, Mitglied des Herrenvolkes zu sein.

Sie wußten, daß man das alles trotzdem tun mußte und daß man nur das tun konnte, weil man etwas anderes nicht kannte.

Noch einmal suchte Felix das andere, das er doch nicht finden konnte, weil er am Ende davor zurückschreckte, es als das andere zu erkennen.

Er lief durch die Gassen zwischen Dom und Burg. Die Gassen starrten ihm mit verschlossenen Türen entgegen.

Die Gesichter, denen er begegnete, waren wie die Türen.

Auf der Schwelle des Hauses, in dem Agnes gewohnt hatte, saß ein Bursche; er hatte grelle Flecke auf seinen eingefallenen Wangen und hüstelte hohl.

Der Junge hat damals in der „Mönchsschenke" gesessen, mir gegenüber, dachte Felix.

Es war dunkel in der Gasse, die Laterne an ihrem Eingang brannte nicht, und der Mond warf nur schwarze Schatten hinein. Felix setzte sich neben den Burschen auf den Treppenstein.

„Ich suche Agnes Nowak", flüsterte er.

„Kenne ich nicht", krächzte der Bursche.

„... und ihre Freunde."

Der Bursche schwieg.

Als der Mondschatten eine halbe Fensterlänge an der Wand hochgeklettert war, bemerkte Felix, daß der Bursche verschwunden war.

Er ging in die „Mönchsschenke".

Sie war außen hell beleuchtet, rechts und links der Tür hatten sie neue Brauereischilder an die Mauer genagelt. Der Zeitungskasten war noch da. Der „Freiheitskampf" hing darin.

Der Flur war mit hellgrauer Ölfarbe neu gestrichen.

An der Wand stand in gotischen Buchstaben „Toilette", und ein Pfeil zeigte nach dem Hof.

In der Gaststube spielten drei Mann Skat an dem Tisch, wo damals der Löwenmähnige mit seinen Listen und dem Geld nicht zu Rande gekommen war.

An einem Haken baumelte eine SA-Mütze.

Der Wirt, ein Dutzendgesicht mit einer schiefen Nase, trug ein rundes Abzeichen am Rockaufschlag.

An der Theke lehnte eine Kellnerin, mächtig und fett sprang ihre Hüfte vor, der Mund war groß und breit geschminkt, die Augenwimpern dick getuscht.

Felix setzte sich an den Tisch am Fenster und bestellte ein helles Bier.

In der Skatrunde erzählte einer eine Zote und lachte darüber so, daß er die Karten aus der Hand verlor.

Felix bezahlte und ging. Er sagte: „Guten Abend."

„Heil Hitler!" erwiderte laut und betont der Wirt.

Unschlüssig blieb Felix vor der Tür stehen. Vor ihm wuchs hoch und massig der Dom in den Nachthimmel. Drüben lag das Rathaus; eine riesige Fahne hing herab, man konnte nur die schwarzen Galgen im weißen Kreis erkennen.

Felix wandte sich um und kehrte in das Gewirr der dunklen Gassen zurück.

Auf dem freien Platz im Schatten der Mönchsruine starrte das gelbe Pferdegesicht des Hauptwachtmeisters Thienerschk lauernd in die Gassenschluchten.

Hinter dem Bretterstapel des Sargtischlers pfiffen Ratten. In der Ecke des Schloßtors atmete hastig und laut ein Pärchen.

Drei Fenster im linken Schloßflügel schlugen eine Lichtbrücke hinüber zum Turm, zu den beiden grob in Stein gehauenen Köpfen: dem Mönch und der Nonne, die sich geliebt hatten und mit ihrer Liebe lebend in den Turm eingemauert worden waren.

Das war im Mittelalter geschehen.

Die erleuchteten Fenster gehörten zur Gestapo-Außenstelle.

Felix tastete sich über die ungleichen Treppenstufen eines schmalen steilen Pfades hinunter zum Fluß und schritt, ohne ein Ziel zu wissen, die gewundene Gasse flußaufwärts.

Aus einer kleinen Schenke drang Klaviergeklimper.

Er trat ein. Decken und Wände der Gaststube waren mit raschelndem grellbuntem Papier – mit Reben, Blättern, Blumen – bedeckt.

Der Raum war hinten fast doppelt so breit wie an der Straßenseite. Abgedunkelte kleine Lampen tauchten drei Kojen, die Eisenbahnabteilen ähnelten, in ein dämmriges Licht, das alles unbestimmt und verschwommen machte.

Vor einer rot und schwarz gestrichenen hohen Theke standen vier Barhocker, darauf krümmten sich vier dunkle Männerrücken. Hinter der Theke hantierte ein Mädchen, blond wie Mondlicht, in einem schulterfreien tiefblauen Samtkleid.

Am Klavier saß ein Mann, er mochte fünf Jahre älter sein als Felix. Er trug eine ungefaßte Brille und schien für sich zu spielen.

Die Töne hackten, peitschten, erregten.

„So ein Quatsch!“ murrte einer der Männer an der Bar. Felix kannte das Gesicht irgendwoher. Aber er kam nicht darauf, daß es dem Sturmführer der SA Schermann gehörte.

„Beethoven, Neunte“, erklärte der Mann am Klavier und spielte die Marseillaise.

Der Klavierspieler sah aus wie ein Kellner oder ein Schauspieler.

Niemand im Raum außer dem Mädchen an der Theke wußte, daß er ein aus dem Amt gejagter Lehramtsanwärter war, der einmal eine Bluse des Roten Frontkämpferbundes besessen hatte.

In den Kojen saßen Pärchen, die nur für diese Nachtstunde zusammengehörten. Die Kleider, die Münder und die Augen der Mädchen waren grell wie das papierne Geranke ringsum.

In der ersten Koje fingerte der Chef des Bankvolontärs Erich Kral an dem Kleid seines Mädchens herum.

Nebenan vertrank der Tiefbauingenieur Huber die Hälfte eines Gehalts, das er für seine Hilfe beim Bau des großen Bomberflugplatzes im Osten der Stadt erhielt.

In der letzten Koje waren für die drei Vertreter bloß zwei Mädchen übriggeblieben.

Im Vorderteil des Gastzimmers war nur ein Tisch besetzt. Die Gäste an diesem Tisch kannte Felix flüchtig. Es waren von den Abiturienten der Oberschule die fünf, die Offiziere der Kriegsmarine werden wollten. Darauf bereiteten sie sich hier vor. Das Gasthaus hieß „Uferbar".

Felix nickte den künftigen Seeoffizieren einen Gruß zu und setzte sich an einen der freien Tische, von wo er die Bar gut beobachten konnte.

„Ruth", nannte einer der Männer das blonde Mädchen. Felix erinnerte sich: Ruth Seibt, so hatte Thienerschk damals vorgelesen.

Die Abiturienten tranken Sekt. Sie hatten schon vier Flaschen geleert.

„Prost, Blau-Gelb!" rief einer herüber. Blau-Gelb waren die Schulfarben des Gymnasiums.

Felix hob sein Bierglas.

„Prost!"

„Trinkt U-Boot-Kommandanten mit Bürgerbräu zu!" Der Abiturient entrüstete sich. „Ober, noch ein Glas!"

Von hinten kam der Ober herbeigelaufen, die Serviette über seinem Arm war fettig wie seine Stimme: „Die Herren Abiturienten haben gerufen?"

„Ein Glas und eine neue Flasche!"

„Sehr wohl!"

Er wedelte eilig davon.

Sie zwangen Felix an ihren Tisch.

Sie tranken Sekt und dazwischen Schnäpse, die in Seefahrer- und Hafenromanen vorkommen: Gin und Whisky, Rum und Brandy.

Sie sangen dazu. Von der stolzen Flagge Schwarz-Weiß-Rot und davon, daß sie gegen Engelland fahren.

Felix sang mit und trank mit.

Er kletterte auf einen der Barhocker und raunte der Lilian Harvey zu: „Wo ist Agnes?"

Lilian Harvey lachte. „Wir haben hier keine Agnes."

Sie wollte nicht verstehen.

Sie tranken noch zwei Rum und besangen noch einmal die schwarz-weiß-rote Flagge.

Dann fragte er wieder. Lilian Harvey machte Augen wie im Film, dumm und unschuldig.

Noch einen Whisky und noch einen Gin. Noch einmal fahren wir gegen Engelland.

„Wo ist Agnes? Ich will Agnes!"

Lilian Harvey hörte es nicht einmal. Er brüllte. Sie zogen ihn vom Hocker und setzten ihn an den Tisch.

Nun saß er und trank er und sang er.

Vertrunken, Agnes, versunken.

Bodo ist der Fährmann Charon; auf dem anderen Ufer hört man auf, Mensch zu sein.

Beate ist die Trauminsel zwischen Agnes und Bodo. Die gibt es nicht.

Gin und Rum und Whisky und Brandy und Lilian Harvey und der Klavierspieler.

Beethoven, Fünfte, sagt er und spielt etwas Hartes, Warnendes, und wir fahren gegen Engelland.

der lange Korvettenkapitän kotzt
ich weine
wir siegen gegen Engelland
ich will nicht mit diesen siegen
ich will nicht mit jenen unterliegen
und werfe dem Schicksal das Glas an den Kopf ...

Zwei Anzeigen liefen gegen Felix ein.

Die eine – wegen verdächtigen Besuches der „Mönchsschenke" und längeren Aufenthaltes im Burgviertel – wurde von dem Kommissar Roth von der Geheimen Staatspolizei entgegengenommen. Sie kam zu den dünnen Akten, die über den Schüler Felix Hanusch schon angelegt worden waren. – Zwei Berichte hatte der Famulus des Rektors beigesteuert.

Die andere Anzeige nahm der Rektor Schönhals des Gymnasiums selbst entgegen. Er schickte Felix „wegen höchst unmoralischen Verhaltens in einer berüchtigten und für Schüler verbotenen Bar" für zweimal zwei Stunden in den Karzer.

Vom Karzerstübchen aus schaute Felix zu, wie die Schüler der Oberklassen zum Wehrsport antraten. Einer unter ihnen war Alfons Batschon; er war zu Ostern in die neue Unterprima eingetreten und vier Wochen später Mitglied des braunen Kraftfahrer-Korps geworden.

Felix sah, wie die Klassenersten dem Studienrat Sakra, dem Wehrsportleiter, ihre Klassen meldeten.

Die O II, vierzehn Jungen und drei Mädchen, mit vierzehn Mann vollzählig angetreten.

Die U I, fünfzehn Jungen und ein Mädchen, mit fünfzehn Mann vollzählig angetreten.

Die O I, zehn Jungen – Bodo, der Primus, zögerte einen Moment –, mit neun Mann vollzählig angetreten.

Einer zählt nicht mehr mit.

Er ist selbst aus der Reihe getreten.

10

Sie nahmen ihm den kümmerlichen Rest des Stipendiums; fünf Mark mußten monatlich mehr aufgebracht werden. Es gab genügend Möglichkeiten, wöchentlich fünf Mark zu verdienen.

Drei Stunden lief man bis zu dem Berggasthaus, wo er sonnabends um siebzehn Uhr eine weiße Jacke anzog und sie auszog, nachdem der letzte Gast gegangen war.

Ein Kaffee, drei Cherry, drei Weinbrand, eine Flasche Mosel: macht sechs Mark achtunddreißig, die Herrschaften. Bitte sehr.

Danke sehr.

Guten Abend, Herr Studienrat … Nein, Herr Studienrat,

Erlaubnis vom Rektor habe ich nicht. Steht nichts davon in der Schulordnung. – Eine Flasche Liebfrauenmilch, sehr wohl, Herr Studienrat.

Vier Mark einundachtzig, Herr Studienrat.

Fünf Mark, danke sehr, Herr Studienrat, für neunzehn Pfennig Trinkgeld.

Guten Tag, Herr Rektor Schönhals! Eine Flasche Johannisberger, wie üblich?

Bitte sehr. –

Es ist Ihnen doch hoffentlich nicht peinlich, von mir bedient zu werden? – Ich bin Ihr bester Deutsch-Schüler. Sie konnten nicht umhin, mir doch eine Eins zu geben, nicht wahr? Und als Sie das Thema für den Hausaufsatz wählten: „Welche fünf Bücher würde ich mit mir nehmen, wenn ich zu einer längeren, abgeschlossenen Einsamkeit verurteilt wäre?", haben Sie doch mit Bedacht gewählt: Sie wollten eine Beichte von jedem Ihrer Oberprimaner.

Ich habe Ihnen was gepfiffen, Herr Rektor, mit der Beichte. Ich habe nicht nur mich nicht ernst genommen darin, sondern sogar Sie, Herr Rektor, lächerlich gemacht. Sie fanden es frech, aber hübsch und zensierten den Aufsatz mit der Eins.

„... ob des brillanten Stils ...", schrieben Sie dazu. Und bedauerten, schriftlich und mündlich, daß ich nicht so sehr in die Tiefe gegangen sei wie meine Kameraden.

Ihnen wären die Augen übergegangen, Herr Rektor, wenn ich „in die Tiefe" gegangen wäre!

Ich lerne Griechisch, Latein, Englisch, Französisch, wie ich während der achteinhalb Jahre auf Ihrer Schule nicht gelernt habe. Sogar Mathematik versuche ich ernsthaft zu begreifen. Das haben Sie ja auch schon gemerkt.

Sie denken, es geschieht, weil Sie mich mit Ihrer Drohung „abeundi" erschreckt und eingeschüchtert hätten.

Sie konstatieren, daß ich mich bemühe, „durch anständiges und höfliches Betragen die schwere Entgleisung auf charakterlichem Gebiet gutzumachen".

Die „charakterliche Entgleisung" war, daß ich suchen ging. Ich verhalte mich höflich und anständig, indem ich nicht mehr suche.

Sie irren sehr, Herr Rektor, ganz verdammt sehr irren

Sie. Wenn man suchen will, muß man stark sein, damit man unterwegs nicht umfällt, vor Durst, vor Hunger, vor Sehnsucht nach anderen.

Das käme heraus, wenn ich „in die Tiefe" ginge: Ich lerne wie ein Wilder, damit ich Ihnen – entschuldigen Sie bitte –, damit ich Ihnen in die Fresse hauen kann.

Sie müssen sich bitte nicht allzusehr entsetzen, denn eigentlich sind Sie nur das Synonym für das andere, dessentwegen ich lernen muß.

Persönlich, Herr Rektor – Sie haben zwar eine schmutzige Seele –, aber Sie kennen den „Faust" so ausgezeichnet, daß er mir durch Ihren Unterricht noch nähergekommen ist, als er mir schon war.

Noch eine Flasche, Herr Rektor? Nein? Bitte sehr. Vier Mark und achtzehn, Herr Rektor, wenn ich bitten darf. Vier Mark und fünfzig, der Rest für mich. Danke sehr. Sogar von Ihnen nehme ich Trinkgeld an.

Oder merken Sie etwa, daß ich rot geworden bin?

Ist ja auch gar nicht möglich. Über *die* Barriere bin ich hinweg. Mein Vater steht doch auch nicht mehr als „Landwirt" in Ihrem gedruckten Schülerverzeichnis, sondern als „Arbeiter". So stimmt es. Und es rückt verschiedenes an seinen richtigen Platz.

Auf Wiedersehn, Herr Rektor! Wünsche angenehmen Heimweg!

Sie waren hier Gast bei mir.

Unten in der Stadt bin ich Gast bei Ihnen. Mehr nicht.

Studienrat Meister, der Alldeutsche, gibt sich ostentativ mit mir ab. Fragt mich in der Pause, ob ich noch an meiner Erzählung arbeite. Natürlich arbeite ich nicht mehr daran. Ich vermag es ihm nicht zu erklären, wieso es nicht weitergeht mit dem Schreiben. Es hängt vielleicht mit den Augen zusammen; die Augen scheinen zu schielen, es ergibt kein klares Bild mehr. Möglicherweise hängt es auch mit der Sprache zusammen. Sie ist nicht mehr eindeutig. Ich sage „schön und gut" – kalokagathos –, und Bodo versteht etwas ganz anderes darunter. Und ich verstehe es heute so, morgen so; heute ein wenig ins Rötliche, morgen mehr ins Bläuliche spielend. Je nachdem, zum Beispiel, ob ich mich sehr nach Beate sehne, oder ob mich Bodo dazu bringt, zu überlegen, ob nicht am Ende doch *ich* es bin, der verrückt ist.

Wir sprechen ja selten so miteinander. Ich geh' überhaupt nicht mehr zu ihm hin, aber er kommt manchmal mich besuchen.

Es geschieht sogar, daß wir philosophieren. Ich versuche ihm klarzumachen, daß das Ziel alles Strebens nur sein kann: Mensch zu werden.

Bodo sagt: Mensch an sich ist Unsinn. Es gibt nur Menschen höherer Rasse und Menschen niederer Rasse.

Da hört unsere Philosophie schon an ihrem Anfang auf.

Wenn man sich nicht darüber einigen kann, was ein Mensch ist, dann gibt es kaum noch Dinge, über die man gleicher Meinung sein könnte.

Mit Winfried ist die Sache einfacher als mit Bodo.

Winfried hat auch eine Philosophie: Tolle Beine hat das Mädchen! Und die Brüste!

Und dann zitiert er einen Vers aus Ovids „Ars amandi".

Die Kunst des Liebens ist die einzige Kunst. Der Zweck des Lebens: diese Kunst zu erlernen und immer wieder anzuwenden.

Winfried wird Jagdflieger. Bis er im Kriege fällt, will er fünfzig Abschüsse haben und fünfzig Mädchen im Bett.

Der Krieg kommt, und ich falle, sagt er, und richtet sich danach.

Grit von Grauheim hat übrigens geheiratet. Einen italienischen Grafen von der Botschaft. Sieht aus wie Don Giovanni. Ist aber das ganze Gegenteil, sagt Winfried und behauptet, daß Grit ihren Grafen binnen Jahresfrist zum Sechzehnender macht.

Sie tut es, oder sie tut es nicht, nicht einmal neugierig macht es mich. Ich sehe das alles, manches verschwommen, manches klar, je nachdem, wie sauber die Glasscheibe zwischen ihnen und mir ist.

Wenn man von der anderen Seite der Scheibe auf mich blickt, scheine ich einsam.

Ich bin es aber nicht.

Draußen vor der Stadt, auf dem ersten Hügel nach Süden, liegt das Gut, wo meine älteste Schwester als Drittmagd dient.

Ich gehe oft hin. Wenn es schön ist, sitzen wir draußen vor dem Tor auf einem Pflug, einer Rolle Holz, einem Stein und schauen hinunter zur Stadt. Die Schwester setzt einen groben Flicken auf ihren groben Arbeitsrock, stopft ordentlich und so, daß es fast unsichtbar bleibt, einen ihrer wenigen Seidenstrümpfe. Sie fragt mich, was das Wort „Konsolidierung“ heißt, und ich erkläre es ihr; sie hat ein Buch gelesen, „Effie Briest“, und fragt, ob das wirklich so und warum es so gewesen ist, und ich antworte ihr; sie hat mich mit einem Mädchen gesehen – es geschieht, daß ich die Sehnsucht nach Beate in die Lippen eines anderen Mädchens küsse – und redet mir zu, besorgt und mütterlich, ich solle lieber lernen, und ich vergesse, daß sie sechzehn ist und Drittmagd bei ihrem Bauern; sie möchte gern tanzen, ich zeige es ihr und pfeife dazu; sie lernt schnell und tanzt gut, sie hat unsere Volkslieder im Blut. Ich glaube, sie ist auch hübsch.

Ich ging mit ihr ins Theater – ich hatte beide Taschen voll Trinkgelder vom Berg –, wir trafen den Arzt Dr. Schmidt mit Frau und Sohn Bodo; ich stellte ihnen die Schwester vor.

Die Schwester hatte die Tracht an, ihre schönste Sonntagstracht; den weinroten wollenen Rock, die breite, in unzählige Falten gelegte, in sich gemusterte champagnerfarbene Seidenschürze, das schwarze Atlasmieder, das blendendweiße seidene Brusttuch – mit uralten Motiven von ihr selbst bestickt –, die breite taftseidene schwarze Doppelschleife, vom Kopf bis in die Kniekehlen reichend. Dazu das kluge braune sechzehnjährige Gesicht, die nackten Arme, braun und glatt. Und dann die Hand: eine Magdhand.

Die Tracht und die Hand machten es: wir saßen nicht im Parkett, wir saßen auf der Bühne. Neben dem „Fuhrmann Henschel“.

Ich hörte den Arzt Dr. Schmidt zu seiner Frau flüstern: „Ich bin sehr gespannt, wohin sich dieser Bursche noch entwickelt.“

Ich auch, Herr Doktor.

Auch ich bin sehr gespannt.

Manchmal gehe ich mit der Schwester tanzen.

Wir gehen nicht in die Stadt, sondern dahin, wo wir daheim sind. Die Säle sind klein, das Parkett besteht aus Tannenbrettern, die Kapellen blasen laut und lustig und nicht immer richtig im Takt und im Ton, die Burschen brechen sich weder mit Bücklingen das Kreuz noch mit feinen Worten die Zunge, die Mädel haben wetterbraune Gesichter und Hände, denen Disteln nicht viel antun können.

Sie tanzen, ganz hingegeben dem Tanz. Er ist nicht Mittel, sondern Selbstzweck.

Die Schwester tanzt mit vielen; sie freut sich darüber, sie lacht und kann nicht genug haben.

Aber um Mitternacht sage ich, komm, mein kleines Schwesterlein. Dann bettelt sie um noch drei Touren. Werden ihr gestattet. Und dann noch um eine. Wird zugegeben. Und dann ist Schluß.

Dann gehen wir nach Hause. Und sie erzählt mir, welche Burschen ihr gut gefallen haben.

Und am Ende beginnt sie stets davon zu sprechen, welches Mädchen dort das richtige für mich gewesen sei: hübsch und brav und klug sei es, und sicher würde es schnell lernen, Lehrersfrau zu sein, wenn ich mich etwa entschließen sollte, Lehrer zu werden.

Ganz eifrig wird die Schwester dann, und da es finster ist, sehe ich nicht, daß sie ja erst ins siebzehnte Jahr geht.

Sie will, daß ich nicht mehr an Beate denken soll. Ich fragte sie, was sie gegen Beate hat. Nichts, sagt sie, sie ist eine Bauerstochter. Und sie soll dich nicht an der Nase herumführen.

Man kann nicht einfach draufloslieben, sagt sie. Ein bißchen Vernunft muß auch dabeisein.

Was sie schon von der Liebe versteht!

Obwohl – einmal mußte ich allein nach Hause gehen und sollte vor dem Hoftor warten. Ich lief nicht allein, die Magd aus der Mühle, die zierliche braune Hilde, lief neben mir her. Wir saßen wohl auch ein Stündchen unter dem schiefen Apfelbaum kurz vor dem Dorf und warteten auf die Schwester.

Das Mädchen Hilde muß in der Mühle tüchtig zugreifen, auch Getreide aufschütten, wenn der Müller wieder einmal zuviel Korn in sich hineingeschüttet hat. Sie hat starke Arme, die zierliche Hilde.

Ich küßte sie. Es war Juni. Alles blühte, wuchs, reifte. Und dann sagte ich „Beate" zu der Magd Hilde.

Wir blieben noch sitzen unter dem Apfelbaum, Schulter an Schulter. Die zierliche Mühlenmagd starrte unentwegt in den grünweißen Lichtstreifen im Norden, wo die Sonne ihren kurzen Nachtweg wanderte.

Sie fragte, ob ich wisse, wo Paul, der Zimmermann, sei.

Arbeitet auf dem Flugplatz, an den Hallen, sagte ich.

Er verdient viel Geld, sagte sie. Er will das ebenerdige Häuschen seiner Mutter aufstocken.

Eure Wohnung, sagte ich.

Seine, murmelte sie, lehnte sich fester in meinen Arm zurück und sah dahin, woher die Sonne bald kommen mußte.

Man konnte weit hören in dieser Juninacht. Wir hörten sie, die Schwester und den Burschen, sie lachten und kalberten.

Zu viert schlenderten wir ins Dorf, die beiden Mädchen in der Mitte, sie summten ein Liedchen; der Bursche und ich, wir brummten es mit.

> Und als ich morgens früh heimging durch einen grünen Hag, traf ich im Hag ein Mädel an, das einst das meine war. Valeri, valera ...

An der Mühle lieferten wir die Magd Hilde ab und sangen ihr noch einen Vers nach.

> Und wenn es nicht zur Kirmes wird, so wird's zu Ostern doch, und käm' ich auch zu Ostern nicht, so komm' ich übers Jahr. Valeri, valera ...

Als wir zu Ende gesungen hatten, schaute die Mühlenmagd zu ihrem Kammerfenster heraus, sie band sich ihr Melktuch fest um den Kopf und sang leise den Kehrreim mit.

Dann gähnte sie, genau in den ersten Sonnenstrahl hinein, und wir erschraken und liefen eilig heim, denn auch für den Burschen, der ein Pferdeknecht war, und für die

Schwester, die eine Drittmagd war, und für mich, der ich nichts war, aber dem Vater helfen wollte, die Wiese zu hauen, ging die Sonne auf.

Der Vater hieb mir einen mächtigen Schwaden vor, ich hielt Schritt mit ihm; dem Vater perlten einige winzige Tropfen Schweiß auf der Stirn, ich war nach dem vierten Schwaden naß wie das Gras, das unter unseren Sensen starb. Aber ich hieb nicht einmal in einen Maulwurfshaufen, und mein Wetzstein fuhr nicht öfter als der des Vaters, blitzschnell hell singend, hin und her über den Sensenstahl.

Die Sonne war kaum zwei Kornhalme hochgeklettert, als wir den letzten Schwaden zu Ende hieben.

Der Vater brummte, daß es gut so sei, wir wischten das Sensenblatt mit nassem Gras sauber, warfen die Sensen über die rechte Schulter und zogen heim.

Der Vater schob den Priem hin und her, und mich kam das Lied wieder an.

Ich brummte, so gut ich es eben kann:

Und komm' ich übers Jahr noch nicht, so doch im nächsten Jahr! Und käm' auch dann ich noch nicht hin, dann wird es gar nicht mehr.

„Valeri, valera", knurrte und murrte der Vater.

Ich verschluckte vor Erstaunen fast die Melodie.

Ich schaute nicht hin, er schaute nicht her. Wir hatten es sehr eilig.

Der Vater mußte in den Steinbruch.

Ich mußte in die Schule.

Die erste Stunde Latein. De tranquillitate animi.

Es kommt einem seltsam vor, die Sense über der Schulter zu tragen und an den Herrn Seneca, weiland Philosoph in Rom, zu denken.

11

Die großen Ferien begannen wie üblich am Donnerstagmittag.

Sonntagmittags kam Johann Kuchar, seit zwei Jahren Besitzer eines furchtbar lärmenden Bulldogs und eines klapprigen fahrbaren Dreschsatzes, zu Hanuschens und fragte: „Wie ist es also, Felix?"

„'s bleibt dabei", antwortete Felix.

„Gut", sagte Kuchar. „Dann morgen früh halb sechs. Wir bleiben die ganze Woche im Niederland."

Felix nickte.

Am Montagmorgen fuhr er dem lärmenden Bulldog und dem klapprigen Dreschsatz voraus ins Niederland, wo das Getreide schon in Hocken auf den mageren Sandfeldern stand.

Er war für die ganze Ferienzeit als Helfer in Johann Kuchars Lohndruschunternehmen – so nannte Kuchar den Bulldog und den Dreschsatz auf seinen Rechnungen – eingestellt: ausbedungene Arbeitszeit zwölf Stunden, ausbedungener Lohn zehn Mark, gutes Essen und ein Bett für die Nacht.

Sie begannen in Wierbitz zu dreschen. Am späten Nachmittag fing Johann Kuchar an taumelig zu werden, weil er zuviel Staub geschluckt und zuviel Korn gegurgelt hatte. Er winkte Felix, und Felix kletterte an seiner Stelle auf den Dreschsatz und warf dem rasselnden Kasten die Garben in den Schlund.

Es staubte dort wirklich arg: Man wäre dumm, wollte man den Korn zurückweisen, den einem der Mann hochreichte, dessen Garben die Maschine eben fraß.

Felix wischte mit der Handfläche über den Flaschenhals, sagte heiser: „Prost!" und spülte sich ordentlich den Mund.

Als er die Flasche absetzte, sah er Beate.

Sie stand mit ihrem Fahrrad auf dem Weg und blickte her. Ihr ganzes Gesicht war Freude. Felix riß noch einmal die Flasche an den Mund, stieß laut einen groben Fluch aus und warf der Maschine die nächste Garbe in das Maul.

Er trieb die Leute an, die ihm die Garben zureichten.

Schneller, schneller!

Die Maschine knurrte und brummte tief auf wie ein gereizter Bär, aber sie schlang unablässig und ohne sich zu verschlingen.

Schneller, schneller!

Immer seltener sang die Maschine hell und leicht und leer. Felix stopfte ihr den Schlund. Er warf mit jeder Garbe aufs neue seine Freude in den Rachen der Maschine. Die Maschine fraß auch die Freude. Aber immer schneller, immer stärker wuchs neue Freude in Felix nach.

Er ließ sich die Flasche geben. Aber der Korn, so scharf und beißend er war, konnte die Freude nicht wegätzen.

Felix gab es auf, sich zu wehren, gegen die Freude und gegen Beate.

Er blickte sich um. Beate war nicht mehr da.

Die Garben flogen hoch, Felix nahm sie und fütterte die Maschine, ruhig, mit Bedacht und gleichmäßig.

Ruhig und gleichmäßig summte der Dreschsatz, der lärmende Bulldog stieß seine blauen Tellerwölkchen hoch, abgezählt siebzig oder achtzig Wölkchen in der Minute.

Über die Schüttelsiebe rieselte das Korn, sortierte sich, verteilte sich, das gute Korn hierhin, das mindere dorthin.

Das Stroh raschelte und floß in die Presse, die Presse knarrte und stieß den fertigen Ballen aus.

Sie schoben neue Fuder herbei, schleppten Kabel heran und schalteten das Licht an.

Von neuem reichten sie Garben hoch, Garbe auf Garbe, bis eine kam mit einem blauen Band umwickelt, und am blauen Band hing die Flasche. Die letzte Garbe.

Die Maschine schwieg. Die Leute schienen plötzlich alle zu schreien.

Felix kletterte verstaubt vom Drescher. Unten, am Rande des Lichtkreises der Lampen, stand Beate.

Er schritt zu ihr hin, und sie gingen hinaus aus dem Lichtkreis und aus dem Dorf.

Er wusch sich im Bach. Dann trug er ihr Rad die steile sandige Böschung hoch und legte es am Rand der Kiefernschonung hin.

Beate wollte erklären. Es war nicht nötig, irgend etwas zu erklären: Sie war ja da.

Er küßte sie nicht einmal. Er legte den Kopf in ihren Schoß und starrte in die Sterne. Aber was er sah, waren Beates Mund und ihre Brüste.

Er spürte den nachtkühlen Sand unter sich. Aber was er wußte, war Beates Leib.

Irgendwann sagte Beate: „Ich bin heute morgen heim … ich war bei euch …"

Er hörte zu Ende, was sie nicht mehr sagte.

Plötzlich mußte er an Almas Verlobungsanzeige denken: „… Mitarbeiter im Stabe Rosenberg."

Er drängte den Kopf fester an sie. Nun barg sie ihn ganz, schützte ihn, und er gehörte ihr.

Er wußte es. Und wußte, daß es gut so war.

Die Tage waren Lärm und Staub. Sie glichen einer dem anderen und waren nicht wert, daß man sie zählte.

Die Nächte waren Beate. Verschieden, wie die Himmel über dir allnächtlich verschieden sind. Und eine jede Nacht war ganz und völlig. Eine jede brauchte ein Blatt Leben für sich.

Sie saßen am Weidengebüsch am Teichufer.

„Ein Jahr hat er uns gestohlen mit seiner Verräterei", sagte Felix. „Wär' er nicht dein Bruder, ich schlüge ihn krüppelblau!"

„Du mußt vergessen, was vor einem Jahr war. Wenn wir Alfons jetzt für uns gewinnen – was er sagt, ist heilig für meine Mutter."

Er schwieg.

„Versuch doch", bat sie, „mit ihm auszukommen. Unsretwegen!"

„Sprich nur", sagte er. „Irgend etwas."

„Was soll ich sagen … Manchmal habe ich Angst."

„Wovor?"

„Daß einmal alles aus ist."

Vielleicht, dachte er. „Nicht heute."

Das dichte Filigran der Weidenzweige steigt, und die Erde kommt näher und sie duftet und sie rundet sich, und alle Sterne fallen vom Himmel.

Geschlossene Augen hat die Erde und einen kaum spürbaren Atem.

Man wird auch mit Alfons auskommen können.

Es regnete. Sie hatten es gewagt. Durch den dunklen Flur war er geschlichen, die Treppe hoch – „die dritte Stufe knarrt entsetzlich!" – in ihre Kammer.

Alles schlief im Haus.

„Du", sagte sie, „sie werden dir morgen oder übermorgen sagen, daß du am Sonntagnachmittag zu uns kommen sollst." Er schwieg. Er sah, daß ihr Hemdchen vor dem Bett lag. Er hob es auf.

„Versprich mir, daß du kommst."

„Ich will zum Studentenfest. Ich habe es Simon fest versprochen."

„Was hast du schon davon? Bloß Schwierigkeiten. Mein Onkel sagt auch ..."

„Welcher? Der aus Dresden?"

„Ja. Er ist jetzt irgend etwas in der Gauleitung. Sie werden sowieso alles verbieten, den Studentenverband auch ..."

Sie sprach weiter.

Er dachte: Die Engländer haben ein Flottenabkommen mit Hitler geschlossen.

Der Regen rauschte eintönig.

„Ich muß gehen", sagte er.

Sie weinte. „Du sollst tun, was du mußt." Sie hing an seinem Hals. „Und wenn du deswegen arm sein wirst, werde ich arm sein mit dir."

Er küßte sie. Es erwies sich als leicht, über den Birnbaum hinunter in den Garten zu gelangen.

Sie stand am Fenster und sah ihm nach. Der Regen wob ein Schleiertuch zwischen sie.

Die Engländer sind immerhin gewiefte Politiker, sie haben ihren Frieden mit ihm gemacht.

Und ich, Felix Hanusch, bin wohl klüger als so ein Mister Chamberlain? Ich fahre am Sonnabend nicht dahin, nirgends geh' ich hin, auch zur Hauskirmes vom buckligen Batschon gehe ich nicht. Ich lege mich ins Bett und schlafe mich aus.

12

Am Sonnabendmorgen sagte Johann Kuchar zu den Leuten, deren Getreide eben an die Dreschmaschine herangebracht wurde: „Dalli, ein bißchen mehr dalli! Der Felix macht heute mittag Schluß, er muß zur Schadżowanka!“

„Wir rennen ja schon“, sagten die Leute und eilten noch mehr. Denn es war klar: Mittags mußte Felix Schluß machen, nachmittags um drei Uhr begann ja das Jahresfest der Studenten mit der Arbeitstagung.

Zu Mittag gab der Mann, dessen Getreide sie ausgedroschen hatten, jedem reihum einen letzten Korn, zuerst dem Johann Kuchar, dann Felix und dann den übrigen Helfern, dann noch einen Kuchar und Felix.

Während er Felix das Glas eingoß, schob er ihm etwas in die Tasche der verstaubten blauen Bluse.

„Für die Schadżowanka“, sagte er. „Damit ihr auch ein wenig fröhlich sein könnt!“

Es waren zehn Mark.

Johann Kuchar hatte etwas gemerkt. „Singt den“, er sah sich schnell um, „den braunen Teufeln mal richtig die Ohren voll! Damit die merken, daß wir nicht nur dumme Bauern und Arbeiter sind! Jawoll!“ Er drückte Felix einen zerknüllten Zwanzigmarkschein in die Hand.

Felix fuhr nach Hause.

Die Mutter sagte: „Ich habe dir ein gutes Hemd hingelegt.“

Die kleine Schwester Lena saß auf der Haustürschwelle. „Ich bin gleich fertig!“ rief sie und spuckte schnell noch einmal auf die Kappe des rechten Schuhes von Felix’ bestem Paar.

Der Vater führte die Kühe aus dem Stall und schirrte sie vor den Wagen. „Ich werde heute ackern“, sagte er. „Oben auf dem Tisch liegt meine Uhr, wenn du sie vielleicht brauchst …“

„Ich nehme sie mal, Vater“, entgegnete Felix, schrieb schnell ein Zettelchen und rief die kleine Schwester.

„Lena“, sagte er, „willst du morgen früh nach der Kirche die Beate abpassen?“

Die Schwester nickte ernsthaft.
„Was soll ich ihr sagen?“
„Den Zettel gibst du ihr.“
Sie faltete den Zettel auf. „Kann ich nicht lesen, wie du schreibst“, erklärte sie bedauernd; sie ging das dritte Jahr zur Schule und konnte nur die deutsche Schrift schreiben und lesen.
„Mußt auch nicht alles wissen.“ Er lächelte sie an, während er sich die Arbeitssachen vom Leib riß.
Das Kind sah ihn an. „Du bist aber stark, nicht wahr?“
„Hm.“ Felix prustete in den Eimer Wasser.
„Wirst du Beate heiraten?“
Er seifte sich den Oberkörper ein. „Magst du Beate gern?“ fragte er.
Lena zögerte. „Bloß manchmal“, sagte sie. „Die ist so fein.“
„Du bist ein dummes Tschippel“, sagte er. „Putz mir lieber noch mein Rad!“ –
Er kam kurz nach der Eröffnung der Arbeitstagung an. In dem großen Saal des Gasthofes saß verloren ein Grüppchen Studierender, ein Grüppchen Gäste.
Felix setzte sich neben Simon Mjetk an den Tisch der Oberschüler.
„Der verlorene Haufen!“ flüsterte er.
Er war der siebzehnte von den Mitgliedern des Verbandes, die an der Jahrestagung teilnahmen.
Die Tür ging polternd auf, zwei preußische Gendarmen-Tschakos traten ein.
„Heil Hitler!“ brüllten sie laut.
Der Vorsitzende unterbrach seinen Arbeitsbericht. „Die Veranstaltung ist gemeldet und genehmigt!“
„Leider“, der Obergendarm grinste unverhohlen, „sind wir gezwungen, die Herrschaften um Einsicht in ihre Papiere zu bitten.“
Der Vorsitzende brauste auf. „Unerhört! Ich werde bei Ihrer vorgesetzten Dienststelle dagegen protestieren!“
„Können Sie, Herr, können Sie“, sagte der Obergendarm gemütlich. „Aber erst zeigen Sie mal Ihre Papiere!“
Ein Jurastudent stand auf und verlangte zu wissen, mit welchem Recht …

Die beiden Gendarmen sahen sich an.

„Verlangen können Se nuscht", erklärte der eine in breitem Ostpreußisch. „Gar nuscht können Se verlangen. Aber wir sagen's Ihnen trotzdem." Er machte eine Pause, sah sich im Saal um und erklärte behäbig: „Zwei Raubmörder sind flüchtig geworden. Treiben sich hier in der Gegend herum, 's kann sein, daß sie sich hier herumtreiben."

Er gab sich nicht die geringste Mühe, seiner Erklärung auch nur einen Schein der Wahrheit zu geben.

Felix sprang auf, seine Stimme zitterte vor Wut: „Vor vier Jahren kamen zwei von euch in eine Versammlung, die suchten einen Kirchenräuber! 's war genauso ein Schwindel!"

Der Obergendarm grinste nicht mehr. „Und Sie waren in der Versammlung?"

„Ja. Und ..."

„So? Sie kamen mir gleich irgendwie verdächtig vor." Er schritt langsam auf Felix zu. „Ihre Papiere!"

„Er wartet doch bloß darauf, daß du dich provozieren läßt", redete Simon dem Freund sorbisch zu.

„In Gegenwart der Behörde reden Sie gefälligst deutsch!" schnauzte der Bulle.

Schweigend zeigten die Anwesenden ihre Papiere vor. Als die Gendarmen den letzten Namen in ihrer Liste eingetragen hatten, pflanzten sie sich in der Saalmitte auf, und der Obergendarm erklärte, nun wieder behäbig und grinsend: „Nach unseren Feststellungen befinden sich die beiden flüchtig gewordenen Raubmörder nicht unter den hier Anwesenden. – Heil Hitler!"

Sie marschierten ab. Noch ihren Rücken sah man den Spaß an, den ihnen diese Raubmörder-Suchaktion gemacht hatte.

Der Vorsitzende unterbrach die Arbeitstagung für eine halbe Stunde, damit sich die Gemüter beruhigen konnten. Er selbst verfaßte in der Zeit eine Beschwerde an die zuständige Behörde. „Wenn es gut geht", sagte er zu Simon, dem Schriftführer, „schicken sie uns ein lahmes Schreiben, worin sie erklären, daß zwar tatsächlich zwei Raubmörder entflohen seien, die beiden Gendarmen aber keinen direkten Auftrag gehabt hätten und so weiter."

Nach der Pause waren nur noch sieben Mitglieder des Verbandes übriggeblieben.

„Die beiden Gendarmen haben ihre Raubmörder mit Erfolg gesucht. Die Furcht, keinen Platz an der Futterkrippe zu erhalten", kommentierte der Vorsitzende bitter, „hat alle Fakultäten gleichermaßen betroffen. Es flohen in der Pause: ein Stud. med., ein Stud. med. dent., ein Stud. med. vet., ein Theologe der protestantischen, einer der katholischen Fakultät, ein Stud. rer. pol., ein Jurist, ein Philologe, ein Philosoph und ein Unterprimaner."

Felix sagte zu Simon: „Die haben auch ihr Londoner Flottenabkommen mit Hitler geschlossen." –

Sie liefen durch das nächtliche Dorf. Es war Simon Mjetks Heimatdorf.

Irgendwo vor ihnen in der Dunkelheit knirschten die stählernen Glieder zweier Riesenbagger. Meter um Meter fraßen sie sich durch die Braunkohle an das Dorf heran.

„In fünf Jahren haben sie den letzten Morgen Ackerland verschlungen", sagte Simon. „Das Dorf stirbt, bevor die ersten Mauern fallen. – Ich liebe die Heide, nirgends ist es schöner. Aber mag die BRABAG ruhig unsere Heide fressen, wenn sie nur uns nicht mit auffräße! Unter dem Abraum liegen unsere Lieder, unsere Märchen, unsere Sprache. Wir werden verheizt, Dorf um Dorf, Familie um Familie."

Unter denen, die abends vor dem Gasthaus gegrölt hatten „Polacken raus!", waren zwei Brüder von Simon gewesen.

Sie standen am Rande der Grube.

Drüben arbeitete die Förderbrücke. Kalt und gefühllos und zuverlässig und unermüdlich gruben sich die stählernen Finger in die Kohle, schlossen sich zur Faust und leerten sie über dem Waggon. Faust um Faust, langsam und unerbittlich.

Samt der Kohle werden wir verheizt. Wer sollte sich gegen solch ein stählernes Riesentier stellen?

Da war ein Mann gewesen, der sich dagegengestemmt hatte. Er hatte sich geweigert, seine acht Morgen Land der BRABAG zu verkaufen. Fünfhundert Mark hatten sie ihm für den Morgen geboten. Er hatte gesagt: „Nein!" Dabei war er geblieben, als sein Dorf ausgesiedelt wurde und die BRABAG ihm für jeden Morgen einen Tausender bot und zehntausend für den Hof.

Er fuhr weiter auf seine Äcker, die den Hof umgaben. Er säte, und die Saat ging auf und verdorrte. Er brachte Wasser auf die Felder, jauchenfaßweise. Das Wasser im Pumpenschacht sank und sank. Es reichte kaum noch für Mensch und Tier. Die Felder verdursteten.

Der Mann verklagte die BRABAG. Die BRABAG lachte und ließ ihn klagen; sie hatte Geld, sie hatte Rechtsanwälte, sie hatte Sachverständige, sie hatte Richter.

Der Mann hatte nur das Recht.

Als er das letzte Stück Vieh verkauft und die letzte Handvoll Korn zu Mehl gemahlen hatte, als aus dem Brunnen der letzte Tropfen ausgetrunken war, hängte sich der Bauer am Brunnenhaken auf.

Die BRABAG schickte einen ihrer Bergmannssärge für den Mann und einen Lastkraftwagen für die Frau, die drei Kinder, die Möbel und den Hausrat und zahlte der Witwe eintausend Mark für den Hof und für die Äcker.

Der Mann hatte sich gegen das stählerne Tier gestemmt.

Es hatte sein Land gefressen, als es an der Reihe war, gefressen zu werden. Und es hatte den Bauer mitgefressen.

Wer sich gegen das Untier stellt, hängt am Ende am Brunnenbalken.

13

Der Bauer Michael Batschon rückte und drückte seinen Buckel in die Kissen zurecht, gähnte laut und sagte: „Du wirst sehen, Marta, der Bursche wird noch vernünftig."

Die Bäuerin schwieg trotzig. Und wenn der Bursche zehnmal vernünftig würde, sie wollte ihn nun einmal nicht als Mann für Beate haben.

Unten in der guten Stube saß Beate am Klavier und spielte und sang leise dazu. Felix lehnte im tiefen Ledersessel und rauchte die Zigaretten, die ihm der alte Batschon hingestellt hatte.

So wird es sein, wenn wir verheiratet sind und ich von der Arbeit nach Hause komme. Wir werden alles haben, der alte Batschon wird sich nicht lumpen lassen. Feine Leute werden wir sein, wohlhabend in Grenzen, ohne Sorgen, daß der Schinken fürs Brot fehlen könnte. Wir werden einen Salon haben, mit Klavier in modernen Möbeln, ein Herrenzimmer aus dunkler Eiche, sagte Beate, und Ledersessel. Vermutlich werden wir in Dresden wohnen, Beates Onkel wird es schon managen, daß ich in die „Dresdener Neueste" hineinkomme. Dr. rer. pol. Felix Hanusch, Schriftleiter der Wirtschaftsseite.

„Spiel etwas Lustiges!" bat er.

Beate holte das Schlagerbuch. Sie spielte die lustigsten Stücke.

Aus den Augenwinkeln schielte sie nach Felix. Sein Gesicht wurde immer dunkler.

Sie schloß das Klavier und setzte sich, die Beine über die Sessellehne, auf seinen Schoß.

„Warum bist du so traurig?"

Er tat, als lächele er. „Ich bin nicht traurig."

Sie kuschelte sich in seinem Arm zurecht. „Du hast auch gar keinen Grund dazu. Jetzt ist doch alles gut."

„Ja", sagte Felix.

Die Kuhmagd, die rundgesichtige, der im vergangenen Jahr die Schürze verbrannt war, hatte heute „Herr" zu ihm gesagt und ihn mit „Sie" angesprochen. Dafür hatte er gestern abend mit dem Bauer und dem Pfarrer Wenzel Skat spielen dürfen. Um die Viertel. Man kann nicht alles haben: das Du der Kuhmagd und einen Viertelskat mit dem Bauer.

„Ein halbes Jahr noch." Beate träumte. „Zusammen mit deinem Abitur feiern wir unsere Verlobung. Der Vater hat es mir versprochen."

„Hm."

„Freust du dich nicht?"

„Ich freue mich sehr."

„Nichts will ich von dir zur Verlobung. Nur viele Küsse und ein prima Abiturzeugnis. Alfons soll platzen!"

„Ja."

„Liebst du mich?"

„Ich liebe dich."
„Küß mich!"
In ihren Küssen versinkt alles, die Kuhmagd und der Salon, der alte Batschon, der Rechtsanwalt, der jetzt irgend etwas in der Gauleitung ist.
Sie drängte ihn zärtlich zurück, richtete sich halb auf und sah ihn an.
„Ich weiß nicht, was dich traurig macht", flüsterte sie. „Ich weiß so wenig von dir. Du mußt mir helfen, damit ich lerne, was in dir vorgeht. Damit ich nicht lache, wenn du weinst."
„Ich weine nicht."
„Nie, nie", sie sprach beschwörend, „sollst du etwas meinetwegen tun, was du nicht tun *kannst.* Nur lieben sollst du mich. Alles andere ist Nebensache."

Der Rektor rief ihn am Tage vor Michaelis zu sich.
„Ich kann nicht umhin, Hanusch, mich über Sie zu freuen. Ihre Leistungen sind ausgezeichnet, sogar in Mathematik haben Sie, wie mir der Herr Kollege mitteilte, eine glatte Drei erreicht. Auch am Wehrsport haben Sie sich eifrig beteiligt. Es freut mich sehr, daß Ihnen vom nächsten Monat an wieder drei Viertel des Schulgeldes erlassen werden können."
„Ich danke sehr, Herr Rektor." Er wollte gehen.
„Ach, Hanusch", der Rektor kam hinter dem Schreibtisch hervor. „Die Kellnerei können Sie nun doch lassen, nicht?"
Felix zögerte.
„Ich wünsche es sehr, Hanusch. Sie können statt dessen in der Schulbibliothek helfen." Eitel Wohlwollen glänzte hinter den ungeränderten Gläsern. Man mußte gute Augen haben, um dahinter die Falschheit zu sehen.
„Jawohl, Herr Rektor. Ich danke sehr."
Aber der Rektor hatte noch etwas auf dem Herzen. „Sie wissen, Hanusch, Sie sind der einzige Schüler meiner Anstalt, der – hm –, der außerhalb der Bewegung steht, die unser ganzes Volk erfaßt hat."
Felix verschloß sich. Er schwieg.
Der Rektor wartete. Dann sah er auf; sein kahler Schädel rötete sich vor Ärger.

„Sie stellen sich ein schlechtes Zeugnis aus, Hanusch. Überlegen Sie sich's noch einmal in Ruhe."

Eine ungnädige Handbewegung entließ Felix.

Alles andere ist Nebensache.

Felix besuchte nur noch selten die Schwester. Sie gingen auch nicht mehr zusammen tanzen. Monika erzählte ihm nicht mehr, welche Burschen ihr gefielen und welche Mädchen sie als hübsch und klug und brav genug erachtete für den Bruder.

Einmal besuchte ihn Beate, die in Breslau genug gelernt hatte, und mit ihr besuchte er Monika. Es kam nichts Rechtes dabei heraus: Beate kannte die Bauersleute und saß in der guten Stube, Felix ging zu der Drittmagd und saß in der Gesindestube. Um allen gerecht zu werden, ließ die Bäuerin in der kleinen Stube den Kaffeetisch decken. Es half aber nicht mehr. Der Sonntag war verdorben.

Es ergab sich auch an Sonntagen, daß Felix dabeistand, wenn Michael Batschon und der Vater miteinander sprachen. Er fraß den Hochmut des Bauern in sich hinein, und manchmal konnte er es nicht ändern, daß sich der gleiche Hochmut in ihm gegen den buckligen Bauern hob.

Neben dem Vater schritt er vom Feld heimwärts. Sie sprachen einige wenige Worte über die Arbeit, über den Zustand der Felder, an denen sie vorbeischritten. Auf den Gedanken zu singen kam Felix nicht. Und es war undenkbar, daß der Vater valeri, valera dazu geknurrt und gemurrt hatte.

Alles andere ist Nebensache.

Das erstemal war Felix zu Weihnachten nicht daheim. Bodos Vater hatte ihn und Beate eingeladen, die Feiertage mit Bodo in ihrer Hütte im Zittauer Bergland zu verleben.

Julfest nannte es Bodo und stellte überall Jullichter auf.

Felix schenkte Beate einen schmalen goldenen Ring mit drei blitzenden böhmischen Granaten. Das Geld dazu hatte er für die Stunden erhalten, die er in der Schulbibliothek absaß, lesend meist, weil es nichts zu tun gab.

Er bekam ein bembergseidenes Oberhemd, einen Binder, eine Krawattennadel und Manschettenknöpfe.

„Die ersten Schritte zum feinen Mann", sagte er und schluckte die kleine Bitterkeit hinunter, die sich auf die Worte legen wollte.

Bodo sang mittelalterliche Weihnachtslieder und zupfte die Klampfe dazu.

Er wollte, Beate und Felix sollten auch singen, sorbische Lieder.

Beate sang.

Sie starrten in das Kaminfeuer, wo Buchen- und Birkenkloben in unruhiger Flamme verbrannten.

„Schöne Lieder habt ihr", sagte Bodo. Nach geraumer Zeit fügte er hinzu: „Eigentlich schade …" Er dachte eine Weile darüber nach: Wir können keinen slawischen Pfahl mitten im eigenen Fleisch dulden; wir können nicht hier ein slawisches Volk hätscheln und dort die Polen und Tschechen zurückdrängen, weil wir mehr Lebensraum brauchen. Unser Kern von siebzig Millionen muß aus Stahl sein. Das ist klar: Des Reiches künftige Größe verlangt Opfer. Von allen. Auch die Sorben müssen einsehen, daß ihre Opferung notwendig ist. Sie sollen sich selbst aufgeben. Und ihre Leute, die ihnen das beibringen, soll man gut bezahlen. Man muß das Problem auf humane Weise lösen.

„Ich habe auch ein Julgeschenk für dich", sagte Bodo zu Felix, als sich Beate zum Schlaf hingelegt hatte. „Ein Stipendium von zweihundert Mark monatlich und zwei Semester Auslandsstudium."

Felix schwieg lange. Er wußte, daß Bodo nicht einfach was daherredete. Am ersten April tritt er in die SS-Führerschule ein. „Es gibt Wichtigeres, als den Krebserreger zu finden", pflegte er zu sagen.

Bodo ließ Felix Zeit zum Überlegen.

„Und was muß ich dafür tun?" fragte Felix mühsam, der Hals schien ihm zugeschwollen.

„Loyal sein."

Loyal. Das ist alles. Das ist wenig: den Arm heben, wo es befohlen ist, den Arm zu heben; Heil Hitler sagen, wo es notwendig ist, Heil zu sagen. Und in Gedanken in einem menschlichen Lande leben.

Dazu wird man nicht gekauft.

„Loyal ist ungenau …"

„Nein, loyal ist klar. Du trittst in die SA ein und dann in den NS-Studentenbund."

„Ist das alles?"

Bodo zögerte. „In der Sorbenfrage verhältst du dich zunächst passiv ...", sagte er dann.

„Zunächst ..." Eigentlich eine klare Sache: Man verkauft seinen Hof und seinen Acker dann, wenn die BRABAG den höchsten Preis bietet. Wenn man klug ist, handelt man so.

Wenn man dumm ist, bleibt man auf seinem Hof, bis der letzte Tropfen Wasser aus dem Brunnen versickert ist, und hängt sich dann am Brunnenbalken auf.

„Gib mir noch Zeit. Einen Monat."

„Gut." Bodo war sofort einverstanden. „Am Jahrestag der Erhebung gehen wir zusammen hin."

Das Feuer im Kamin sank in sich zusammen. Knisternd verlosch die Glut.

„Noch etwas", sagte Bodo. „Erstens: Das bleibt unter uns. Zweitens: Nimm dich vor dem Rektor in acht. Der wartet nur darauf, dir das Abitur zu verkümmeln. In den neuen Zulassungsbedingungen wird der Satz stehen: Zum Abitur zugelassen kann nur der werden, der nachweislich uneingeschränkt das nationalsozialistische Gedankengut vertritt. – Am ersten Februar wird in unserer Schule über die Zulassung entschieden ..."

„Danke", murmelte Felix. „Ist das deine Revanche für die Wand im Schwarzen Loch?"

„Nee." Bodo grinste. „Das war Politik. Die Wand hast du noch gut."

„Ich friere", sagte Felix. „Hol den Schnaps!"

Bodo trank ein Glas.

Felix trank, bis er nicht mehr fror. Er trank, bis er diesen verdammten eklen Geschmack auf der Zunge nicht mehr spürte.

Am Ende lallte er vor sich hin: „... weitermarschieren. bis alles in Scherben fällt!"

Oh, verdammt! Irgendeinmal mußte man doch lernen, mit der BRABAG zu heulen.

Wer erhängt sich am Brunnenbalken?

Wer spuckt sich lieber selbst ins Gesicht?

Die leere Flasche in der Hand, taumelte Felix aus der Hütte.

Unten lagen die zwei Grenzhäuser, aus beiden blinkten mattgelb erleuchtete Fenster.

„Alles andere ist Nebensache!“ schrie Felix.

Mit aller Kraft wirbelte er den Arm herum, im steilen Bogen stieg die Flasche.

Sie knallte gegen einen Felsen und zersprang in Scherben.

14

Am 29. Januar stand Hitlers Rede vor den Studenten in allen Zeitungen. Darin hieß es, daß beleidigte Ehre nur mit Blut abgewaschen werden und daß künftig nur ein Nationalsozialist Student sein könne.

In der gleichen Zeitung wurde gemeldet – ganz klein und unauffällig –, daß ein Dresdner Gericht eine Reihe von Kommunisten in einem Hochverratsprozeß wegen „illegaler Weiterführung der verbotenen KPD“ zu langjährigen Zuchthausstrafen verurteilt habe.

Agnes und die beiden Roßmänner wurden in der Namensliste der Verurteilten nicht genannt.

Nach dem Unterricht fragte Bodo: „Morgen früh, nach der Feierstunde, was meinst du?“

Felix nickte.

Bei der Witwe Kral gab es Pflaumenknödel. Felix aß zwei. Der Bankvolontär Erich, seit Oktober Rekrut der Wehrmacht, stopfte sich den sechsten Knödel in den Mund. „Da wird bei Preußens anders reingehauen! Wir fressen, bis die Rippen knacken.“

Die Witwe Kral sah ihren Urlauber stolz an.

Felix lief davon.

Auf der Steinstraße grölten hundert oder auch zweihundert Braune und Schwarze. Alles „Alte Kämpfer“, die mit dem Sonderzug nach Berlin fahren sollten, um morgen durch das Brandenburger Tor zu marschieren. Sie hatten getrunken. Nun sangen sie. Die alten Kampflieder.

Meine Kameraden. Ab morgen. Er lachte, bis ihm die Brust schmerzte.

Und die Fahnen, die am Rathaus hingen, lachten knallend.

Und vom Domturm knallten Fahnen. Lang und frisch gewaschen waren die Fahnen, damit sie niemand übersehen konnte.

Auch einer, der taub war und die festlich rauschende Domorgel nicht hörte und nicht die Worte des Herrn Lic. Klein, der da predigte über das Wort der Schrift: „Gelobet sei der Herre, daß er uns schickte einen Führer in der Not!" – auch der Taube konnte die Fahnen am Domturm nicht übersehen.

Die „Mönchsschenke" trug ein neues Schild neben der Tür: „Sturmlokal der SA 3/103."

Quer durch die fahnenknallende Stadt rannte Felix zu Grauheims. Winfried war die passende Gesellschaft für einen solchen Tag: Er weiß Witze, hat Schnaps, bringt die richtigen Mädchen heran und nimmt nicht einmal den dritten Jahrestag der Erhebung ernst.

Winfried sei auf einen Sprung in die Stadt, sagte das Mädchen. Felix wartete in Winfrieds Zimmer.

Daneben lag das Bibliothekszimmer des Landrats. Er sprach mit jemandem. Der Gast hatte eine kultivierte, etwas metallische Stimme.

„Es ist klar", sagte die Stimme, „daß uns die Sache etwas kostet. Wenn wir's ungeschickt machen, kostet sie uns außenpolitisches Kapital. Der Herr Innenminister wünscht deswegen die unauffällige Liquidierung dieser Frage. Geld spielt keine Rolle. Auf Grund Ihrer langen Erfahrungen auf diesem Gebiet erwarten wir gerade von Ihnen, mein Lieber, geeignete Vorschläge."

Eine Weile blieb es ruhig. Die Herren schienen an den Zigarren zu saugen und dem blauen Rauch nachzuschauen.

„Ich habe dazu schon ein Memorandum verfaßt", erklärte schließlich v. Grauheim. „Im Augenblick studieren es ein paar Persönlichkeiten, Herr Oberstab. Dr. Schmidt und zwei, drei andere, die genügenden Einblick in die Dinge haben. Danach werde ich mir erlauben, das Memorandum zur Erwägung vorzulegen."

„Sehr schön", die metallische Stimme war zufrieden. „Kann ich nicht schon die Grundlinie erfahren?"

„Doch, doch, natürlich", der Landrat sprach beflissen, sein Partner mußte ein einflußreicher Mann sein. „Mit einem Wort: Harakiri."

„Hm."

Der Einflußreiche hielt den Vorschlag für durchaus, ja für sehr beachtenswert. „Und wie?" fragte er.

„Man vergewissert sich einer Handvoll junger, intelligenter, rühriger und unter ihrem Volk bekannter Leute und macht ihnen ihre Alternative sehr deutlich: entweder den Knechtsvölkern, Polacken und so weiter, zugezählt zu werden – oder im deutschen Volk aufzugehen. *Die* Entscheidung fällt niemandem schwer. Und in zehn Jahren ist das Sorbenproblem aus der Welt geschafft."

„Sie meinen?" Kein Zweifel, eine bloße Frage.

„Ich bin sicher. Ich werde mir in dem Memorandum erlauben, genauer darauf einzugehen und auch einige namentliche Vorschläge zu unter ..."

Die Tür sprang auf.

„Hello, Alter! Was Besonderes?"

„Nee, Winnie", sagte Felix. „Wollte bloß sehen, was du heute andrehst."

„I'm sorry. Strengen Dienst heute. Die Bude voller Gäste." Winfried wies über die Schulter in Richtung der Bibliothek. „Ziemliche Viecher darunter, Freiherr v. Eberstein, Kreishauptmann und SS-Oberführer, hockt schon drüben. Hat 'ne Tochter mitgebracht, 'n tolles Biest, kannst du glatt zwei Helenas daraus machen."

„Dann tschüs, Winnie!"

„Einen Kognak doch, Alter!"

„Ein anderes Mal." Felix hatte es sehr eilig hinauszukommen.

„Well. So long!" rief ihm Winfried nach und goß sich den großen Kognakbecher halb voll.

Harakiri sollen wir machen. Und ich bin vermutlich einer von denen, die in der Liste Grauheims als geeignet genannt werden, das Volk zum Selbstmord zu überreden.

Weiter griffen Felix' Gedanken nicht. Wie die vier Flügel einer Windmühle sausten die vier Silben des japanischen Wortes unablässig durch sein Hirn.

Er lief aus der Stadt.

Mager, dreckig der Schnee. Nicht einmal ein anständiges Leichentuch.

Der verdammte Rabe dort auf dem Zaun der wintertoten Gärtnerei – was hat er dauernd das verfluchte Harakiri in die Gegend zu krächzen.

Felix warf einen Stein hin. Der Rabe erhob sich schwerfällig in die Luft.

Felix stand vor dem Hof, auf dem die Schwester diente. Er zögerte, es war noch nicht Feierabend.

Er schlich in den Hof.

Der Pferdeknecht kam aus der Scheune. „Monika ist im Stall", sagte er.

Die Schwester war um eine Stufe gestiegen, war Zweitmagd seit dem 2. Januar. Sie, die Drittmagd und die Kuhmagd melkten. Vom Stalleingang sah man sie nicht. Sie saßen hinter den Tieren. Man hörte die Milch in die Eimer zischen; halblaute Worte an die Kühe.

Felix setzte sich auf einen Strohballen an der Stalltür. Die Luft war dumpf und warm und voller Ruhe. Die Tiere lasen gemächlich die letzten Halme aus den Raufen.

Da muhte eine schläfrig, dort leckte sich eine die Flanke, mehr aus Langeweile als aus Bedürfnis, so schien es.

Vierunddreißig große schwarz-weiße Leiber. Fressend, verdauend, trächtig. Nur vier hatten schon ausgetragen, die Kälber standen in ihren Boxen und hörten zu, wie die Milch floß.

Langsam rückten die Mägde in der Reihe der Kühe vor. Sie nahmen den Kopf von der warmen Tierflanke, schoben den dreibeinigen Schemel zurück und erhoben sich; sie gossen ihre Eimer in die Milchkannen auf dem Gang aus und traten zur nächsten Kuh.

„Ho, Liese", sagten sie, gaben dem Tier einen leichten Klaps, rückten ihren Schemel zurecht, griffen ein paarmal, wie zur Probe, in die Zitzen, legten den Kopf fest an und strichen die Milch aus dem Euter in den Eimer.

Ein Mädchen summte einen Schlager. Felix glaubte, daß es die Schwester sei.

Es war die Kuhmagd. Sie trat auf den Gang, goß ihre Milch aus und schlug mit harten Fingerkuppen gegen den Eimer, als wäre er ein Schlagzeug. Sie war eine schöne, große Person mit einer Taille, als wäre sie einem Schaufenster entstiegen.

Sie sang halblaut ihren Schlager zu Ende. Fast ohne Übergang verfinsterte sich ihr Gesicht.

„Ach, die Verfluchten!“ seufzte sie und setzte sich an die nächste Kuh.

„Hat er noch nicht wieder geschrieben?“ Das war jetzt die Schwester.

„Och, Briefe ...!“ antwortete die Sängerin.

Die „Verfluchten“ hatten ihrem Burschen die Uniform angezogen und ihn an die litauische Grenze gefahren.

Die Schwester trat auf den Gang. Felix raschelte auf seinem Strohballen.

Sie erschrak und lief herbei. „Ist was passiert?“

„Nichts.“ Er lächelte ihr beruhigend zu. „Ich bin nur so vorbeigekommen.“

„Wir sind gleich fertig“, sagte Monika. Sie ging zurück, und er hörte, wie die Milch eiliger in den einen Eimer floß.

Er aß mit dem Gesinde zu Abend. Einige Löffel Milchsuppe, einige Löffel Bratkartoffeln, die Hälfte einer sauren Gurke.

Sie kamen auch auf Abessinien zu sprechen. Die Abessinier hatten wohl einen kleinen Sieg errungen.

„Dresche sollten sie kriegen“, der Pferdeknecht empörte sich, „bis ihnen die Lust nach anderer Leute Land vergeht.“ Die – das waren die Italiener. Niemand war für die Italiener.

„Das ist erst der Anfang“, flüsterte die Großmagd. „Mein Großvater sagt, die ganze Welt werden die in Brand stekken. Unter einer Linde werden sich zwei treffen, und einer wird den anderen fragen: ‚Bruder, wie hast du dich gerettet?‘ “

Niemand kannte den Großvater der Großmagd.

Aber niemand zweifelte, daß „die“ fähig waren, die Welt in Brand zu stecken.

Felix lief durch die Nacht nach Hause.

„Die“ schickten die Burschen ans Ende der Welt.

„Die“ mordeten die Abessinier mit Giftgas.

„Die“ waren fähig, die Welt an allen vier Ecken anzuzünden.

„Die“ waren es, die das Harakiri befahlen.

Die ihrem Volke das Harakiri befahlen, gehörten dazu.

Die und wir, sagte die Schwester. Sie wußte nicht, daß er fast schon dazugehört hatte, zu den „die“.

„Ich glaube“, sagte er laut in die Dunkelheit. „Sie werden einen Namen aus Ihrer Liste streichen müssen, Herr Landrat!“

Der Mann von der Dresdner Bank, der während des Sommers in Österreich Besprechungen durchgeführt hatte, interessierte sich wirklich für den Famulus Robert Tzschumpak. Er hatte ihn schon mehrere Male nach Loschwitz eingeladen. Die Einladung, die der Famulus für das heutige Fest in der Villa des Fabrikbesitzers Jahn erhalten hatte, war ebenfalls auf das Konto des Bankmannes zu setzen, dessen Schwager Jahn war.

Kurz nach Mitternacht verließ der Famulus das Fest.

Er schritt durch den Garten den Kiesweg hinunter zum Portal, das der Diener aufschloß.

Der Sekt, den er getrunken hatte, die Gesellschaft, der er, der Sohn eines Dorfstellmachers, teilhaftig geworden war, die Uniform, die er trug – er war zum Gefolgschaftsführer der HJ ernannt worden –, schwellte seine Brust.

Ohne Gruß trat er an dem Diener vorbei durch das schmiedeeiserne Portal auf die stille Bahnhofstraße. Er pfiff den Hohenfriedberger Marsch: Die Zukunft war gesichert, denn ein anderer Schwager Jahns saß im höchsten Führungsstab der Wehrmacht.

Der Weg in den Generalstab war für Robert Tzschumpak frei.

Er schwenkte rechtsum und marschierte das Branntweingäßchen hoch zum Wall.

Der Hohenfriedberger lenkte ihn ab, er ließ das Pfeifen, behielt die Träume.

Im spitzen Winkel zum Branntweingäßchen traf auch die Schillerstraße auf den Wall.

Auf der Schillerstraße ging Felix. Er sah den Famulus

und erkannte ihn daran, wie er den rechten Arm anwinkelte.

Sie mußten etwa gleichzeitig den Wall erreichen. Felix verlangsamte seinen Schritt im gleichen Augenblick, als der Famulus losrannte.

Eine halbe Sekunde später sah auch Felix ihn: den Mann, der riesige Buchstaben an die Mauer malte.

„Hitler – Deutschlands Ungl ...", stand an der Mauer der Brauerei. Gleichzeitig mit dem Mann begann Felix zu laufen.

Es war klar, daß der Mann keine Aussicht hatte, das Rennen gegen Tzschumpak zu gewinnen. Er war schon verloren, als der Famulus die Trillerpfeife an der geflochtenen grünweißen Schnur aus der Brusttasche gezogen und zwischen die Lippen geschoben hatte.

Mit einem Riesensatz sprang Felix dem Famulus, der eben die Trillerpfeife ansetzte, in die Flanke und schlug ihm die Beine unter dem Leib weg.

Der Famulus stürzte bäuchlings auf das abschüssige Katzenkopfpflaster der Wallstraße.

Der Fliehende hörte etwas, drehte sich um und sah, was geschehen war.

Mit wenigen Sprüngen holte Felix ihn ein.

Seite an Seite rannten sie durch das Neue Tor die steile Neugasse hinunter zum Fluß. Dort blieben sie stehen und lauschten zurück.

„Der kommt nicht mehr", sagte Felix. Er keuchte.

Der Mann rang noch nach Atem.

„Sie kenne ich doch", sagte Felix. „Sie spielten Klavier in der Uferbar. Nicht wahr?"

Sie schritten am Fluß entlang.

„Ja", der Mann nickte. „Und Sie?"

„Ich?" Felix lachte leise. „Ich bin ein Beinah-Abiturient."

„Beinah-Abiturient?"

Der Mann fragte ungeduldig. Als ob er im Augenblick keine Lust hätte, Rätsel zu raten.

„Übermorgen jagen sie mich vom Gymnasium."

Der Mann schwieg, zehn oder auch zwanzig Schritt.

„Weswegen?" fragte er dann.

„Deswegen."

„Hat er Sie erkannt?"

„Vielleicht. Es war der Famulus unseres Rektors."

Rechts liefen schiefe, ausgetretene Stufen zum Wassertor hinauf.

Felix gab dem Mann die Hand. „Ich gehe hier hoch. Möglich, daß er mich nicht erkannt hat. – Aber ich mich", sagte er leichthin.

Auf der ersten Treppenstufe wandte er sich noch einmal um.

„Wenn Sie einmal Agnes treffen", flüsterte er, „Agnes Nowak, grüßen Sie sie. Ich heiße Felix."

Langsam stieg er die Treppe zur Stadt hinauf.

Die einen jagen. Die anderen werden gejagt. Aber einmal werden wir sie jagen, verdammt!

„Hö!" sagte er zu der Fahne am Rathaus.

Am nächsten Vormittag um zehn Uhr begann die Feierstunde in der Aula des Gymnasiums. Bewegt und mit tiefem Ernst sprach der Famulus Robert Tzschumpak Ausschnitte aus der Rede, die Adolf Hitler am 30. Januar 1933 gehalten hatte.

Tzschumpaks Kopf, Arme und Brust waren verbunden. Kommunisten hätten ihn nachts überfallen.

Nach der Feier sagte Felix zu Bodo: „Nein!"

Dann trat er vor den Rektor und sagte es auch ihm.

Dann ließ er sich vom Hausmeister die Tür aufschließen, an der das Schild O I hing.

Er nahm seinen Atlas, den er immer unter der Bank liegen hatte, und ging.

Als er die schwere Schultür aufzog, drehte er sich halb um. Auf den Stufen stand der Hausmeister. So hatte er damals auch gestanden. Vor neun Jahren.

Mit einem leichten Knarren glitt die Tür hinter Felix ins Schloß.

15

Die Studenten feierten ihr letztes Jahresfest.

Felix Hanusch, der eine Woche vor dem Abitur aus der Schule Gejagte, hatte einen großen Teil der Vorbereitungen übernommen. Simon Mjetk, der zum Kommiß Gezwungene, hatte Urlaub und half Felix.

Am Sonnabendmittag eröffnete der Vorsitzende die Arbeitstagung. Er sagte, es sei das heute eine Demonstration: eine Demonstration des Lebenswillen eines Volkes, das in seinem Leben bedroht sei.

Zwei Parteien saßen sich im Saal gegenüber: das Häuflein sorbischer Studenten und Schüler an den beiden langen Tischen vorn an der Bühne; der Haufen der uniformierten und nichtuniformierten Feinde an den Tischen längs der Saalwände.

Die Gäste aus dem Volk, zahlreicher denn je, füllten den Raum dazwischen.

An einem Tisch, von dem schwer zu sagen war, ob er noch zu den Gästen oder schon zu den Braunen gehörte, saß der Bauer Michael Batschon; sein Sohn Alfons hatte seinen Platz offen unter denen an der Saalwand, Beate den ihren am Nachbartisch der Studenten gewählt.

Felix Hanusch sprach, blaß vor Erregung. Seine Worte brannten und schlugen. Beate ließ kein Auge von seinem Gesicht. Simon Mjetk, der Protokollführer, vergaß zu schreiben, er starrte mit dunklen Augen voller Haß in die Gesichter an den Saalwänden.

Die braune Mauer blieb kalt wie Eis, an ihr zerschellten alle Worte, die aus heißem Herzen, und aller Haß, der aus brennenden Augen kam.

Am Sonntag sammelten sich, gerufen von den Studenten, die Treuesten aus der ganzen Lausitz und strömten auf dem Festplatz, dem weiten Oval einer vorgeschichtlichen festen Schanze ihrer Ahnen, zusammen.

Auf der Waldbühne spielten die Studenten ein neues Stück. Sankt Georg rang mit dem Lindwurm. Die Menschen drängten sich vor der Bühne, damit ihnen nicht eines der beziehungsreichen Worte verlorengehe. Für sie war das

Spiel kein Spiel mehr, es war ihre Wirklichkeit, ihr Kampf mit der Gefahr, die hinter ihnen den alten Burgplatz füllte.

Mehr als tausend Uniformen hatten Bühne und Zuschauer von hinten und von den Seiten umschlossen. Sie unterhielten sich lärmend, lachten und riefen sich Witze zu.

Viele darunter waren Sorben. Sie hatten den Befehl erhalten, in Uniform zu erscheinen. Und sie waren erschienen. Alfons Batschon lachte und lärmte unter einem Haufen brauner Kraftfahrer.

Mehr im Hintergrund versuchte der Bauer Michael Batschon seinen Buckel zu verbergen. Aber die geborgte Uniform eines Amtswalters bauschte und beulte sich um den Buckel, daß er häßlicher und abstoßender schien als sonst.

In weißen Blusen und dunklen Röcken schnatterte eine Schar aus dem Bund Deutscher Mädel. Außerhalb der Schar, aber ihr zugehörig durch Rock und Bluse, spielte Beate mit dem Gedanken, sich davonzuschleichen. So lange spielte sie damit, bis das Spiel auf der Bühne endete.

Das Volk sang seine Hymne: von der inbrünstigen Hoffnung, daß die Zeit eine bessere Zukunft gebäre.

Die Braunen überfielen das Lied. „Deutschland, Deutschland über alles ..." Die Hand erhoben, den Daumen nach unten.

Schweigend standen Felix und Simon und bohrten die Hände tief in die Taschen.

Ein Brauner kam und gab Felix einen Tritt, daß er vornüberflog. Der Braune blieb hinten stehen und hörte zu, wie sie, den Arm ausgestreckt, mit zusammengebissenen Zähnen sangen: „... über alles in der Welt."

Als die Burschen und Mädchen aus dem Dorf und der Umgebung zum abendlichen Festtanz erschienen, war der kleine Saal schon überfüllt. Laut Befehl waren die Uniformierten von der Schanze sofort ins Gasthaus gezogen.

Gerade drei Tische hatten Felix, Simon und einige andere für sich und ihre Gäste retten können.

Dort saßen sie und begannen zu singen.

Vor dem Wäldchen pflügte Jan,
Hanka trieb sein Pferdchen an,
Holadra, faladra ...

Man kann nicht mit einem armen Volkslied ansingen gegen den Willen, Herr der Welt zu sein.

„... heute gehört uns Deutschland und morgen die ganze Welt!" brüllten die Braunen.

Sie erstickten das Holadra, Faladra. Sie lachten, sie tanzten, sie tranken, sie grölten. Sie waren die Sieger.

Die Studenten verließen den Saal.

Aus dem Schatten vor dem Gasthaus trat ein Mann zu Felix.

Felix erkannte ihn sofort, trotz des Schnurrbarts.

„Rudi ...", sagte er. Er sah nicht, daß Alfons Batschon aus der Tür kam.

„Nicht so laut", flüsterte Rudi Roßmann und zog ihn zurück in den Schatten. „Kannst du mich heute nacht irgendwo unterbringen? Als Studenten? Sie sind hinter mir her."

Er berichtete, daß sie aufgeflogen seien; auch Ernst habe fliehen müssen. „Der ist vielleicht schon über der böhmischen Grenze in Sicherheit. Morgen muß ich versuchen hinüberzukommen."

Felix hatte genügend Quartiere. Er schickte Rudi in ein kleines Gehöft am Fuße der Schanze.

„Wir gehen gleich mit", sagte er und rief Simon.

„Augenblick noch", bat Rudi: „Agnes Nowak ist ebenfalls gestern aus Dresden verschwunden. Sie ist jetzt auf der Bergbaude, wo du wohl manchmal gekellnert hast. Willst du ihr aus Deutschland hinaushelfen?"

„Ja", sagte Felix.

„Danke", sagte Rudi. „Sie ist seit Februar meine Frau."

Erst als sie vor dem Hoftor des Gehöfts am Fuße der Schanze standen, sagte Felix: „Dir gönne ich sie."

Sie drückten sich die Hände.

„Mach's gut!"

„Vielleicht", meinte Felix, „sehen wir uns mal draußen."

Simon wartete auf der nächtlichen Schanze. Felix setzte sich neben den Freund auf den Stamm einer gefällten Linde.

„Die sorbische Linde", flüsterte Simon dumpf.

Mit bitteren Augen starrten sie in die Nacht.

Lange saßen sie, ohne zu sprechen, ohne Rat zu wissen, voll Liebe und voll Haß.

„Die Garde stirbt", sagte schließlich Felix, „aber sie ergibt sich nicht." Lieber am Brunnenbalken hängen, dachte er.

Nach Mitternacht holte er Beate vom Saal, wo sie fröhlich getanzt hatte. Unter dem Birnbaum vor ihrem Fenster glitten sie ins tauige Gras. Felix grub alle Furcht, allen Haß und alle Liebe in die Lippen des Mädchens.

„Wenn du nur willst", flüsterte sie, „können wir in drei Jahren heiraten. Trotzdem!"

Er schwieg und zog sie enger heran.

„Du darfst dich nicht gegen sie stellen", bat sie leise. „Unsretwegen darfst du es nicht."

Ich wehre mich ja nur, dachte er.

„Und wenn ich dich bitte", sie hockte wie kniend vor ihm, „sehr, sehr bitte ...?"

„Nein!" sagte er. Er richtete sich halb auf.

Sie drückte ihn zurück in das Gras. Sie flüsterte ihm zärtliche Worte zu, von der Liebe, von der Treue, vom Glück.

„Nichts, gar nichts mußt du, nur mich lieben mußt du!"

Felix hörte, wie ihr Herz schlug.

Und wieder glaubte er, daß es eine Märcheninsel gibt, wo Küsse satt machen und Liebe das einzige Gesetz ist.

16

Bodo Schmidt war seit einigen Monaten Junker auf einer Ordensburg der SS. Felix fragte bei Bodos Vater nach seiner Adresse und erbat sich die Erlaubnis, ein oder zwei Tage in der Hütte im Zittauer Bergland verbringen zu dürfen.

Der Arzt, immer noch, wenn auch nicht mehr ganz so wohlwollend, an Felix interessiert, lächelte und fragte: „Wohl ein kleiner Seitensprung, was?"

Felix sagte nicht ja und nicht nein, und Dr. Schmidt sagte, für hübsche Seitensprünge habe er immer etwas übrig; er gab Felix den Hüttenschlüssel.

Bei Grauheims lieh sich Felix Winfrieds Lederhose;

Winfried selbst befand sich als Fahnenjunker auf einem Fliegerhorst.

Am nächsten Morgen wanderte ein junges Paar von der Bergbaude des Mönchsteines aus in die breiten Täler der Oberlausitzer Weberdörfer.

Der große blonde Bursche in den Lederhosen und das zierliche braunhaarige und braunäugige Mädchen im bunten Dirndlkleid sahen so alltäglich aus, daß sie von allen Schulkindern mit „Heil Hitler" gegrüßt wurden. Sie antworteten genauso und zogen weiter nach Süden, dem Zittauer Bergland zu. Ein junges Paar, das einige Tage durch die schöne Gottesnatur wandert.

In der Abenddämmerung erreichten sie die Hütte. Ein Grenzer, der ihnen mißtrauisch entgegengeblickt hatte, stellte fest, daß hier Mißtrauen nicht am Platze war: Bei den Wanderern handelte es sich offensichtlich um Angehörige des bekannten Alten Kämpfers der Partei Dr. Schmidt; sie hatten ja den Schlüssel zur Hütte und schienen sich auszukennen. Der Grenzer wandte seine Aufmerksamkeit wieder ganz dem Hohlweg zu, den er genau zu überwachen hatte. Allerlei staatsfeindliches Gesindel benutzte diesen Weg und die zwei Grenzhäuser, um illegal über die Grenze zu schleichen.

Mit dem scharfen Nachtglas des Arztes entdeckte Felix von der Bodenluke aus den Grenzer. Solange er dort lauerte, war an einen Grenzübertritt nicht zu denken.

Um neun Uhr wurde der Posten abgelöst; an seine Stelle traten zwei Grenzer, einer diesseits, der andere jenseits des Hohlweges. Der erste hockte auf einem Stein, kaum mehr als hundert Schritt von der Hütte entfernt.

Und hundert Schritt brauchte man, um in Freiheit zu sein.

Sie ließen unten in der Schlafkoje das Licht brennen, das durch das ausgeschnittene Herz des Fensterladens nach außen fiel. Um zehn löschte es Felix.

Der Posten sollte glauben, sie schliefen.

Sie saßen nebeneinander auf einer Matratze vor der offenen Bodenluke, beobachteten die beiden Grenzer und unterhielten sich flüsternd.

Es gab nicht viel zu erzählen: Die kleinen Dinge waren belanglos, und die großen waren bald berichtet.

Außerdem wußte Agnes das Wichtigste von Felix: den Vorfall mit dem Klavierspieler aus der Uferbar und daß sie ihn nicht studieren lassen wollten.

„Ich bin froh, daß du kein Nazi geworden bist", sagte sie.

Er nahm das Glas nicht von den Augen.

„Aber Kommunist auch nicht", sagte er, und sie sah den Schimmer eines Lächelns auf seinem Gesicht.

„Du solltest aber."

Er ließ das Glas sinken und schaute sie an. Sie war wie früher: jung und alt, klug und schön, streng und träumend.

„Es muß doch auch ein Drittes geben ...", sagte er und nahm das Glas wieder vor die Augen.

Unten schliefen die beiden Grenzhäuser. Auf der deutschen Seite waren die Fensterläden auch im Oberstock geschlossen.

„Zwischen den beiden steht kein drittes Haus", flüsterte Agnes.

„Ich will es hinbauen", sagte er.

„Das sind doch Flausen!"

„Möglich."

„Du bildest dir wohl darauf noch etwas ein?" Agnes war ärgerlich, trotzdem mußte sie ein wenig lächeln.

Er setzte das Glas ab und lachte sie lautlos an. „Ja", sagte er.

Sie schwieg. Dann sagte sie: „Ernst geht nach Spanien. Dort würdest du bald klüger werden ..."

Der Mond ging auf. Man konnte den Grenzer auf dieser Seite jetzt auch ohne Glas sehen. Er langweilte sich, kratzte irgendwelche Zeichen in den weichen Stein. Schließlich stand er auf, gähnte, rekelte sich und holte eine Uhr aus der Tasche.

„Gleich Mitternacht", sagte Agnes. Sie trug eine runde billige Uhr am linken Arm.

Der Posten schlenkerte den rechten Fuß – der schien eingeschlafen – und hinkte ein wenig hin und her.

Aus dem Tal schlug es zwölfmal.

Der zweite Posten kam herüber; sie wechselten ein paar Worte, rückten die Gewehre zurecht und schlenderten, kaum zehn Meter am Haus vorbei, über den steinigen Rükken entlang der Grenze davon.

Unwillkürlich drängte sich Agnes näher an Felix; er legte den Arm um ihre Schulter und sagte, als die Stille die Schritte der Grenzer verschluckt hatte: „Auftrag erfüllt, Grenze bis Mitternacht bewacht, keine Kommunisten gefangen!“

„Denkst du, daß sie nicht wiederkommen?“

„Ich glaube – nicht.“ Er überlegte. „Es kann natürlich auch sein, daß sie ein paar hundert Meter weiter links sitzen. Die schießen, auch wenn du schon drüben bist.“

Er machte sich Sorgen um sie. Sie spürte es und meinte leise: „Um mich brauchst du keine Angst zu haben. Aber du, du bleibst hier.“

„Haben wir uns eigentlich damals geliebt?“ fragte er.

Sie wunderte sich gar nicht über diese Frage. Sie dachte nach. „So wie man liebt, wenn man noch nichts von der Liebe weiß.“

„Ich glaube“, entgegnete er langsam, „ich habe dich am meisten deswegen geliebt, weil du eine Aschefrau warst.“

Er stand vorsichtig auf. „Ich geh' jetzt ein wenig den Mondsüchtigen spielen. Sie werden sich schon zeigen, wenn sie noch da sind.“

In Turnhemd und Turnhose lief er wie schlafbefangen zur Grenze und zum Haus zurück. Nirgends rührte sich etwas.

„Sie sind weg“, flüsterte er. Agnes stand, ihren leichten Rucksack neben sich, schon hinter der Tür.

„Warte, es kommt gleich eine Wolke.“

Die Wolke verdeckte den Mond.

Felix nahm Agnes' Gesicht in beide Hände.

„Auf Wiedersehen! Kleine Schwester ...“

„Danke“, murmelte sie, „großer, dummer Bruder ...“

Sie strich mit dem Mund über seine Lippen, glitt aus der Tür und huschte lautlos zwischen den Steinblöcken und den verkrüppelten Kiefern und Birken davon.

Aus der Bodenluke sah ihr Felix mit dem Glas nach. Als der Mond aus der Wolke kroch, lief Agnes zwischen den Kornhocken hinter dem böhmischen Haus dahin.

Sie war für deutsche Gewehre nicht mehr erreichbar.

Erreichbar auch nicht mehr für die Spürhunde, die in der gleichen Stunde jene Bergbaude um und um stülpten.

Nur der Verrat des Alfons Batschon erreichte sie auch drüben: Nach einer Woche wußte sie, daß das Kind, das sie in sich trug, vaterlos aufwachsen würde; Rudi Roßmann war kurz vor der Grenze der Gestapo in die Hände gefallen.

Gedanken des Steinbrucharbeiters Jakob Hanusch

Wie einen Verbrecher haben sie ihn abgeführt und nach Dresden geschafft. Nun sitzt er, sagt man.

Früher hätte ich gesagt: Du hast gesessen, tritt mir nicht mehr unter die Augen. Aus dem Hause hätte ich ihn gewiesen.

Heute soll mir in meinem Hause keiner von denen mehr unter die Augen treten, keine ihrer Zeitungen, keiner ihrer Sender soll in meinem Hause sprechen dürfen.

Es ist merkwürdig, aber es ist wahr: Es kann eine Ehre sein zu sitzen. Viele Leute, die ich nicht weiter kenne, grüßen mich, sagen mir einige Worte.

Nicht einmal der bucklige Batschon wagt zu zeigen, daß er sich freut. Und sein Mädel heult sich vielleicht ehrlich die Augen aus.

Da gibt es gar nichts zu heulen, sage ich.

Und gar nichts zu freuen.

Wenn Felix wieder draußen ist und die Nazis fertig sind – ich werde es genau wissen:

wer sich gefreut hat
und wer geweint hat.

Und jeder soll dann das Seine bekommen:

Wer sich gefreut hat, soll heulen.
Wer geweint hat, soll sich freuen.

Ich werde einen Brief schreiben an meinen Sohn, an den ich noch keinen Brief geschrieben habe.

Den Brief werde ich ins Gefängnis schicken.

Und darunterschreiben werde ich, mit der dicken Feder: Dein Vater.